文春文庫

精選女性随筆集　森茉莉　吉屋信子

小池真理子選

文藝春秋

目次

二つの少女性　小池真理子　9

森茉莉

幼い日々　18
好きなもの　64
三つの嗜好品　67
エロティシズムと魔と薔薇　72
最後の晩餐　76
椿　79
道徳の栄え　81
ほんものの贅沢　86
「蛇と卵」——私の結婚前後　90
巴里の想い出　99
怒りの蟲　106

続・怒りの蟲　109
老書生犀星の「あはれ」　112
三島由紀夫の死と私　120
川端康成の死　127
森の中の木葉梟　132
恋愛　139

吉屋信子

遅しき童女　〈岡本かの子と私〉　144
純徳院芙蓉清美大姉　〈林芙美子と私〉　165
與謝野晶子　187
底のぬけた柄杓　〈尾崎放哉〉　194

本郷森川町 218
宇野千代言行録 225
馬と私 240
廿一年前 251
解説（森茉莉） 島内裕子 257
解説（吉屋信子） 武藤康史 263
略年譜 270

精選女性随筆集

森 茉莉
吉屋信子

昭和3年頃。国立国会図書館「近代日本人の肖像」

結婚前の写真。著作権者所有

吉屋信子

(1896-1973)

森 茉莉

(1903-1987)

二つの少女性

小池真理子

森茉莉の文体の豊饒《ほうじょう》さは群を抜いている。言葉のすみずみに、何やら無数の美しい、愛らしい魔物がひそんでいて、魔物たちが互いにくすくす笑いをしながら手をつなぎ、歌を歌っているかのようである。書きたいこと、表現したいこと、したためたい言葉が渦をまき、洪水のようになってあふれてきて、当人はもう、それらを整理する間もなく、次から次へと書き続け、書いても書いてもまだ足りず、嬉しい悲鳴をあげながらさらに書き続けた、といったふうでもある。

決して難解ではなく、観念的でもなく、かといって単に気取っているだけの耽美的文章、というのでもない。小説という体裁をとっている虚構においてはもちろんのこと、膨大な数のエッセイの中でも、そこには森茉莉にしか書けない、濃密な個性に彩られた文体が早いうちから完成されていて、読む者に強烈な印象を残す。

庶民的な感覚と貴族的優雅さが同居している。都会的なユーモアのセンスと、日本人離れしたウィットにあふれている。世間の尺度、通俗的価値観を徹底的に無視し、歴史も時代も無関係に、甘やかな夢見心地の世界が紡がれていると思って読んでいると、実はそれが骨太の批評であったりもする。ほとんどすべての文章の中に散見できる森茉莉の批評眼は、常に鋭くて小気味がいい。

そしてその、次から次へと拡げられていくパノラマのような世界の中で、茉莉は飽くことなく自分自身について語り続けている。いくら表現してもし足りない、とでも言いたげに、茉莉は自分自身を多面的に、無限に語り続けながら生きたのだ。

その、圧倒されるほど凄味に満ちたナルシシズムと、徹底したロマンティシズム。そして、それらと対を成すようにしてあった理知。そこに際立った想像力と感性の鋭さが加わって、森茉莉の宇宙は果てしなく拡がっていくのである。父、森鷗外ゆずりの才能とも言えるが、それだけではない。自身が残した文学以上に、鷗外にとっては娘の茉莉こそが、傑出した一つの「文学作品」だったような気もする。

茉莉の、父に向けた強い憧れ、尊敬の念、甘え、情愛は生半《なまなか》なものではなく、ほとんど狂おしいほどだ。「父」鷗外が、茉莉にとっての永遠の恋人だったことは今さら言うまでもない。

茉莉は、そうした感情の数々を何ひとつ隠さなかった。それどころか、誇らしげに幾度も幾度も、繰り返し書き残した。父に向けた気持ちばかりではなく、自らの内部で自然発酵し、滲み出てくるものはすべて、それが何であれ、茉莉にとっては常に「正しい」ことであった。

人にどう思われようがかまわない、私は私である、という姿勢を八十四年の生涯にわたって、まさに苦もなく、のびのびと貫き通した。それが森茉莉だった。

本書を監修する上で外せなかったのが、冒頭の「幼い日々」という長大なエッセイである。文字通り、幼いころの日々の思い出、両親との幸福なかかわりを綴ったものだが、描写力の豊かさ、観察眼の確かさ、鋭さは、森茉莉という作家の原点が、まさに「幼い日々」にあったことをあますところなく伝えている。

アパートの粗末な一室も茉莉にとっては、ヨーロッパの王侯貴族の部屋に様変わりした。茉莉は死ぬまで、茉莉が作った世界の住人でいることができた。子供のころ、鷗外から注ぎこまれた濃厚な、まさに奇跡としか言いようのない完璧な愛は涸れるどころか、終生、変わらずに茉莉の中にあふれていて、茉莉はいっときたりとも、その至福の世界から目を離そうとはしなかった。

茉莉が残した膨大な数のエッセイを読みふけりながら、私は文字通り至福の時間を過ごした。夢とうつつを分かちがたく結ばせて、天真爛漫に夢そのものの宇宙を生きた茉莉の、痛快な批評魂と天性の明るさに強く惹かれた。その心身ともに強靱な、それでいて愛らしい佇まいに、終始、わくわくと胸躍らされた。ふくれあがる自我の強さとうまく折り合いがつけられなくなって、精神的に病んでしまう人間が増えてきた昨今、今こそ、茉莉の書くものを一人でも多くの人に読んでもらいたいと思う。茉莉は強烈な自我と共存しつつ、あくまでも人生を飄々と楽しみながら生きた。森茉莉、という実存を胸躍らせながら生き抜いた。森茉莉を読んで、力を与えられない人はいないだろう。

なお、「ドッキリチャンネル」に代表されるＴＶ批評は、森茉莉の確かな一面に触れることができるものの、数が多すぎたため、すべて本随筆集からは除外することとした。また、公平さを期すため、書かれたエッセイを「食」「社会」「人物」といったようにテーマごとに分類し、それぞれの項目から可能な限り、均等に選出するという方法をとった。

時を超え、多くの読者に、今ふたたび、森茉莉の世界を届けられれば、監修者としてこれほど嬉しいことはない。

*

少女小説作家として名を馳せ、封建的な考え方が根深かった時代の女性に輝かしい光を与え、「少女」という特殊な年代を生きる女たちを熱狂させたのが吉屋信子である。私の母の世代の人間は、皆、例外なく吉屋信子に憧れ、吉屋信子の小説を読んでうっとりしていた。

ごく幼かったころ、私はよく母から吉屋信子の小説の話を聞いたものだ。竹久夢二の絵や、中原淳一のおしゃれなスタイル画を私に教えてくれたのも母で、私の記憶の中では不思議なことに、吉屋信子と夢二、中原淳一はいつもワンセットになっている。

しかし、吉屋信子は生涯、少女小説家を貫いたわけではなかった。作家に限らず、いったん自分につけられたレッテルやイメージを剝がしていく作業はとても難しいものだ。爆発的な人気作家であったら、なおのことそうだったろう。だが、信子は軽々とそれをやってのけた。

信子はやがて、家庭小説や歴史小説を精力的に書き始めた。同時に、あの名作『鬼火』に代表されるような幻想的、寓意的な短編、さらには、数多くの人物評伝も手がけるようになっていった。

私が初めて個人的に親しんだ吉屋信子も、『花物語』や『紅雀』などの少女小説を書いた信子ではなく、『鬼火』や『鶴』のような、幻想風味の強い作品を書いた信子であった。

そこには、少女小説作家としての吉屋信子の影はまったく残されていない。少女のロマンどころか、そこに描かれているのは男の心理、男の世界でもあった。といっても、少女小説家という限定つきの評価から脱するため、文学的野心に燃えて書きなぐった、という印象は皆無だった。吉屋信子という作家の、底知れぬ凄味が感じられた。とりわけ『鬼火』はその妖しさ、恐ろしさ、短編小説としての完成度の高さから言っても、吉屋信子の代表作と言うことができるだろう。

小説から類推できる作者の横顔と、エッセイから想像できる作者の素顔、というものが異なることは往々にしてある。作家生活が長かったわりに、吉屋信子が残したエッセイの数は決して多くはないが、それらを読み通してみて、私の中には、また新たな吉屋信子像が鮮やかに浮かんできた。

吉屋信子は、「自分」よりも「他者」に強い関心を抱いていた作家だったと言っていいのではないか。別の言い方をすれば、「自分」を露出することを好まなかった、とも言える。その点においては、先の森茉莉とはまさに対極にある。実際、吉屋信子の場合、自らの日常生活を綴ったような純然たるエッセイよりも、人物ルポ、評伝のようなものが圧倒的に多い。

生まれた者に等しく与えられる人生の骨組みのようなもの、そして、そこから生じる様々な亀裂に、人がどのように対処していくか、その時、どんな感情が生まれ、どのように折り合いをつけていくのか、ということに吉屋信子は常に関心を抱き、書き残したいという熱意と衝動にかられていたように思う。とりわけ、悲劇的な人生、苦悩する人生、どこか奇抜な人生をたどった人物に向けた信子の関心は突出している。

このあたりに私は、少女小説を書いてきた女性作家ならではの普遍的な感受性を読み取ることができた。私もそうだが、女性の表現者は一般的に悲劇的な題材、ドラマティックな出来事を好む傾向があるのではないだろうか。悲劇的生涯を送らざるを得なかった人物に向ける、信子のまなざしの優しさは、どの文章にも共通している。

「自分」について表現するのではなく、「自分」はあくまでも黒子に徹し、資料を調べ、足で歩いて取材し、それらを客観的な視点で書き残す。これはノンフィクションに通じる手法でもある。

岡本かの子、林芙美子、宇野千代など、信子と同時代を生きた女性作家について書かれた文章には、吉屋信子らしい冷静な、たおやかな観察眼と共に、当時の文壇の様子、作家たちの素顔がしのばれて実に楽しい。書いている信子自身に、妙な文学的屈折があったら、こんなふうには書けなかったことだろう。信子がいかに、精神の均衡を崩さずにいられる、バランスのとれた性格の人間であったかがよく伝わってくる。

生涯独身を通し、年譜を見る限り、大きな悲劇に見舞われたり、面倒ごとや苦悩を抱えこんだりした様子もなく、総じてまことに平穏な、恵まれた人生を送った作家だったと思う。俳人や作家など、人生をドラマティックに生きざるを得なかった人物に好んで焦点をあてながら、自らはその波瀾万丈の舞台劇を見つめる観客としての姿勢を崩さずに生き、経済面ではもちろん、好もしい人柄のまま、作家としての地位も名誉も得て、凪《な》いだ海のごとく穏やかに一生を終えた……そんなふうに言ってもいいように思う。

写真の中で、吉屋信子はいつも微笑んでいる。邪気のない、美しく素直な、少女と成熟した女性とが同居しているような笑顔であり、ある意味においてそれは、「特別に神に選ばれし幸福な者」だけに許された、満面の笑みと言えるかもしれない。

森　茉莉

幼い日々

小さい時の思い出を書こうとすると何から書いていいか分らなくて、ただ一時に或る一つの世界が心の底に、拡がってくる。

冬はしんとした木立に囲まれ、夏は烈しい雨のような蟬の声に包まれた千駄木町の家。青い木の葉が、空を暗く蔽《おお》っていた奥座敷、細い指で私の髪を分け、リボンを結んで呉れる母。上野広小路の四つ角。そこには畳まれては又開いてゆく扇の玩具の、赤や金や、紫がキラキラと、陽の光にはためいていた。青葉を後《うしろ》にした鏡の、暗い透明の中に浮き出していた母の顔。衛戍《えいじゅ》病院の廊下、陸軍省の門から医務局までの夏木立。秋も終りに近い灯《ひ》ともし頃の仲見世の雑沓《ざっとう》、ジンタの響きにまじって流れていた悲しいような歌の声。桜田本郷町の雪の夕暮れ。天金の奥座敷。それらは皆明治の中に、あった。

上野の山が遠く影絵のように、浮んで来る。煤煙《ばいえん》の色に暮れた空、木々の梢《こずえ》。雨や風にさらされて古びた精養軒、博物館、音楽学校、美術館、低い茶店などがその間々にちらちら、見えて来る。亡霊の声のように湧き起ってくる広小路の騒音……

もう夜になった広小路には黄色い灯《ひ》が点々と輝き、地面を揺するような電車の響きの間を縫って夕刊売りの鈴の音、人力車の喇叭《ラッパ》の音などが、きこえる。楽隊の音《おと》があたり一杯に鳴って、悲しげな歌の節が流れていることも、あった。人の流れの隙間から見える勧工《かんこう》場《ば》の内部は、昼間のように明るくて、その奥はなにかの歓楽境のように深く見え、人々の頭がうごめいていた。肩掛けの黒駝鳥の羽が、青白い頬に映っている母の横顔を見上げると、それが直ぐ解ったように顔をうつむけ、母は私の顔を見た。

「まりちゃん、勧工場へ入るかい……？」

いろいろな玩具、紅い砂糖菓子なぞを入れた硝子《がらす》の箱や金紙、銀紙、南京玉《なんきんだま》がキラキラと光り、サーベルや背嚢《はいのう》、紅と白の羽飾りをつけた軍人の帽子、喇叭なぞが下っている、店の前に立止った私が、絵草紙、人形なぞを指さすと、母はひいていた手を離し、帯の間から蟇口《がまぐち》を出して銀のパチンを開け、銀貨やお札《さつ》なぞを出すのだった。

なま温い場内から外へ出ると、賑やかな電燈の光りや足下《あしもと》に響く電車の軋《きし》み、人力車なぞの往《ゆ》き交《か》いも前よりはいくらか淋しくなったように、思われた。上野の森はただ真黒く遠く見え、暗い山の影が大きく、聳《そび》えている。母は私の手をひいて広小路を抜けるとその山の方へ向って、歩いてゆく。私は母の手を握った手を強《きつ》くし、少し足早になった母に追いつこうとして、小さな足で走るように歩いた。母の手は少し冷たくて、指のダイヤモンドが硬く痛い。山の下に近づくと私はようやく「ああ、俥《くるま》に乗るのだな」と思う。山の勾配の尽きる所には五六台の人力車が、客待ちをしていた。汚い膝掛けを頭から被り、それで体をくるんで蹴込《けこ》みに腰かけ、寒そうに股引《ももひき》の膝を揃えているのが暗い中に見えた。母が近づこうとして足を早めると不意に横から自転車が、音もせずに二人の前を突切《つっき》ったりする。

「ええ、危《あぶ》ねえ」

母は両手で私の肩を、痛い程強く押えて、立止まるのだった。藍ねずみのお召なぞの母の着物は、膝にも胸にも、清心丹《せいしんたん》の匂いがした。母と私とを認めると膝掛けを脱いだ番の車夫が、直ぐに立上って来た。

「団子坂の上の上った所まで行ってお呉れ。」

母はそう言って先に乗り、私を車夫の手から膝の上へ受取るのだった。車夫は火を点《つ》けた提灯《ちょうちん》をガバガバとのばして梶棒《かじぼう》に引っ掛け、梶棒をあげると両肱《りょうひじ》を張り、背中を押し伏せられたように前へ曲げて走り出した。「はい、はい、」と嗄《しわが》れた声で言いながら、足を後へ跳ね上げ、一生懸命に走って行く。

雨の降る日は上野の森も、不忍《しのばず》の池の面《おもて》も無数の水の針で蔽われ、空は暗くて屋根や木々、鋪道なぞに落ちる水の音が空にもあたりにも立て籠めている。山下から本郷台までの谷間の町の、押並んだ屋根の下を幾度か道を曲って、ぴちゃぴちゃと泥水を跳ね上げながら車夫は走って行く。幌《ほろ》に嵌《はま》った硝子《がらす》板には水の滴《しずく》が光り、町の灯が薄赤くにじんでは消える。

家に入ると、千駄木の家も雨の音に蔽われていた。林のような木立に囲まれている千駄木の家の雨は、家全体が烈しい音に閉じ込められるのだった。鬱蒼とした緑の木々の梢を籠めて、庭中に鳴る雨の音を聴きながら、二人は奥の部屋へ入った。母は手早く普段《ふだんぎ》着に着かえると、簞笥《たんす》のそばへ行き、金色の鍵を出して簞笥の抽出《ひきだ》しを開けた。細く尖った音を立てて軋みながら、ガッタンガッタンと、揺れるようにして抽出しが開くと、母は黄ばんだ象牙の箱を出して、細い指から指輪を抜き、中へ入れて蓋をすると直ぐに抽出しに蔵《しま》い、ガチャリと鍵を廻すのだった。濃い水色の地に、同じ薄色で縞のある絲織りの着物は、動くたびにシュウシュウ音がして、つんとした母の顔や様子に纏《まつ》わるように、優しかった。ガチャリと閉まる鍵の音を聴くと、寝ころびながら母を見ている私は「ああ面白かったなあ、面白いことはもう済んで終《しま》った……」と、思うのだった。母は金色の鍵を懐へ深く差し込むようにしまうと、一寸《ちよつと》庭の方を見てから何か用ありげに台所の方へ行くのだった。白い足袋《たび》の裏が、庭の明りを映して光っている廊下を障子の蔭に、隠れた。

千駄木の家は広くて東から西へ、幾度も曲っては続く廊下に沿って、幾つもの部屋が並んでいる、鉤《かぎ》なりの細長い家だった。南側は冬でも青い葉が空を蔽っている常磐木《ときわぎ》の庭、北側は花樹と草花の庭で夏は花で埋《うず》まり、野分《のわき》が吹くと、庭一杯の花や茎が雨の飛沫《しぶき》の中で重い音をたてて、揺れた。廊下の東の端《はし》は、父の居間の六畳、その部屋から西へ寝る部屋、茶の間と続いてそこから廊下は南へ曲った。曲ると一段低くなった一間幅《いっけんはば》の広い廊下になり、廊下の右側は硝子窓、左側は洋室で、あった。再び細くなった廊下は角の四畳半から西へ折れ、次の六畳の角から広い廊下に平行して北に曲り、六畳を廻った廊下は再び東に折れ曲って洋室の西の扉口に、出た。ここがこの家を貫く長い廊下の終りであった。角の部屋と廊下を距てて表玄関と三畳の小部屋が並び、武家屋敷風の大きな玄関から敷石づたいに表門が、あった。この大きな門は、「見晴らし」と言われていた崖の上の細い道に向って、開かれていた。其処に立つと上野の森との間に遮るものがなく、薄水色に霞む低い、遠い甍《いらか》の波が上野の森まで、続いていた。表門の塀の際《きわ》に母屋《おもや》と離れた二階建ての土蔵があり、冷たい、厚い石を上って中へ入ると、黴《かび》の匂いがし、埃っぽい床にも棚にも、本や雑誌が積み重なっていて、梯子《はしご》を立て掛けたような階段を登ると天井の低い二階も同じように本の山で、南側の小さな窓から僅かの明りが、差し込んでいた。

父の部屋の北隣りに花の庭に面した明るい六畳があり、寝る部屋、茶の間などと平行して三畳の小部屋、裏玄関、台所が続き、裏玄関は茶の間と背中合せになっていた。裏玄関から飛石伝いに団子坂通りに向って開いた、格子戸を嵌めただけの裏門があり、飛石の左側が四つ目垣を距てて花の庭、右は建仁寺《けんにんじ》垣《がき》を堺に台所の前の空地《あきち》で、其処には物置と裏門に並んだ別当（馬丁）の住居、続いて二つの馬小屋があった。家の北側は、海津《かいづ》質店、物集家《もずめけ》、生薬屋《きぐすりや》、八百屋《やおや》等が左から、洋室、台所、三畳は右からと、左右から切り込んだ凸凹《でこぼこ》の空地になっていて、物集家との堺には大きな無花果《いちじく》の樹があり、見上げると青い葉が空を蔽っていた。茶の間と洋室とで鉤になった一角に、母屋から離れて小さな湯殿があり、洋室に向いた側には細い板を並べた窓があって冬でも簾《すだれ》が、下っていた。南の茶庭は長く続いた垣根を距てて殆んど家の半面を巡っている酒井（子爵）家と隣り合い、西は花畑とこれも垣根を距てて野村酒店に隣り合っていた。洋室から表玄関に出る廊下の左側に、二階へ上る階段の真暗な入口があり、二階は十畳の一間で、この部屋を北から西へ廻る廊下の行きどまりの壁には小さな窓があった。二階に燈火《ひ》が点《とも》った時など父の居間から見ると、この窓の燈火は林のような木々の梢の間に、望楼の燈火のように見え隠れした。

馬小屋の前の空地には、白木蓮《びやくもくれん》、酒井家との堺には乙女椿《おとめつばき》、銀杏《いちょう》があり、どれも大きな木で春が来たり、秋になったりすると幼い私が見上げる空の中に、薄桃色や白に輝き、又は金色の鳥のようにキラキラしたりしてやがて春の温い地面や、乾いた秋の敷石を蔽って散り重なり、私のいつまでいても飽きない楽しい遊び場と、なるのだった。

長い廊下の南に沿い、折れ曲りながら続いている硝子戸には青い木立や石燈籠、いろいろな形の庭石などがどこまで行っても、映っていた。硝子戸は冬は冷たく、白々とした木立を映し、春は暗い青空を映して、曇っていた。風が吹く日には、北側の部屋部屋にも嵌っている硝子戸と一緒に、家中の硝子戸がガタガタと鳴って、その揺《ゆす》ぶるような音はどこのお部屋に居ても、響いているのだった。夏の雨、秋の風、沢山の硝子戸は小さな私に四季の季節のうつりかわりを見せて呉れる、どこへ行ってもある透《すきとお》った光る、窓だった。

家の中を貫き、曲っては続くこの廊下を私はよく馳け出して、遊んだ。とん、とんと廊下を踏み鳴らしながら、父の居間の前から始めて幾度か曲り、洋室の扉口まで馳けてゆき又戻って来る。それを繰り返して私は一人で、遊んでいた。洋室の手前の暗い上り口へ行くと、大人にも急な梯子段がついていた。上下の五六段の他は、三角形の段が扇をつぼめかけたような形に紆《うね》っていて、螺旋のようにさえ見える急な階段である。幼い私が登って行く真暗な下から、「まりちゃん危いよ……」という祖母の声がする事もあったが、知らない顔をして私は一段一段と、登った。登り切ると俄《にわか》に明るい廊下に、出た。そうしていつも白い空が頭の上一杯に、拡がっているのだった。

ふと思い出して二階へ上って見ると上田敏さんが父と話をしていることもある。無地お召の着物に暗い緑の角帯を締めて、きちんと坐り、鋭い三角の眼が子供のように無邪気な笑いを、湛《たた》えていた。浅黒い笑い顔と、鈍く光る金歯と、黒ずんだ緑の帯とが美しい調和をしていた。二人の間には、独逸の葉巻の箱が蓋を開けて置かれ、静かな、明るい笑い声と、葉巻の匂いとの漂う座敷は、水色に霞んだ低い、遠い、上野の森の見晴らしに向って開け放たれていた。足音をききつけて廊下に出て見ると、梯子段の下から母の顔が見え、直ぐに両手に捧げるように持っている紅いお盆と、淡《うす》あおい玉露がかすかに揺れている茶碗とが出て来た。紅いお盆を敷居際に置き、母は繊《ほそ》い手でお茶を勧めるのだった。時には不律《フリッツ》を抱いた母が現れることも、あった。ほっそりした普段着の胸に大切そうに抱かれた赤子は、薄黄色い小さな顔に微かな笑いを、浮べている。柔かな髪に蔽われた頭は赤子にしては、大きかった。母が、不律の顔を客の方へ見せるように抱き替えると、上田敏さんは体を紆《よじ》るようにして、優しい笑い顔を赤子の顔に、近づけた。

「いい赤さんですね」

「なんですか……茉莉《マリ》もこれも牛乳でございますから、弱いような気がいたします」

「いや、まだ小さくて危なっかしくて困るよ、妻《さい》なんぞは今から、僕に似ているなどと言って居るのだ」

父が機嫌のいい顔で言った。

この可愛らしい赤子が一年後《あと》には動かなくなり、白い小さな石膏像になって終うとは客も主人も、その妻も、夢にも思って、いなかった。果敢《はか》ない運命の赤子は明るい客間に伴《つ》れ出されて、短いこの世の幸福を、受けていたのだった。小さな姉の私は喜んで呼んだ。

「不律《フリッツ》ちゃん、不律ちゃん……」

「静かにおしなさい、不律ちゃんがびっくりしますよ」

と、母が言った。

両国の川開きの日にはいつもは静かな観潮楼に、家中の人が集まって、いた。父も祖母も兄もいた。母や女中は忙しそうに、梯子段を上ったり下りたりして、冷えたシトロン、白玉の小皿、枝豆を盛った小鉢なぞを運んだり、要らないものを下げたりしていた。黒い、冷たい縁側の近くの、敷居際に置かれた銀盆の上には、沢山の洋盃《コップ》が透《すきとお》り、重なり合っている。母が、黄色いレモンの実の描かれた紙が濡れて、雫《しずく》を浮べている青い罎《びん》を、少し傾けて栓を抜くとシュッと音がし、真白な泡が溢れ出ようとするのだった。ドーン、ドーンと、胸の底に響くような音がして、賑やかな団欒《まどい》の話し声が空に映ったような花火が、黒い空にパラパラと、赤や黄色の火の滴を散らしては消えた。広間《ひろま》の天井には十燭《しょく》の電燈が二つ点《とも》っていて、淡黄色い光を座敷一杯に、投げていた。笑い声の響く観潮楼を包む夜は黒く、冷たかった。黒い闇は深く、遠くて、その中からドーン、ドーンと音が湧き、赤や青の光りの滴が花のように散ると、人々は一斉にその方を見た。父は黄色い、柔かい着物を着てあぐらをかいて坐り、葉巻を軽く持った手を膝に、

「そいつをもう少しこっちへ呉れ」

なぞと、左の手で指図《さしず》したりしている。「パッパ……」と呼ぶと鋭い眼が、柔かな光りを帯びて輝き、微笑に崩れた顔が何度も、肯《うなず》くのだった。小さな私はだんだん昂奮して来て寝に行くのを厭がり、いつまでもそこに居ようとした。私は泡の立つシトロンを少しずつ飲んだ。洋盃の底から突き上げる小さな泡の玉や、細《こま》かな泡粒が連《つらな》った、絶えず登ってくる線がシュウ、シュウと鳴る、生きもののような洋盃を口に近づけると、冷たい泡が、

顔にかかった。私は花火の音がすると、立上って飛び跳ね、父の背中へ廻っていって、飛びついた。父は葉巻の灰を落さぬように、手を軽く据えるようにしながら、「フン、フン」と、低い笑い声を立てるのだった。特徴のある笑い声を立てている兄の顔、皺《しわ》のある薄い、笑っている祖母の顔、眼を見張って花火を見ている母の顔なぞが、幸福な夜の幻《まぼろし》のように、父の向うに浮んでいる。

「まりちゃん、ちゃんとしていらっしゃい」

廊下にいる母はきっとした顔をして、こっちを見た。黒い闇と光りの当った欄干とを背にして浮き出した母の顔は、油絵の貴婦人のようだった。愛嬌がなくて真面目で、美しかった。

下の部屋部屋はいつも、静かだった。夏の真昼、蟬の声に囲まれた家の中を歩いて、東の端の部屋へいくと、父が本を読んでいた。白い縮《ちぢみ》の襯衣《シャツ》と、同じ洋袴下《ズボンした》を着た父は膝を揃えて坐り、畳に肱をついている。開いた本の頁《ページ》の端を象牙色の手が軽く、抑えている。余り深く截《き》らない真白な爪をつけた指が、本の頁を持ってめくる。白い、ザラザラした紙の上には黒いかぶと蟲のような字が、蟲の喰った跡のような模様を白く残してきっちりと、並んでいる。薄緑や薔薇色《ばらいろ》に光る貝殻の灰皿の上には、白い灰の積った葉巻が、載っている。襯衣の背中に顔をつけると、洗ったばかりのような清潔な皮膚の匂いがした。錆びた鑵《かん》の上に新聞紙を載せたのを枕にして、眠っている事も、あった。青く空を蔽っている桐や楓《かえで》、杉、樅《もみ》などの梢を潜《くぐ》ってくる冷たい風が、明け放した簾もない二つの六畳を、南の庭から北へ吹きぬけてゆく。青い葉の影が、部屋を半ばまで薄青く染めていた。夏の真昼の六畳の間は、海の底のようだった。うねうねした形のいい唇を軽く結び、角《かく》い顎を仰上《あおむ》けて、父は健康な息をしていた。柔かな、顰《ひそ》んだ眉が眼蓋《まぶた》の上に、影を落している。何処《どこ》の部屋も、静かだった。ミンミン蟬、つくつく法師、ジージーという油蟬なぞの混った降るような蟬の声が、青い木立から湧き、庭中に鳴って、大きな家を細かな音の籠のように包んではいたが、その声が烈しければ烈しい程家の中の静かさはしんとして、深かった。白地に鼠で、細かい型のある帷子《かたびら》に、薄紅の附紐《つけひも》を結んだ私は父の横に、自分も寝ころんで見た。薄暗い床の間には黒い鉱《かね》の香炉が、置いてある。違い棚には蓋が蝶番《ちょうつがい》で開け閉めするようになっている、独逸製の麦酒《ビール》の洋盃、黒に蒔絵で細かい乱菊模様の手箱、彫刻をした煙草の箱と銀の大きな灰皿とが、載っていた。その灰皿は立琴《たてごと》の形になっていて、それに手を掛けて立っている、髪の長い、薄衣を着た綺麗な乙女が彫ってあり、美しい二つの乳房が小さく丸く、盛上っていた。違い棚の下には折羽《おりは》双六《すごろく》の片側の、鉄扇《てっせん》の花の蒔絵が暗い中に光っている。南側の隅には九枚笹《くまいざさ》の蒔絵のある黒塗りの用箪笥が置いてあり、その上にはいつも庭の明りが白く、光っていた。抽出しを開けると小さく軋む音がして樟脳の匂いがし、琴の爪、清心丹、巻紙、新しい筆、茶色の薄絹で出来た薔薇の花の簪《かんざし》、リボンなぞが、入っていた。

それらの調度はいつもしんとして、決して動くことのないもののように、置かれてあるのだった。

白く光っている廊下は冷たくて、白地に薄みどりで、鱗雲《うろこぐも》のような模様の一面についた単衣《ひとえ》を着た母が、坐っていることも、あった。母は硝子戸に背をもたせて坐っている。暗い、庭の緑が映っている母の横顔は、いつもより一層青白いように見えた。母のいる辺りにはそこはかとない悲しみのようなものが、漂っている時が、あった。黄ばんだ古い手紙の束なぞを出し、紫色の紐を解《と》いていた時、又死んだ不律の石像を、新聞紙や綿なぞで幾重にも包んでいた時なぞの母の様子には、フッと辺りが暗くなるような、淋し気《げ》な影が、あった。

母は黒く大きな眼をあいて、庭の方を見ている。冷え冷えとした風が南側の青い庭から、後の花畑へぬけて行った。振り返って見ると、六畳を二間距てた遠い庭は様々な花の群と、陽なたの明りとが混り合って大きな、四角い花のガラスを嵌めたように、遠く光っている。黒いピアノと、紫檀《したん》の低い卓とがくっきりと、薄青い夏座敷と、花のある色硝子とを劃《くぎ》っている。花畑の向うの、往来の人通りの音が夢のように、聴える。私も母のようにぼんやりと黙って、坐っていたが、やがて何か遊び事を思い浮べると立上って花畑の光りの方へ、馳けて行くのだった。

「お庭で遊んでもいい?」

と、母を振り返ってきくと、

「ああ、おとなしくなさい……」

と、母は、少しも化粧をしていない、光るような美しい顔をふり向けるのだった。

下駄を履《は》いて庭へ下りると、暑くて眩《まぶ》しいほど明るい、夏の太陽が庭一杯に、輝いている。耳の中で鳴いているような蟬の声の中に軽い、微かな虻《あぶ》や蜂のうなりが聴え、暑い光りの中に沢山の花々が、庭を埋めて、咲いていた。薄紅色の華魁草《おいらんそう》、黄色と赤茶の蛇《じゃ》の目《め》草《そう》、薄紫の、煙のような藤袴《ふじばかま》、雁皮《がんぴ》、檜扇《ひおうぎ》、こまかな蟲取菊、紫のジキタリス、淡紫、白、紅なぞの葵《あおい》、罌粟《けし》、貝殻草、濃い紅色のダリア、天竺牡丹《てんじくぼたん》、夾竹桃《きょうちくとう》、薄藍色の紫陽花《あじさい》、萼《がく》、濃い桃色の秋海棠《しゅうかいどう》、紅や白の水引きなぞが、あった。塀に近い大理石の塑像《そぞう》のそばには、ざらざらした大きい葉を垂らした向日草《ひまわり》、白と薄紅の芙蓉《ふよう》があり、白い石像の上に薄紫の影を、映していた。金色の暈《かさ》を描いて蜂が飛んでくると、私は体をすくめてしばらくの間、じっとしていた。がさがさする花や葉を分けて花の中の道を入って行き、塀の際まで行って見る事も、あった。両側から花が繁って道がなくなり、沢山の花や蕾をつけた淡青い茎や、濃い緑色の葉が絡《から》みあっている厚い草花の壁が、小さな私の行手を塞いでいる所も、あった。私は蟬の声と花との中に埋まりながらぼんやりと、夏の真昼の静かさの中に、いた。花の匂いがし、空は痛いように白く、光っていた。ふと思い出して奥の部屋を見ると、遠い向うの庭が暗く、青く、微かな明りに光っていて、いつの間にか、母の姿はなくなっているのだった。

花畑に烈しい雨が降ると、私は六畳の間の硝子戸に顔をつけるようにして立って、庭を見ていた。硝子の外はざあざあという音が、屋根の上にも往来にも、家全体をとり囲むようにして鳴っている。庭の地面は池のようになり、水の表面《おもて》は白く光って、その表面《ひょうめん》を打つ雨の滴は一つ一つが小さな泡をつくり、水の上を風下《かざしも》へ風下へと、流れてゆく。絶え間なく落ちる水の中を、重い風が音を立てて吹くと、夾竹桃や華魁草なぞの花の塊《かたま》りが重い頭を右に左に、揺すぶるようにして揺れた。黄色の姫向日草《ひめひまわり》も、蛇の目草も雨の滴をつけて飛沫《しぶき》の中でゆれ、押し倒された花の茎は濃い、鮮やかな緑に光る葉を垂れ、ざわざわと鳴り、波のように、動いた。

硝子戸は透徹《すきとお》って硬く、水の飛沫や、恐ろしい水の音を遮り、しんとして、静かだった。部屋の中は黄色く明るくて、なんの音もなく、誰もいなかった。

だんだん辺りが暗くなって来ると、私は可怕《こわ》くなり、台所の方に音がし始めたのに気がついて、その方へ馳け出して行くのだった。

父が奥の部屋にいる時には、境界《さかい》の唐紙《からかみ》を開けて入っていった。そうして机に向ってなにか書いている父の背中に飛びつき、「まて、まて、」と言って父が葉巻を置いたり、筆を置いたりしてから膝をこっちへ向けると、直ぐに膝に乗り、膝の上で少し飛ぶようにした。父は微笑して、「フン、フン、」と肯くようにしながら、私の背中を軽くたたくのだった。

部屋の隅々はもう暗くなっている。葉巻の匂いの浸みこんだ父の胸から、温かい愛情が、私の小さな胸へ、通ってくる。私は黙っていた。硝子戸越しに南の庭を見ると、ここにもざあざあという雨の音が立て籠めていて、揺れ動く青い枝や、濡れた石が白い雨の中に、光っていた。

「よし、よし、おまりは上等よ」

と、父は言った。

夏の夜、奥の六畳は十燭の電燈の光りで隅々まで明るくて、真暗な庭との境には、岐阜《ぎふ》提灯《ちようちん》がぼんやりと、光っていた。

燈火《ひ》のとどく所だけ、八つ手の葉や、楓の幹なぞが、見えている。白い襯衣《シャツ》の父が、黒く光った縁側に蹲《しやが》んで、岐阜提灯の火を点けていた。白い手で燐寸《まっち》を擦《す》り、消えぬように囲みながら火を蠟燭《ろうそく》にうつす。闇の中に薄赤い炎が、ゆらゆらと動いた。提灯を大切そうに、ゆっくりと延ばすとほろほろと紙が鳴って、すぐに提灯に描かれた舟や漁夫、焚松《たいまつ》なぞの絵が蠟燭の炎を中心に、美しく浮び上った。父は立上ってそれをもとの所に下げ、紙や燐寸を台所の方へ、捨てに行った。

橙《だいだい》色の岐阜提灯は少しの風にもゆれ、庭の闇の濃くなるにつれていよいよ紅みを増して美しい光りの暈《かさ》を、つくるのだった。薄赤い光りの中心に白い炎がまたたき、風が来る度にゆらゆらと揺れ動いた。岐阜提灯の下に右膝を立てて坐り、父は葉巻の手を立てた膝に置いて、庭の方を見ていた。そうして、低い声で歌った。

――イソルデよ、我が恋人よ、ふたたび我がものとなり給うとか……――

――昔ツウレに、王ありき――

低い、嗄《かす》れたような歌の節が、庭の闇に漂うようにして消えた。母が麦湯の冷えたのを持って来て、向い合って坐ることもあった。母は清らかな体に紺の濃淡、鼠などで、細い線や菊がいりみだれた浴衣《ゆかた》を着て、黒地に白く桐の葉がぬけた絽《ろ》の帯を、軽く締めていた。

母が来ると私は、「お寝なさい」と言われるのを恐れて、直ぐに父の膝に乗った。

同じ廊下で夕飯を摂《と》る事も、ある。めいめいに溜塗《ためぬ》りのお膳が運ばれて来る頃には、樫《かし》の梢に日ぐらしの声が喧《やかま》しい程している。平たい容物《いれもの》に、灰を馴らしたものと、除蟲菊《じょちゅうぎく》の鑵とを父が持ち出して来る。父は錆びた鑵を開け、中の茶匙《ちゃさじ》で除蟲菊の粉を灰の上に、Sの字なりに撒いていった。匙を水平に持ち、同じ手の人差指で軽くその柄を敲《たた》くと、こまかな黄色い粉は強い匂いを立て、灰の上に黄色い線を描いていった。やがてSの字の一端に火を点けると薄水色の、噎《む》せるような強い煙が、立ち登った。父はそれを縁側の端に置くと、硝子戸を背にして坐った。お膳の上にはキャベツ巻、焼茄子《やきなす》、水蜜桃を煮て砂糖をかけたもの、白瓜の早漬けなぞが、並んでいる。

「もっとそっちへ寄せましょうか」

「うむ、此処でいい」

父はそう言って長い象牙の箸を、とり上げた。父の箸が柔かく煮た桃を崩してゆく。父は果物の煮たものが、好きだった。白いお砂糖の蔭の淡緑《うすみどり》に透徹る梅、橙色の杏子《あんず》、琥珀《こはく》色の水蜜桃、濃い紅色の天津桃《てんしんもも》、初夏《はつなつ》から長い夏の終りまで、それらのものが次々と父の食膳に上った。父が漬物に醤油をかけていると、

「鰹節《かつぶし》をかけますか」

と、母がきいた。

「うむ。明舟《あけふね》のお母さんの流儀は美味《うま》いなあ」

母は笑って、言った。

「明舟町の父が始めは大変怒ったのですって。漬物には塩で味がついている。それに醤油をかけるのさえ贅沢なのに、その上鰹節《かつおぶし》までをかけるといって」

台所から音がして、女中が大きな味噌汁の鍋を、運んで来る。蓋を取ると湯気が立ち、薄紫の蜆《しじみ》の殻が、からからと、杓子《しゃくし》に当って鳴った。

母は厳しかった。いつもきっとして、「まりちゃん」と呼んだ。母に呼ばれると、いつもぐにゃりとして、どこかしらんによりかかったりしているような私も、直ぐに起き上って、ピアノを復習《さら》ったり、勉強をしたりしなくてはならないようになるのだった。心持釣り上った眉、二重《ふたえ》まぶたの大きな眼、形のいい高い鼻、引締った唇。曇りのない大きな眼は時々美しい瞬《またた》きをして、いつもはっきりと見張られていた。その眼の中にはなんの影も、

なんの秘密も無いように見えた。青白い皮膚はいつも洗ったばかりのように、清かった。お風呂の時なぞ、痩《や》せ形《がた》な白い清らかな体を折り曲げて坐り、いつも真新しい手拭いをお湯に浸《ひた》して、石鹸をすりつけ、大きな眼をぱちぱちとさせながら、手早く形のいい額から鼻、引締った頰、鼻の下と、ギュウギュウ洗っている母の姿が、薄暗い湯殿の中に浮んでいるのだった。湯槽《ゆぶね》の中には湯気の漂う湯が白く、光っていた。夜は蠟燭の炎が板戸に大きな光りの輪を描いて、ゆれ動いた。母は眼をつむって手拭いを濯《ゆす》ぎ、お湯を代えるとざぶざぶと、顔を洗う。そうすると輝くような顔が、現れた。白い肩にも腕にも、湯の滴が光っている。処女《むすめ》のような小さな乳房にも、綺麗な滴が光っていた。私がぼんやり見ていると、

「まりちゃん、お立ちなさい」

と言って私を立たせ、自分の顔を洗ったようにして、痛いと言ってもかけかまいなく手早く洗い、ざあっとお湯をかけるとすぐに湯槽に入れ、肩まで沈めさせた。私が笑うと、

「悪ふざけするんじゃありません」

と言ってきっとした顔をして、叱るのだった。お風呂から上って新しい浴衣を着た時には、さすがに青白い母の顔も血の色が漲《みなぎ》るように現れて、ぼうっと薄紅く、沈んだ艶《つや》を見せていた。湯上りの私が飛び跳ねながら奥へいくと、黒い縁側に坐り、白い団扇《うちわ》をゆっくりと動かしていた母は、庭の闇から浮き出したような美しい顔を振り向けて、笑った。だ

が私が肩に掴《つか》まったりふざけたりすると、忽ち真面目な顔になり、「まりちゃん」ときめつけ、私に図に乗ることが出来ないようにした。母はいくら慕っても仲々打ち解けてくれない、恋人のようで、あった。

私は眼が大きくて口元の幼い、黄色い、痩せた子供だった。顔がむくんで、醜い感じになっている時が多かったが、大変に美しい子供になることもあった。父はそんな日には、

「おまりは今日は綺麗だなあ」

と言った。

父は時々独逸から見本を取り寄せてその中から母と選び、私の洋服や帽子を誂《あつら》えた。父と母とが奥の間で、私の洋服を選んでいるのを見つけると、私は馳けていって父の背中に寄りかかり、肩越しにのぞき込んだ。父は私がいくらとりついても、うるさいという気配さえなかったので、私は時を選ばずよりかかったり、飛びついたりした。父の上半身が少し前へかしいで、本が見難《みにく》いようなのを見ると私は背中からのいて、そばに坐り、じっと見守っていた。本には洋服を着た子供が頁一面に、幾つとなく描いてあり、父が絵の下に書いてある説明を黙って読んでいる。母が、

「パッパ、これはどうでしょう」

と言って指さすと、父は、人差指でその下の横文字を辿りながら、

「七つか八つ位の子供の洋服で、色は海軍青《あお》だ。へりの条《すじ》は白で、釦《ボタン》は金色だ」

なぞと説明をした。しばらく黙って読んでいてから、

「この帽子はいい。黒天鵞絨《びろうど》で、リボンは猩々緋《しょうじょうひ》だ。ごく濃い紅《あか》だ」

と言い、ふと思いついたように、

「そら、債鬼にあったろう？　猩々緋が似合うというのが……」

と言い足すと、母は、何事かを思い出したような顔をして、

「ええ、ええ、あの色ですか。黒に濃い紅ならどんなにいいでしょう」

なぞと言うのだった。父が手紙を遣《や》った事が分ると、今度はそれが来るのを待っていたが、幼い私は来る頃にはとうに忘れて、いるのだった。大抵春手紙を出すと真夏、七月頃に誂えると秋の初めというように、四ヶ月目位には来た。最初に来たのは父が日露戦争から帰った直ぐあとで、三つの時だった。黒地に緑と紺の細《こまか》い格子縞《チェック》に、四角く開《あ》いた襟や袖口、裾の廻りなぞに濃い紅で太い縁《へり》を取った可愛い洋服で、やはり紅い帯が、前で大きく花結びになっていた。海軍青の羅紗《らしゃ》に白い縁《へり》飾りと金の釦《ボタン》のついたもの、黒にオリーヴの荒い格子縞《チェック》に、同じ色のリボンの飾りのあるのは、十位の時だった。茶の毛皮に共色のリボンを飾った、冬の帽子。白いフランネルで、波打った広い鍔《つば》の縁《へり》にオリーヴ色の毛皮のついた、椿姫のような帽子。細《こまか》い襞《ひだ》やリボンで飾られた白い寒冷紗《かんれいしゃ》の、夏帽子。どれも私の気に入ったが、九つ位の頃だった。夏の始めに独逸から箱が届いて、中から真白な、雪のようなレースの夏服が出て来た時の嬉しさは大変だった。細《ほそ》い、絡み合ったレースで、

布と布との間が縛《つな》がれている。複雑な飾りの、ひどく美しい白いレースだった。洋服を入れたボール箱が着いた日には、父は本が来た時のように喜び、鋭い三角の眼尻を下げ、渋い調子の顔中一杯に微笑を湛えて、

「そいつはあとにしろ。これをさきに開けて見よう」

と、何かしている母に言い、吸いかけの葉巻を横にくわえた儘《まま》、箱を部屋の真中に引摺って来て、それから葉巻をとって違い棚の灰皿の上に置き、かえって来て紐を解《ほど》き、蓋を開けた。

「西洋の商人の結んだやつは何処へ放り出しても解《と》けなくて、解けばこんなに訳なく解ける」

などと嬉しそうに言い言い、ゆっくりと解くのだった。独逸に居た若い頃の思い出が父の頭に浮んで来て、リンデンの深い梢や、楽しい生活が、蘇《よみがえ》ってくるのだったのだろう。蓋を取ると薄い柔かい紙が両方から被さり、真中で合わさっている。ぺらぺらとその紙をのけて父が美しい洋服や、真紅《まつか》なリボンの帽子なぞを出すと母は、

「まあ綺麗ですねえ、やっぱり向うのは違いますねえ」

なぞと見とれて、直ぐに、

「まりちゃん、立って御覧」

と言って、私を立たせた。そうして上着だけ脱がせた上からそれを着せると、西洋の書《しよ》

物《もっ》を開けた時のような匂いがして、新しい美しい洋服が、フワリと頭を越して、体を包んだ。夢のような嬉しさで、私は黙っていた。

「うむ、上等、上等」

と、父は言って、眼を細くして微笑した。母は大きな、はっきりした眼を見張るようにして、

「此処の釦《ボタン》は一寸つけ直さないと、ゆるいようですねえ、後を向いて御覧」

なぞと言って、方々を調べてから、又、

「紅《あか》の色がなんていいんでしょう」

と、いつまでも見とれるのだった。大き過ぎたりすると父は、

「おまりには大き過ぎるなあ、……なに、少し蔵《しま》って置けばすぐに着られる」

と言うのだった。

父は着物を選んで呉れる事も、あった。三つの帯解きの祝の時に、三越へ行って選んで来たのを母が拡げて見ると、辺りが明るくなるような、美しい友禅だった。白と濃い紅《べに》とに染め分けた所へ、紅の所には白、白には紅で、図案化された燕《つばめ》が、雁のようにうねって続いているのだった。母は父と相談してそれを二枚重ねの元禄に仕立てて、鬱金縮緬《うこんちりめん》の裾廻しをつけ、細《こまか》い立枠《たてわく》と菊とを織り出した男帯を、それに添えて誂えた。

或日私が、明るい縁側からふと薄暗い中の間へ入っていくと、この紅色《べにいろ》と白との美しい

着物が畳の上に、軽く放り出されたように置かれているのが、眼に入った。そばには、母の黒縮緬の裾模様、白羽二重《しろはぶたえ》の下着や長襦袢、金襴《きんらん》のキラキラした帯も見えている。私は胸を躍らせた。それは母の次の兄、三雄伯父さんの御婚礼の日だった。やがて私は母と、お風呂に入っていた。昼のお風呂は明るくて、お湯がキラキラと光り、ざぶん、ざぶんと、長閑《のどか》な音を、立てた。母はいつもより一層手早く私を洗っている。上等の石鹼の匂いがする。愉快になって来た私は、桶や湯槽《ゆぶね》に満ちて光っている湯を、手で掬ったり、ぴちゃぴちゃ敲《たた》いたり、した。湯は厚く、重くて、敲くと中から持ち上り、膨《ふく》れてくるような気が、するのだった。そうして白い飛沫《しぶき》が飛び散り、楽しい心をいよいよ楽しくさせた。白い瘦せ形の母と、薄黄色の肌のやっぱり瘦せて小さな私とは、光って揺れている湯槽の中に、沈んだ。

「何処へいくの」

「御婚礼ですよ、三雄伯父さんの御婚礼で、伊豫紋へいくのです」

と、母は答えた。

風呂から上ると母は私を鏡台の前に、坐らせた。温かな春の陽が、硝子戸を開け放した縁側に、差し込んでいる。黒塗りの鏡台は縁側に据えられ、九枚笹の紋の浮き出た耳盥《みみだらい》には、母の癖直しのお湯が、陽炎《かげろう》のような湯気を燻《くゆ》らせている。いい着物を着て母と他所《よそ》へ行くという、胸の中がほんの少し苦しいような、浮き立った気分が、あたりに漂い始めていた。母が鏡台を開けると香油の匂いがし、花簪《はなかんざし》や元結い、オリーヴ色に金で模様のある粉白粉《こなおしろい》の箱、頬紅の浸みた水刷毛《はけ》、油染《あぶらじ》んだ草色の手絡《てがら》なぞが、入っていた。母は黙って繊《ほそ》い、美しい手に櫛を持って私の髪を、梳《と》かした。額に下げた前髪の後《うしろ》を、真中から分けて耳の辺りで結び、真白なリボンを出して来て、両方にかけて呉れた。母の指が髪の間を潜り、少し毛がつれたりする。そうして少し冷たいリボンが、頬の横にくすぐったいように、触る。温かい真昼の陽差しの中で、私は鏡の中を見ていた。鏡の中は黒く光っていた。その中から小さな、薄黄色い自分の顔が浮んで、じっとこっちを見ている。白いリボンが、花片《はなびら》にとまって軽く動いている蝶のように、優しく軽く結ばれて、茶がかった髪の毛の上に、止まった。母は次に金盥《かなだらい》のお湯に手拭いを浸して、ぎゅっと絞ると私の顔をギュウギュウ拭き、今度は水白粉を含ませた刷毛で、軽く申訳けのように顔を撫でる。資生堂の白粉の匂いが漂い、水刷毛が顔の上をさするようにすると、大変綺麗になったような、夢のような気がした。次の間へ行き、晒布《さらし》の下着だけになると、冷たくて、私は両肱を胴につけ、両足を縮めるようにした。気の急《せ》く母は、「まりちゃん」と、じれったそうに言い言い、冷やりとする緋縮緬の長襦袢を着せ、後についた附け紐を結ぶとその上から、綺麗な二枚重ねを引きかける。胸がだんだんそわそわして来るのだった。両手で胴を抱《かか》えるようにして附け紐を結び、織物の小さな帯をごわごわと巻きつけ、母は器用な手つきで、小さな横矢《よこや》の字《じ》に結ぶのだった。私は、堪《たま》らなく嬉しくなって来て、結び終るのを待ち切れないようにして、飛び跳ねたり、そこらを駆け廻ったりするのだった。

私は母にお化粧をして貰い、軍服を着た父や、美しい母に伴《つ》れられて方々へ行った。佐々木さんの園遊会や、岩崎さんのお庭、伊豫紋や八百善《やおぜん》、神田川、天金に、十二ケ月。上野の山のお花見、浅草の仲見世、奥山の万盛庵。

いろいろな場所の夕暮れ時や、真昼、雪の降りしきる真白な世界などが私の頭の中に、ぼんやりと浮んで来る。昔の記憶は、夢のように淡い。遠い、白い昔の夢は、底に熱でもあるように、幸福な想いを内にひそめて私の胸の中に、満ちて来る。

真昼の広小路の角には扇が幾つも繋《つな》がって、順々に開いては又閉じてゆく玩具を持った老婆が立っていて、その扇が、昼間の明るい陽の下できらきらと、赤や紫に光っていた。数寄屋橋に近い川岸に建っていた、昔の有楽座は、ゆっくりと揺れ動く緑色の水の上に、白い影を映して、建っていた。水は深く、厚く、濁っていて、その上の白い建物の影を、果敢《はか》ない、すぐに潰《つい》え去るもののように、ちらちらと、揺《ゆ》すぶっているのだった。母に手をひかれて白い建物に入って行くと、暗い谷底のような中に、水色と桃色の着物に括《くく》り袴《ばかま》を穿いた二人の子供が、動いていた。幕間《まくあい》になると、母は私の手をひいて廊下に出た。人込みの暗がりに沈んだ光りを放つ、母の指のダイヤモンドを見ながら行くと、明るい小さな部屋に出た。窓からは白い空が見えていた。私はそこで、母の掌にもあまるような、大きなシュウクリームをとって貰って、たべるのだった。

薄闇に包まれた上野の山々には、お花見帰りの人々の群が黒く、動いていた。手袋を嵌めた父の手が柔かく、私の手を握っている。白い手袋はなめらかで、軽く私の小さな手をしまい込むようにして持つと、ほのかに温かかった。片方の手は母がひいていた。三人は精養軒へ曲ろうとする右角の茶店に入り、床几《しょうぎ》に休んだ。腰かけると宙に浮く私の足から、母が靴を脱がせる。私は母が葉をのけて渡して呉れる桜餅をたべながら、夕闇を見ていた。桜餅は手に持つと冷たく、噛むと甘くていい匂いが、した。賑やかだった人込みの名残りが、まだ辺りに埋火《うずみび》のように残っている上野の森の、春の夕暮れは静かだった。夕闇が濃くなると桜の梢と、母の膝のヴェエルだけが夢のように、白かった。広小路の騒音が海の音のように、聴えていた。

父が日露戦争から帰ったばかりの冬だった。朝から降り出した雪が、東京の町を真白に埋《うず》めている午後だった。明舟町の家の小さな潜戸《くぐり》を開けると、外はしんとして白く、前の家も、通る人も降る雪の向うに淋しげに、見える。厚く着せた上から、白い外套で包《くる》んだ私を抱いた父が、先ず出て来た。黒い外套の下から拍車の光る長靴が、しっかりと雪を踏んで、立っている。私をゆり上げるようにすると、軍刀《サーベル》の尖端《さき》が拍車に触れて、カチャリと鳴った。

「傘を……」

直ぐに母が出て、傘を開いた。絣織りの普段着の上からコートを着た母は、玉のような眼で抱かれた私を見遣って言った。

「ほんとうに大丈夫でしょうか」

「こんなに沢山着ているからなあ、おまり」

却ってその方が丈夫になるというので、元気な若い父は、私を伴れて母と銀座の天金へ行くのだった。

父の靴に続いて母の足駄が、真白な露路《ろじ》に、薄墨色の跡をつけて行く。桜田本郷町も白く、暗く、雪の動きだけが、音のない音を、感じさせた。電車は白い雪の影の向うに、霞んで見えているだけで、仲々近くへ来ない。母は不安だった。本郷町から日比谷へ出る。日比谷公園の四つ辻は、お堀の水も、空も、白い雪の粉に蔽われている。電車を乗りかえて、父と母とは天金の門口を潜った。

入口の台所には真紅な火が燃え、パタパタと煽《あお》ぐ団扇の音が景気よく鳴っていた。桃色の足をした元気な若い男が大きな声で、

「いらっしゃい」

「お三人さん」

と、口々に言った。

奥の座敷にも、すぐに火の熾《おこ》った火鉢が二つも運ばれた。父は私を下ろし、あぐらをかいて坐った。ほっとしたように、母もコートを脱いで坐った。やがて、平たい黒塗の箱の

上に、大きな海老の天麩羅、白魚や貝柱《はしら》のかき揚げが、あとからあとからと、運び出された。緑と黄色との細な市松の上敷の上に、洋燈《ランプ》のゆれる火影《ほかげ》と、表から差し込んでいる僅かな明りとが、通い盆の上の天汁の徳利、水々した大根おろしの山、冴えた黄色の生姜《しょうが》、菜の古漬を盛った小丼なぞを照らし出していた。微かに煤煙《すす》の匂いがしている、洋燈の火影に、何か楽しい事を隠しているような、父の顔がある。私は父を見た。父は微笑して肯いた。

「うまいだろう?……もっと喰え、もっと喰え」

「もうあんまり喰べさせては」

「なに大丈夫だ、おまりは今から丈夫になる」

と、父は言い、黒い肋骨《ろっこつ》の軍服を着たあぐらの膝に箸を持った手を置いて、にこにこと、私を見た。

母の心配した雪も、帰る頃には、少しまばらになっていた。

洋燈の光りや、人力車に乗った美しい母。肋骨の軍服を着た父。小説の中にあるような明治の世界、又いろいろな町や家は小さな私の前に、いつも美しい絵巻物を繰りひろげているのだった。

日が暮れかかり、もうそこここに灯《ひ》の点き始めた浅草の仲見世の石畳を、私は母に手をひかれて歩いていた。もう初冬の、この歓楽境の人込みはほのかに温かく、騒《ざわ》めいていた。

カラカラと鳴る軽い下駄の音が少しばかりの埃を舞い上げ、何処からか聴えて来るジンタの響きが、人々の足を浮き立たせる。両側の店の中はもう金色に明るく、人形や、金米糖《こんぺいとう》の瓶《びん》、赤や青のポンチ絵の本なぞが、隙間なく並んで輝いている。店の中が明るくなればなるほど夕闇は深くなっていった。駝鳥の肩掛けを、気取り気《げ》もなく襟に巻くようにかけ、黒縮緬の羽織を着た母と、友禅縮緬の上下に黒い護謨《ゴム》靴の私とは、人込みの中に混って急いだ。風が冷えて、裾から寒い風が入る。母は私の手をしっかりと握って、足早になって歩いて行く。薄い手袋ごしに強く握りしめている母の手は、冷たい。その冷たさは懐かしく、悲しかった。ジンタに乗って男の歌う声がして来ることもある。「ああ世は夢か、まぼろしか」、「ここは御国《おくに》の何百里」なぞという歌の声が流れて、それが雑沓の物音に混って、悲しいように響くのだった。夕闇の中にぼんやりとした影になって動いている、人々の間から美しい店の灯《ひ》が、ちらちらと、見え隠れする。

雷門へ出ると、母はそこにいる人力車を雇った。人力車のない時には電車に乗ったが、どれも混んでいて、大抵満員の札が下っていた。アーク燈や、色電気、黄色に輝いている電車も母と二人、闇の中に取り残されそうな私の恐怖を一層強めて、淋しい光りを放っているばかりだった。ようよう乗った母と私とが、人の中を分けて行くと、

「へん、女でも紋附の羽織を着りゃあ御婦人だ」

なぞと言う職人のような連れがある。私はこわごわ、その人達の足のあたりを潜り抜け

るのだった。

白鬚《しらひげ》神社の後《うしろ》にあった不律《フリッツ》や、祖父の墓へ詣る日は、いつもお昼過ぎの明るい頃、川蒸汽《じょうき》に乗った。ドブドブと揺れている川の上を、ポポポポとあたりを震わせるような大きな音を立てて、蒸汽船が近寄って来た。大人はやっと入るような狭い入口から、急な段々がついていた。中へ下りると、ブル、ブルと、足の下が震えるようにして鳴っている。通り路をやっと通って、母は空《あ》いた席を見つけるのだった。やがて船は、びっくりするような大きな音を立てて、水の上を動き出した。少し経つとゴツゴツした地味な着物に、同じような羽織を着た男が、何処からか起《た》ち上って来て通路に立ち、いろいろな本を代り代りに包みから出してはパタパタと、手で敲《たた》いたり、二三冊一緒にして、扇のように重ねて高く差しあげたりしながら、うるさい声で説明をし始めた。「ええ」「ええ」と、間々に挟みながら、二冊で何銭、三冊で何銭と重ねてゆき、十冊位重ねてからポンポンとはたいた。あとからあとから出して来る手品のような手つきや、早口な口上を、私はいつも見て居た。岩見重太郎狒々《ひひ》退治、塚原卜伝《ぼくでん》の鍋蓋試合い、又は日本海海戦の何々というような本の名を、勇ましそうに声を張りあげて言ったりする。男は散々怒鳴ったり敲いたりすると、本を片づけ、外へ出て行った。

夏の朝、私は寝床の中で眼を開《あ》いた。奥の間との堺が開いていて、朝の光りの中に洗われて出て来たような、昨夜《ゆうべ》の儘の座敷、調度が見える。薔薇色や淡緑に光る貝の灰皿には、葉巻の灰が、溜っていた。遠くの廊下には、まだ雨戸を繰る音が続いている。牛乳屋の車の音がガラガラと、遠く靄《もや》の中から響く。やがて開く幾重もの花片《はなびら》を固くひそめている蕾のように、やがて暑くなる気配を隠している、夏の朝の冷たさだった。

もう白い襯衣《シャツ》に着かえている父は、溢《こぼ》れているビスケットの粉なぞを、鷹の羽の羽箒《はぼうき》で紙の上に寄せ集めて捨てると、白い、美しい足で畳を踏み、花畑の部屋の敷居際に行って蹲《しゃが》んで、庭を見ていた。私は「パッパ」と、床の中から呼んだ。

「おまり、起きてこい」

と父が言うと、私は直ぐに起きて父の傍《そば》へ行った。庭一面の靄の中に雁皮《がんぴ》、檜扇《ひおうぎ》、ジキタリス、蟲取菊、芙蓉、さまざまの花々が、浸《にじ》んだように浮んでいる。馬小屋の方で突然高く、馬が嘶《いな》いた。台所の方でカタコトと音がし出し、やがて茄子の味噌汁に、唐茄子の煮たもの、淡青い白うり、紺色に光る茄子の糠《ぬか》味噌漬、なぞの朝飯のお膳が運ばれて来る。淡桃色の鰹節の山は、赤いお醤油の色に染まって崩れ、温かい湯気を立てて白く光る御飯が盛られる。その頃には朝日が樫の梢を薄い金色に染め、蜱が一つ二つ、昼の暑さを喚《よ》びおこすように、鳴き始めるのだった。

父は夏休みでも陸軍省に行った。朝飯が済んで、象牙のお箸を番茶でゆすぎ、傍《そば》に持っていた半紙の半分に截《き》ったのを、二枚とってお箸の先を包み、黒塗りの箸箱の中へコトリと音をさせて入れると、奥の部屋へいって軍服を着、サーベルをつけて玄関へ出た。軍医の着る軍服は緑色を帯びたカーキ色の上等の羅紗で、胸には鈍く光る銀色の釦《ボタン》、襟には黒ずんだ緑の布がついていた。サーベルを吊る紐は黒い皮で、裏には緋羅紗がついている。私は軍服を着た父が、好きだった。白い襟《カラー》の細く出た襟が少しゆるい。顎の角《かく》がかった、陽に灼けた父の顔には鋭い眼が光り、汚《けが》れのないうねった唇には、ハヴァナの香気が漂っているように、見えた。あぐらをかいて坐ると、胸の釦《ボタン》と釦との間がたるんだように口を開いていて、その軍服の胸の中に、小さな胸一杯の、私の恋と信頼とが、かけられているのだった。「パッパ」。それは私の心の全部だった。父の胸の中にも、私の恋しがる小さな心が、いつでも、温かく包まれて入っていた。私の幼い恋と母の心との入っている、懐かしい軍服の胸で、あった。

小走りに従《つ》いてゆく母の後《うしろ》から、私はとんとんと廊下を飛ぶようにして、ついていった。表玄関の近くの六畳から、祖母も出て来た。父は玄関の段を下り、後向きに背を屈《かが》めて片足で立ち、片方ずつ黒く光る長靴を履くと、つかつかと、門の外に別当が手綱を取っている馬に近づいて行った。白い手袋を嵌めた手を手綱にかけると、拍車の光る長靴の左足を細い鐙《あぶみ》にかけ、全身の重みをその足にかけるようにして、一つ弾《はず》みをつけると、拍車がカチャリと鳴る。もう父は馬の上に跨がっていた。赤い顔の別当は、母から弁当の包みを受け取り、父の後《あと》から別の馬で従いて行くのだった。今からはこの人が唯一の懐かしい人だとばかり、私は母の袂《たもと》の先をとらえ、うるさがられながら家の中へ引き返えすのだったが、それから父の留守中の長い私の一日が、始まるのだった。

幼い日は毎日毎日、一日というものが随分長い。殊に私にとっては長かった。次の弟の不律《フリッツ》が死んでから杏奴《アンヌ》が生れて、それが遊び相手になるまでの八年位の間、私は一人だった。兄は大きくてたまにしか相手にならない。女中と遊ぶことは禁じられている。唯一の話し相手であった父は、朝から薄暗くなるまで何処かへ行っていて居ない。母は小説を読んでいたり、考え事をしていたり、戸棚から行李を出して片づけものをしたりしていた。冬は濃い水色地に細い縞の着物、黄八丈《きはちじょう》、他所《よそ》行きをおろした地味な大島。夏は紺地のゆかたや、白地に灰色で鱗雲のような模様のあるメリンスの単衣《ひとえ》なぞを着て、廊下を通っていたり、細く鋭い音をたてて、解《ほど》きものをして居たり、ガッタン、ガッタンと揺れる箪笥の音がガラス戸に響いて、青々とした楓の葉越しに、広い廊下に居るのが分ったりする母は恋しくて、あとを蹤《つ》いて歩いたり、そばへ行って寝転んで絵本を見たり、庭に遊んでいても、ふいに思い出して探しに行ったりした。

母が他所行きの着物に着かえているのを見つけると、傍へ行って、

「何処へいくの、あたしもいくの」

と聞いて見るのだったが、時間で銀行へ行く時とか、祖父の病気の事で、医者を訪ねる時なぞは、母はサラサラと、お召縮緬の着物や紅絹《もみ》の裏、縹色絹《はないろぎぬ》の裾廻しなぞを鳴らしたり、扱帯《しごき》をキュウキュウいわせて、細い腰の片側で引き締めたり、片手で無雑作に衣紋《えもん》を

直しながら、つき膝で鏡を一寸覗《のぞ》いたりしていて、振返えりもせず、

「お母さんは一寸行って来ますからね、おとなしくしていらっしゃい」

と言うばかりだった。樟脳の匂いの漂う中で、私は母の足元に寝ころび、詰らなそうに母を見ていた。やがて母は、藍納戸《あいなんど》の袴地に白い桜の花片《はなびら》の縫いのある、黒繻子《くろじゅす》と腹合せの帯なぞを、シュウシュウとしごいて、手早くお太鼓に結び、地味な帯止めの金具をパチンと止め、ふわりと宙に泳がせた黒紋附の羽織を着て紐を結ぶと、もう一度鏡を覗き、始終洗っていてあまり香油を多くはつけない、殆んど水髪の丸髷《まるまげ》や束髪《そくはつ》の鬢《びん》の辺りを、櫛で二三度梳《と》かし、いつの間にか履きかえていた白い足袋の足で、さらさらと歩いて台所の方へ行って、何か言いつけたり、するのだった。母が鏡を覗いているのを後から見ると、庭の青葉の明るさが、鏡の中を暗くし、暗い中から中高《なかだか》な、真面目な表情をした母の顔が、青白く浮き出しているのだった。私はだんだん胸の中から何かが抜け出してゆくような淋しさを感じて、寝転んでいる細い足をバタバタさせたり、ごろごろ転がったりしながら、ぐずぐず言った。幾ら何を言っても、母が一人で行く事に定めている時には不可抗力だった。それで私は諦めて、お菓子なぞをねだった。母はすっかり他所行きのなりになった姿で、鑵の中からお菓子を出して、白い半紙に包んで私に呉れるのだった。他所行きの着物を着た母は動く度に衣摺《きぬず》れの音がし、微かな樟脳の匂いがした。樟脳の匂いのする着物は母をどこか冷たく、何処かへ行ってしまうような、頼りない空気で包んでいるのだった。

母は時々は千代紙を折ったり、白い紙をお箸で縮らせて島田や丸髷を作ったりして、姉様をこしらえて呉れた。又私の出す帳面に、女の子供の絵を描いて呉れる事もあったが、そうしていても、心の一部は何処か遠い所へ行っているような、頭の何処かで私には分らない、大人のことを考えているような所が、あるのだった。それに大抵は用をしていたり、黙って庭を見ていたりして、何か言っても「ああ」とか、「そうかい」とかいうだけだったので、私は一人で遊んでいるよりないのだった。門から外へ出る事は禁じられていたし、女中とは遊べないので、私はいつもたった一人で廊下を駈け出したり、寝転んだり、又起きて馬を見に行ったりしていた。馬小屋の前に行ってみると、馬は穏《おと》なしい顔をしていて、時々尻尾《しっぽ》でバサリと板壁を払ったり、後足で後の板戸を蹴ったりした。又たっぷり敷いてある藁の上で、足踏みをしているかと思うと、いきなり長い首を咽喉しか見えないほど仰向けて、大きな声で嘶《いなな》いた。ガタリ、ガタリと板戸を蹴る音と、尻尾で板壁を払う音とが、玄関や、花畑の部屋へいくと、いつでも聴えているのだった。別当が馬を洗って遣っていることもあった。釦をむしり取るようにして上着を脱いだ別当が、中へ潜って入り、丸い、きょろきょろした眼の、太った紅い顔で私の方を見て笑ってから、「ドウ、ドウ、ドウ、ドウ、」と言いながら、馬の鼻の上を撫でたり、大きな腰や、長い足の上の方を、パタパタと敲《たた》いたりした。それから持って来たバケツの水に、そこらの藁を手早く束ねたのを浸して、ごしごしと洗った。馬の毛並みがよれよれになって、あっちこっちに固まり、濡れて光った。

私は母に伴《つ》れられて、陸軍省へ父を訪ねる事もあった。その時だけは父のいない淋しさが、消えるのだった。その意味は分らなかったが、昼間はいつも居ない父が、其処へ行くと居る。「りくぐんしょう」という言葉は、私の小さな頭に深く、印象されていた。母の細くて長い手が、簞笥の中から友禅の単衣や扱帯《しごき》なぞを、軽く下へ放ると、私は眼を見張って、

「何処へいくの」

と、聞くのだった。母が、

「陸軍省です」

と言うと、私は飛び跳ねた。冬は藤紫地に紅の濃淡、冴えた緑なぞで葉鶏頭《はげいとう》のある友禅。紅地に鶸《ひわ》で、細い竹のある着物なぞに緋のカシミヤの袴をはいて行った。夏は白地に藤藍色の籠目《かごめ》、紅や紫の菖蒲なぞの絽の着物に、鴇《とき》色の扱帯を締めて行った。仕度が出来ると、母は麦藁帽子を出して来て被せ、護謨《ゴム》を引っ張って顎に嵌めて呉れるのだった。電車が柳の青いお濠端から三宅坂を上って行く。やがて陸軍省の大きな門に着くと、私は母の手を放して馳け出し、出せるだけの声で、「パッパ!」と呼んだ。父に聴えるように叫んだのに、私の声は頼りなく、辺《あたり》の広い空気の中へ、アッと言う間に吸い込まれてしまうのだった。門から医務局までは長くて、青い木立が続いていた。母は私の手をひき、クリーム地

に焦茶の絲で、縁《へり》に縫い取りのある蝙蝠《こうもり》の蔭に青白い横顔を見せて、歩いてゆく。蟬がジイジイと、暑そうに鳴いていた。石ころや欠片《かけら》のようなものの間々に雑草の生えている、二段の石段を上った直ぐ右の所に、医務局の建物はあった。或る日の事、思いがけなく石段の上に、父がサーベルを地につき、両手をその上に重ねて立っていたことがあった。私は「パッパ」と体中で叫ぶと、父の、青い空を背にして蔭になった微笑の顔と、自分との距離を早くちぢめようとして、夢中で馳け出したので、小石に躓《つまず》いて転んだ。やがて真暗な梯子段を、私は父の長靴のあとから登っていった。暗い中に長靴の拍車が、カチャリ、カチャリと、鳴っては光る。母はあとから上って来た。父はいつもガランとした部屋に、粗末な椅子に腰掛けていて、にこにこ笑って、私を見た。

「おまり、よく来たなあ」

と、父は言った。稀《たま》にはそこからお料理屋なぞへ行って、一緒に帰る事もあったが、いつもは折角逢った父をその建物の中に残して、母と二人、千駄木の家へ帰らなくてはならないのだった。

父の留守には母も、どことなく不機嫌なような、淋しいようなものを、胸に持っているように見えるのだった。日露戦争の留守中から父の帰った当初にかけて、何度も重い病気に罹って死にかけた、私のひ弱さは直って、少しずつ丈夫になって来てはいたが、それでも時々熱を出したり、気分が悪くなったりして、ごろりと寝たきり起きなくなる事がよくあった。戦争の留守番当時の、私をも失いはせぬかと恐怖する癖が、まだ尾を曳いていたので、母はそういう時ひどく心配になるらしく、直ぐに女中を呼んで寝る部屋か、花畑の六畳に床を敷かせた。平常《ふだん》は厳しい母が、病気になりさえすれば優しくなるので、私は病気を喜んでいた。冬なぞ、さらさらと衣摺れの音をさせて、母が寝ている傍へ来ると懐かしい心持がいつもよりひどくするのだった。紅殻《べんがら》色の箱を開けて、検温器を出すと、明るい方へ透かしてから一寸振り、私の熱を計る。心配そうな青い顔の、唇を結んだ母は、冷たい掌を私の額に当ててから、自分の額に当ててたりした。緑を含んだ灰色に細かい絣《かすり》の、すべすべした普段着の胸のあたりに、ふと、清心丹の匂いがした。額に当てる父の掌がほのかに温かく、大きな安心を与えて呉れるのに反して、母の冷たい掌は、頼りない母の心を伝えて、心細い心持の中に、私を誘い込んでゆくのだった。熱があると陸軍省に電話を掛けて、橋本先生という軍医の人を呼んで貰った。橋本先生の痩せ型な軍服姿は、直ぐに現われた。顔も細く、眉毛の先が、翁《おきな》の面のように長く、短かく刈込んだ口髭と、横から見ると顎の先が尖って前へ出たように見える、顎髯《ひげ》があり、頬がぼうっと紅く、絵葉書のキリストのような色をしていた。少し狡《ずる》そうな、私を欺《だま》して不味い薬を飲ませる時のような微笑が、いつでも満面に浮んでいた。仏蘭西《フランス》の帝政時代の狡い武士《さむらい》といった風貌で、白い木綿の靴下の音もさせずに、入って来た。診察が終ると、大抵の場合橋本先生は言った。

「何もお薬は要りませんな、サイダーでも上げて下さい」

私は心の中で、サイダーを母が直ぐ買って呉れるだろうと喜び、そうして父が帰ったら起きられると思っていた。

父の帰る時分になると、私は時々じっとして耳を澄ました。ふと気配を感じて馳けてゆくと、もう父が奥の部屋にいる。私は小さな指に出来るだけの力を入れて唐紙を開けて入っていった。

「パッパ、お話して」

そう言って、私は直ぐに膝に乗るのだった。

「まりちゃん、あとになさい」

と、きっとして母が言うが、父が居れば私は平気だった。やがて父はそうっと私を下ろして立上った。方々の隠しから、四つに畳んだ半紙、銀の時計、皮の財布などを出して、それぞれの場所に置くと、角《かく》がかった顎を仰向けて、痛そうに眉《ひそ》を顰めながら襟のホックを外した。今度は上の釦から一つずつ外す。上っていた肱がだんだん下って、すっかり外すと上着を脱いで下へ投げ、革帯を外して洋袴《ズボン》を脱ぐ。三角の眼が鋭く光っている。少し外し難いと眉が顰む。

「パッパ、お話して」

「待て、待て、今にして遣る。着物を着てからして遣る」

洋袴を半分下へずらすと父は腰を落し、足を投げ出して片方ずつ洋袴を脱ぐ。ラクダ色の襯衣《シャツ》と洋袴下になると、その上から茶色の柔かい普段着を着て、帯を締めた。

「お留守に鈴木さんが来ました……」

「何か用かい」

「ええ、子供が病気だそうです。麻疹《はしか》らしいと言ってました」

「そいつは大変だ。あれは潜伏期が長いからなあ」

「でも一体どの位でしょう。まりに若し……」

母は早くも少し青白くなり、真剣な声で言うのだった。

こんな会話があって、母が晩の仕度に台所の方へ行ってしまうと、私は父の膝の上で、葉巻の匂いのする着物の胸に片頰を押しつけたり、足を動かしたりしながら色々なお伽噺《とぎばなし》を、聴いた。どれも独逸のお伽噺《メルヘン》だった。雪白姫、薔薇姫、シンデレラ、金の毬《まり》と蛙の話、ハンスとグレエテ、赤頭巾、なぞだった。母もそれらの話を覚えていて、夜眠る時なぞにして呉れた。美しい金の毬、醜い蛙、眠っている狼や恐ろしい継母《ままはは》、星のように光る着物、なぞを頭に描きながら、私は大きな眼を開いていたが、だんだんに、現《うつつ》と夢の境に入って行った。終《しま》いには、ただ低い、意味のない声と、寝床にひき添っている母の着物の、清心丹の匂いとが、夢とも現とも分らない私の頭を、いよいよ夢の中へ引きこむ音楽となるのだった。

いつもは静かで、大抵は母と二人より人が居ないような家の中も、お客が大勢集まる日には、賑やかに家の中がざわめき、私は昂奮したようになってはしゃぐのだった。

時々、観潮楼歌会というのがあって、二階の観潮楼に大勢の人が集まって、夜遅くまで賑やかに笑ったり、話したりしていた。その日は母は、大変忙がしそうに女中を指図して、お膳立てをしたり、料理の加減を見たり、酒を温めたりしていた。千駄木の家の台所は、長い廊下の東の端に近かったし、観潮楼は西の端だったから、長い廊下を運ぶだけでも大変だった。客に食事を出す時には、私の分のお膳を必ず母が整えてくれて、私はお相伴《しょうばん》するのだった。

夕方から一人、二人と集まって来る。父はその日は軍服を脱がずにいて、そのまま葉巻を楽しそうに点け、それを右手にそっと持って、二階へ上って行った。父が上ったと思うと、二、三人の人の、低いが華やかな笑い声が起こる。始めの内は低い笑い声は、四人、五人と人がふえる度に高まって、お膳を女中が運び出す頃には、どよめくような笑いが観潮楼を揺《ゆ》すぶるようにして湧き起った。少し静かになったと思うと又湧き上る。怒濤のような笑い声だった。その声は大きな波が打《ぶ》つかって来て岩を洗い、引いていっては又ザーッと打ちかえして来るのに似ていて、華やかな、幸福な響きを、私の小さな耳に響かせるのだった。下の父の居間にいると、遠い、何かに距てられた笑い声の怒濤は、庭の梢の闇の中に、短い尾を曳いて消え、観潮楼の小窓の、遥かに赤い灯影と一緒に、却って一層華やかさを増して、小さな私の胸を、誘惑するように揺すぶった。家中の幸福が、観潮楼のさざめきの中に、集中されているような気がする。自分だけが暗い陰気な場所に、取り残されているような気がして来るのだった。

私は台所へ馳けて行くと、母に言った。

「もう二階へ行ってもいいでしょう？」

母は、鼠がかった地味な鶉縮緬《うずらちりめん》の羽織を着た背を見せ、太い護謨《ゴム》のピンで止めた、大きく膨ませた束髪を俯《うつむ》向け、お盆を拭いてはその上に、新しい杉箸と猪口《ちょく》、小皿につけた焼海苔を、載せている。四角い隅切りの塗盆は、緑と黄色の四角が重なった模様、赤茶と黄色の雲形、黄色地に朱と緑で蕪菁《かぶ》の模様なぞの、簡単な模様がそれぞれついている、十枚揃いのだった。軽いものを出す時、お酒を出す時なぞに、母が使うお盆だった。暗い台所の隅には、鍋の中に何かがゴトゴトと煮え、七輪の火を煽いでいる女中の片頬が、真紅に火を映している。隣の裏玄関にまで黒塗りのお椀、丸形黒塗りの三つがさねの網弁当が、魚の切身や独活《うど》の甘煮《うまに》なぞをつけてまだ重ねずにあるのや、酢の物をつける色紙と菊の模様の皿なぞが、出ている。

「行ってもいいよ、おとなしくなさい」

と、母は言った。

「あたしのは？」

私がそこらを見ながら言うと、

「お嬢様のはそちらにもう出来て居ります。今お魚をむしりまして、つけて持って参ります」

大根か何かをその時、速い音を立てて刻み始めた女中が、庖丁を一寸休めて、言った。私は台所から、湯殿を左に見て広い廊下に続く廊下を、駆け出した。ぼんやりと赤い、茶の間や寝る部屋の燈火《ひ》が淡く流れている暗い廊下の奥の方に、又も二階の笑いさざめく声が、どっと起った。私はとんとんと、足を踏み鳴らしながら、梯子段の下まで一度も止まらずに駆け出すのだった。笑い声は又湧き起こる。硝子戸が四畳半や祖母の部屋の燈火《ひ》を映して、ちらちらと金色の光りの屑を散らし、庭の深い闇の中にぼんやりと、恐ろしい木々の影が見えていても、行く手の賑やかな幸福のざわめきが私の心を、魔物のような力で惹きつけている。梯子段の下へ来ると、いつもより早く、早くと思いながら、上って行った。女中が何か下げようとしている障子の隙間から、明るい電気の光りと煙草の渦と、その中に人々は、いつのまにか少し奥の方に狭い輪を作っていて、雑然とあぐらをかいたり、横坐りに坐ったりしている。誰かが一寸此方《こっち》を見るが、直ぐに又湧き起る笑い声の渦の中に、その人の顔も入ってしまう。軍服を着た父は、あぐらをかいた右膝に、葉巻を持った手を置き、背を屈めるようにして、肩と膝を小刻みに揺すって笑っている。私は父の傍へ行って坐り、紙を貰って字を書いたり、絵を描いたりした。人々は、何か考えたり、書きつけたりし始める。そういう時には、ぼつぼつ話す声や、軽い短い笑いが、そっちこっちに起こるだけだ。祖母や母が出て来たりすると人々は静かになって、一寸話をしたりしたが、女の人が行ってしまうと又待っていたように熱心に考えたり、書いたりし出し、やがて又腕を組み、肩や膝をゆすり、咽喉を動かしなぞして、どよめくような笑い声の波を、立てるのだった。明るい電燈の光りの下で笑う顔の中に、お風呂から出た人のように紅い、どこか赤鬼のような顔があった。鬼のような顔だがひどく優しい。眼尻の下った三角の眼は笑っている時も絶えずしばしばと、眼瞬《まばた》きをしている。大きな角《かく》い顔で、怒った肩も、坐った形も四角い。その人はゴツゴツした紺絣の着物と同じ羽織の、肩を怒らせ、高く腕組みをして笑っていた。その人が肩を怒らせているのは、傲然《ごうぜん》としているのではなくて、耻かしい為《た》めのように見えるのだった。笑う顔がそれを語っていた。——これは木下杢太郎という人の、青年の時の姿だった——又その中に、るり子さんのお父さん（上田敏氏）の顔もあった。るり子さんのお父さんは、藍ねずみの着物の膝を少し崩して無邪気な可愛らしい顔で、静かに笑っていた。羽織の蔭に、角帯に絡んだ金の鎖がちらちらと、見えていた。

華やかな人々の笑い声と煙草の煙、酒の匂いや、真紅に熾《おこ》った火鉢の火のほてりの中で、私はいつまでも、この幸福の光りの中にいたいと思った。そうして母が女中を呼びに寄越したり、自分で伴《つ》れに来たりして、寝る部屋へつれて行こうとするのを、心の中で恐れていた。けれどもやっぱりいつかは眠くなったり、無理に伴れて行かれたりして、六畳の寝る部屋の、ぼんやりした五燭《しょく》の電燈の下に、寝に行かなければならないのだった。もう雨戸の閉まった暗い廊下をみしり、みしりと、裸足《はだし》の音をさせて、女中は私の手を太った手で握って、歩いて行く。俄に醒めてしまった眼を大きく開き、私は諦めてとぼとぼと歩いた。前も後も真暗な闇だった。ふと頭の上で二階の笑い声が起こると私は細い手で女中の手を強く引っ張って立止ろうとした。だが太った大きな女中の手がそれをさせない。

「もうおやすみなさらなくてはいけませんよ」

と、私に言い聞かせながら、女中は強い力で手をひいて、又歩き出すのだった。

小さな私の日々はこんな風にして、過ぎた。毎日水色の夜が明け、楽しい昼がすぎると、又部屋部屋に電燈が点《とも》り、金色の夜が来る、なに一つとして苦しい事がない。空や、木々の葉を光らせている冷たい、硝子戸にも、そうして広い、しんとした部屋部屋にも、何処にも苦しみの影はなかった。雨の降るのを見ても、揺れる花を見ていても、ただ静かな歓喜があるだけだった。悲しみは直ぐに消えてしまう、小さな悲しみに過ぎない。人々の顔は皆この上ない好意の微笑《ほほえみ》を含んで、私の方に振り向いた。

毎日、毎日、新しく始まる幸福な日々だった。千駄木の家の春、夏、秋、そうして冬。温かい土の上に、桃色の椿の散り重なる春も、岐阜提灯が庭の闇に、薄い光りを放っていた夏も、金色の銀杏の葉が、カサカサと透《す》き徹《とお》った空に鳴り、やがて玄関の石畳を、温かな黄色で埋めた秋も、そうして、冷たい雨が降り、紅葉の枯葉が、庭の隅、垣根の際《きわ》に吹きよせられて色褪《あ》せ、土に塗《まみ》れるとやって来る冬。白い空気と、寂しい木立に囲まれ、障子を閉め切った部屋の中に、炭火の匂いの漂っていた冬も、私は帰るだろう父を待ち、母を恋して暮した。

長い、長い、幸福な日々だった。

好きなもの

漱石という偉い人はジャムをなめたらしいが、私は練乳《コンデンス・ミルク》をよくなめる。近頃は一層凝って来て、エヴァ・ミルクにグラニュウ糖を入れてなめる。天国である。柔らかな甘みが精神にまで拡がる。幼いころのミルクの香《にお》いが蘇《よみがえ》るのだろうか？　アガサ・クリスティという推理小説家が、何か陰でうまいことをやって、仕済ましたりとにんまりする人の表情について、「猫がミルクをなめたような顔」という表現をしているが、私がミルクを匙《さじ》で舌にのっける時の顔はまさにそれだろう。

日本酒は、飲んでいる人のいる部屋の香いもきらいである。昔の新橋や柳橋の芸者、又は素晴らしい役者、噺家《はなしか》、即ち、二通りの「しゃ」や「しか」のいる部屋なら、（昔、芸者と役者を「しゃ」噺家を「しか」と洒落《しゃれ》て言ったのである）そういう部屋に坐ってもいいが。そういう人間が起《た》ったり、坐ったり、お酌をしたりするのを見るだけで、粋《いき》な美しさがあるにちがいないからだ。

洋酒は白葡萄酒（ライン河の流域でとれるライン・ワインか、渋谷で見つけたグラァヴ・セックという、竜土軒で料理に入れるという、淡泊な葡萄酒。シャトオ・ラフィットゥ、シャトオ・イキュエムの味は、もう忘れてしまって跡かたもない）。クレエム・ドゥ・カカオ。ヴェルモット。ウィスキーは特に香いがすきである。いいウィスキーは樽の香いがするそうだが、そんな香いをふと、感じたことが一度ある。三百四十円のトリスだったから、幻覚にちがいない。

薄茶。紅茶（リプトン）。上煎茶（玉露には淡泊さがない）。瑞西《スイス》、或いは英国製の板チョコレート。戦前のウェファース。抹茶にグラニュウ糖を混入して、なめる即席の上和菓子。番茶、塩煎餅、かりんとうの類はあまり好きではない。どういうわけか、庶民的なものは嫌いである。すごい金持でいて、二言目《ふたことめ》には「庶民、庶民」と言う人間も嫌いである。真物《ほんもの》の町の人間は「庶民」なんていう尊称を与えられたら、くしゃみをするだろう。

煙草はフィリップ・モリスか、戦前のゴールデンバット。フィリップ・モリスはブリアリ（フランスの映画役者）に似た小説中の人物が吸いそうな気がしてから、好きになった。チーズはオランダ・チーズと、プチ・スイス・チーズ（腐った牛乳の蓋に付いた、チーズ状のものを固めたようなもので、小さな三角形をしており、一つ一つ銀紙にくるまれている。砂糖を一寸《ちよつと》混ぜてたべるのである）。これは上等の菓子以上に美味しいが、不幸にして日本にはない。平目の牛酪《バタ》焼。同じく刺身。野菜の牛酪《バタ》煮。淡泊《あつさ》り煮た野菜。砂糖を入れた人参の甘煮《うまに》。トマトの肉汁《スープ》。ロシア・サラダ。八杯豆腐、蜆《しじみ》なぞの三州味噌汁。

私は食いしん坊のせいか、スウェターの色なぞも、胡椒色、ココア色、丹波栗の色、フランボワアズのアイスクリーム色なぞがすきで、又似合うのである。すべて味も色も甘く柔らかいのがすきで、「渋い甘み」というのが、好みである。

三つの嗜好品

女も、子供の時期から離れて、（私はあまり離れているとはいえないが）大人の領域に入ってくると、生命を保持するための食物以外の、嗜好品というものが、菓子や飴では物足りなくなってくる。そこで煙草を喫《の》む女《ひと》や、酒を飲む女《ひと》もあるわけである。

私の場合を言うと、まずチョコレエト。チョコレエトが大人の嗜好品か、と思う人もあるかも知れないが、外国の若い女優や、歌手の楽屋が薔薇《ばら》とチョコレエトでいっぱいであることが、小説なぞに出て来たり、日本でもチョコレエトを囓《かじ》るのは子供か、まだ子供のお仲間のような若い女ときまっているが、私はだいたいチョコレエトは珈琲、煙草と優《ゆう》に並ぶ、コカイン的な嗜好品、つまり大人の食べものだと、思っている。もちろん私の言うのは、子供の口にしか合わないような甘いのや、クリイム、ウィスキイの匂いをつけた砂糖水なぞの入ったものではなくて、純粋の板チョコの、苦みの強いものである。

次に洋酒である。と言うとえらそうだが、味と気分だけがすき、という感じの、飲み手である。好きなのはヴェルモット、アニゼット、グラァヴ・セック（上等な料理店で料理に入れる白葡萄酒で、ごくいいものではないが、私の情けない経済力の範囲内で飲める種類の中では美味しい、かなりの葡萄酒である）ラインワイン（ドイツの辛口葡萄酒）、クレェム・ド・モカ、クレェム・ド・カカオ、等。だいたい西洋で女の飲む酒だが、ウィスキイもトリスしか知らないが好きである。もちろん、葡萄酒はフランス産の最高級品のシャトオ・ラフィット、シャトオ・イキュエム、またボルドオ産の極上の紅などの方がいいし、他のものもフランス産のがすきだが、シャトオ・ラフィットやシャトオ・イキュエムなぞはことに、日本では入手困難だろうし、あったところで財布と相談すると断わられるにきまっているので、皆日本製のを飲んでいるわけである。それらの酒をリキュウルグラスにせいぜい一杯を、少量ずつ飲むのである。

次が煙草、という順で、煙草はこのごろはアメリカ産のフィリップ・モオリスである。この内、洋酒と煙草は気分だけを飲んでいるので、おかしいほど少量で、いくらでもたべられるのはチョコレエトだけである。洋酒はリキュウルグラスに一杯で、日本酒なら一升瓶をあけた人のように紅くなるばかりか、肺か心臓に火が入ったようになるので、どこにも行かないときまった日か、夜になって飲むよりほかない。

これは本当に無念である。もしすきな洋酒がチョコレエトなみにいくらでも飲めるのだったら、私という人間は、ヴェルモットを飲んでは硝子の色に陶酔し、英国産のスコッチを飲んではホームズを読み、ボルドオの紅を飲んでは小説を書き、また小説は今よりもうまく書けて、いつも酔い果て、朦朧《もうろう》として編集者にあい、どんな好きな映画がかかっても、腰が持ち上がらないかも知れない。

煙草と私とのつきあいは、洋酒との関係よりももっと縁が薄い。珈琲店で、友だちに勧められて、あまり飲みたくもなくておつきあいに喫む本数をいれれば日に二、三本喫むこともあるから、月にすれば三十本ぐらいは喫むことになるが、心から自分が喫みたいと思って、喜んで喫むのは月に三回ぐらいで六本である。それは自分の文章が自分としてはよくできたと思う時、愉快になってくると、煙草が喫みたくなるので、そんな時は稀《たま》にしかないからだ。その稀の機会が自分の部屋の中だと絶望である。部屋は煙草がない。マッチだけである。珈琲店にいる時だとボオイに買って来てもらい、一本抜き出し、マッチを擦《す》る。マッチは擦ってからちょっとおいて燐《りん》の匂いが消えてからつけ、一服と一服との間《ま》をおいて、ゆっくりとお得意の（むろん自惚《うぬぼ》れの）気分を味わうわけである。よくせかせかと喫む人があって、今火を点《つ》けたかと思うともう次のマッチを擦っているのを見るが、あれで愉快というのは不思議である。ほんとうは真紅《まつか》な炭火で火を点けるのがすきである。ライタアは酒精《アルコール》の匂いがする。薪《まき》で炊いたご飯に、炭火でつけた煙草。何しろちょっとしたブリア・サヴァランだからうるさい。ところでいきでなくてまぬけで滑稽な方も白状すると、煙草を喫み始めたのはもうずいぶん前なのに、私はいまだに煙草がうまく喫めない。

どういうわけか自分の煙草の烟《けむり》が眼に入ってひどく痛く、涙が出ることもある。火を点ける手つきものろくておかしい。また喫み方がおかしいだけではなくて、たいして美味しくないのである。自惚れの瞬間だけ、そのうっとりする気分に、煙草の伴奏をつけようというだけである。人が煙草のケースを差し出して、（あのケースというのがまたきらいである。煙草は袋や箱のままがいきである。もし私が若い美人だったら、頭をピカピカにして、金ピカのケースをパチンとあけられたらもうおしまいであるから、失恋する人は続出するにちがいない。目白押しに並んだ煙草に強《きつ》いたがが嵌《はま》っているのも不愉快だが、ゴム紐が渡してあって、それがたるんでいるのなぞときたら最低である。恋人と会っていて子供の靴下を思い出すのは困る。ブリア・サヴァランの方は本もののつもりだが、カザノヴァの方は——女にはこういう人がいないので困るが——空想の中だけで、実際の人間は滑稽的人物であるから、美人だったらなぞと考えたところで始まらない。）「煙草はお喫みになりますか？」ときかれるときには返事に困る。「喫まないが喫む」、あるいは「喫むが喫まない」という答えが当たっている。私は煙草をいきに喫みたいが、滑稽的人物が煙草を喫むときだけいきになったってしかたがない。

煙草といきで想い出すのは、私の父の葉巻を喫むときのすばらしさである。父と葉巻を想い出すと、まず真白な、深く切りこみすぎない爪の、象牙色の手が出てくる。その手が、ドイツ製の鋏《はさみ》でハヴァナの葉巻の尖端《さき》を截《き》る。マッチを擦る。（馬の顔や時計のついた台所の燐寸《マッチ》である）薄赤い炎がゆっくりと、葉巻の尖端を包むようにとり巻く。真白な縮みのシャツとズボン下の普段着から出た、淡黄の美しい手、足の先。いくらか陽に灼けた、翳のある顔。アクセサリイは手に持った焦茶色の葉巻である。私が部屋に入って行くと、鋭い眼がこの上なく柔らかな微笑に崩れ、二、三度軽くうなずく。そばへ来いという報《しら》せである。私が背中に飛びつくと、父は灰の厚く積もった葉巻の手をそっと動かさずに、左の手で私を膝の上に乗せ、それから葉巻を灰皿の上においた。私の背中を軽くたたいたり、膝の上で私を揺《ゆす》る用意である。

それは父のよく話したドイツの小説の中の男に、似ていた。その話というのは汽車で向かい側の椅子にいた男から、自分の伴《つ》れの女に何かしたのではないかと言われて、黙って右手の、灰の厚く積もった葉巻を示して微笑したという男の話である。向かい側の男は、自分がわずかの間席を立っていた間に、その男と自分の女との間に、微妙な雰囲気ができているのを見て、詰問したのである。これらは私の父と煙草とにまつわる、きれいな想い出である。

フランスの酒。熱帯地方のカカオの実を空想させるチョコレエト。マリフェナ（軽い麻薬）を微量入れたのではないかと、私には思われる、アメリカ煙草のフィリップ・モオリス。この三つが私の、生命を保持するための食物以外で、何より好きな、また何より重大な、嗜好品である。

エロティシズムと魔と薔薇

胡桃、とか、檸檬《レモン》、は形も素晴らしく奇麗で、たべても美味しくて、字も、漢字で書いても奇麗、仮名で書いても奇麗であるが、それとおなじで、薔薇、菫《すみれ》、なぞは見ても奇麗、香《にお》いも素晴らしいし、色も奇麗で、漢字で書いても素敵である。それに薔薇も、菫も、たべても美味しいのである。巴里《パリ》のエッフェル塔の傍の菓子や果物を売っている店の隅っこの方に、薔薇と菫の花びらを砂糖で絡めた、小さな干菓子があったので薔薇と菫が美味しいことを私は知っているのである。濃い紅色の桃の花はこの間たべてみた。生のままたべたのでとくべつに美味しくはなかったが、いい香いだった。杏仁《きょうにん》という、子供の時よく飲ませられた水薬《みずぐすり》の香いと味がした。昔の記憶の香いである。萩原朔美の許婚の人がお節句のお菓子を持って来てくれた時彼女が濃い桃の花が一輪ついた三センチ位の枝を添えて来た。薔薇や菫の砂糖菓子を想い出していたところだった私はそれをたべてみた。贈り物に添えた花を忽ちパクパクたべてしまったことが彼女にわかったら、鬼婆か雪白姫（白雪姫のことである。父親も母親も、私に話す時、ゆきしろひめと言って話した。なんとかのしらゆきゃのおえ、ではないが、しらゆきという言葉はなんとなく嫌いである。父親もそう思ったのかもしれないとも思うが、そのころ〔日露戦争直後〕はしらゆき姫なんていう日本語のお伽噺の本は売り出していなかったのだから、父親がしらゆきに抵抗してゆきしろと言ったわけではないことだけはわかっている。独逸の原語ではなんというのだろう？）に出てくる継母みたいだと思うかもしれない。受けとった時には「まあ奇麗」などとおやさしいことを言っていて、贈り主が帰るや否や唇《くち》に放りこみ、噛み砕いて、ああ水薬の香いだ、杏仁の味だ、と陶酔《うっとり》しているのだから、恐ろしい話であるが、これが私流の風流なのである。軽井沢の武満徹のところで夫人が出した、支那風のフルウツ・ポンチに浮かんでいた、白くて小さな、三角の、牛乳の茶碗蒸しのようなものの味も、杏仁の香いで、子供の時に水薬を飲んだ洋杯《コップ》と、夕暮れの薄い煙のような暗さが、庭の方からも、部屋の隅々からも、天井の辺りからも匍《は》いよっている六畳の部屋とを想い出させた。ああ、薔薇の味よ！　菫の味よ！　杏仁の香いよ！　現在《いま》でも私はそのころの夕暮れを覚えていて、シャボンと微温湯で洗ってはあっても、どこか、春の空のように曇っている洋杯の掌ざわりや、杏仁の味と香い、冷たい酒精《アルコオル》で拭いたあとに、銀の針が刺さった注射の痛み、単舎《タンシャ》利別《リベツ》を入れた麦湯で飲む、葛粉のような味の粉薬、夕暮れの中に暈《ぼ》やけている伊太利の太公夫人のような、強《きつ》くてくっきりした母の青白い掌、卵の黄身を混ぜたお粥と銀の匙、それらの記憶の鋭さを含む甘い漂いに、エロティシズムを感じている。エロティシズムの中には魔がある。私が前に書いた小説の寝室場面などよりそこにはエロティシズムがあって、私はそれを、今書いている小説の中に書いているが、次にいつか書く小説の幼女の中にはもっと書かなくてはならないと、思っている。

薔薇の香いは菫ほどではないが、柔《やさ》しくて素直な、嫩《わか》い少女のようで、それでいて底の方に懶《ものう》いような、惑《まど》わしのように勁い力で香《か》ぐ人の感覚に迫るものがくぐもっていて、甘くてどこか恐ろしい香いである。知らないでいて相手を捕虜《とりこ》にする少女のような香いである。薔薇も魔である。

薔薇や菫の砂糖菓子。濃い紅の桃の花の微かな苦さ。柔かくて甘い薔薇の花の香いの中に薔薇の花のある卓《テエブル》の上に洋杯が薄ぐもっていて、白いのや、てんとう虫のような濃い紅や、黄色い雛菊のような薄黄色の錠剤が透《すきとお》っている硝子罎《びん》、白い粉薬で曇っている銀の匙がちらばっている。そんな卓をみながらヴェルモットを喫《の》んだり、（夏のはじめなら麦酒）煙草をふかしたりする時私はエロティシズムを感じる。それは私が子供の時に、無意識の中で感じていたエロティシズムであるらしい。嫩い娘なのに中年の女か娼婦のような女や、ほんものの中年の女、妙に粋《いき》がった男などが絡んでいる情事しかないような感じさえする現代はぞっとするようだ。昔の、上等なチョコレエトの箱の蓋にあった油画の少女のようなのだが、目の下の高頬が一寸脹れ気味になっていることが美人過ぎることを防いでいる、そんな顔の息子の恋人が或日、花からとったばかりで、まだ鉱物性のものを添加しない、生《き》のままの純粋な薔薇香水を、小さな罎にいれて持って来た。栓を抜けば忽ち飛び去る大切な香いを香ぐために、私はたった一度栓を抜いた。香がなくても、その小さな罎が部屋にあるだけで楽しい。彼女は次に来る日までその罎を私の部屋において行ってくれた。

薔薇は甘くて柔しいが、魔である。恋の惨劇のあとの血溜りの中に落ちていても、薔薇ならぴったりである。

最後の晩餐

持病の腎臓の状態も良好で、体全体の具合も、最近、医者に診て貰った結果がすこぶる好かった。動悸が大変に柔かくて、皮膚の状態を見ても（診察を断ったので診察したのではなく、脈だけ取ろうと言って手首を丁寧に抑えただけだったから顔と手との皮膚を診ただけだが）話をする様子から見る頭の働きをみても、すべてに老化現象が少しもない、というのである。若しこの診断をきいているのでなかったら、この題を課した編輯部《へんしゆうぶ》は恐ろしく残酷というほどではないにしても私に対して、ずいぶん気の毒なことをしたのではないだろうか？　私の年齢では、最後の食事、それは朝食になるか、昼御飯になるか、それとも夕食になるかはわからないが、ともかく十年以上先きのことではないからである。健康なままの状況で最後の食事をするという、なにかの状況に追いこまれた場合のことを指しているのかもしれないが、最後の晩餐、という題をきいた途端に私がいやな気がしたことは否めない。死というものは、罪人の死刑とか、キリストの磔刑《はりつけ》のようなものだから、私のような年齢の人間にとって、《最後の晩餐》という言葉は今言ったような診断を知っていなかったとしたら一寸した衝撃の筈だからである。

老人というものは食べるより他に愉しみがない、とよく言われているが、私の場合は愉しみはそれだけではない。だが幼い時から、現在まで、食べることだけを考えているかのような人間で、今でも、朝目が覚めると、今日は何のおかずにしようかと真剣に考える私である。ただ年齢を考えて米の飯を抑えていて、たとえば二合の米を固めのお粥に炊いて、それを四等分して四度に食べるので、一回が五勺《しゃく》のわけになる。その代りおかずは多くしている。何をこしらえるか？　と真剣に考えるといっても、大したものをこしらえるわけではないが、味噌汁にしても、八丁味噌を出しで溶き、いったん煮たててから上澄みを取って別の鍋に移し、白鶴を充分に振り入れ、さいの目に切った豆腐なり、若布《わかめ》なりを入れて煮立ったら火を止め、水で溶いた辛子を少量入れる、というようにやるので、他人《ひと》にこしらえて貰うわけにはいかない。そういう私だが、最後の食事とわかっていたら素晴しいものなんかは思い浮ばないだろう。気持が一《いっ》たん死の方に向いたら、この世界の中の愉しいもの、美味しいたべもの、なぞの、すべての歓びには背を向けた後《うしろ》にあるわけで、すでに無くなってしまったものになっている。欲しいと思うものといえば冷たい水位だろう。水道の水が既に、到底脣《くち》に入れられないものになっている今では、氷片を入れた番茶位を欲しがるだろう。

――あめゆじゅ、とてちてけんじゃ――

宮沢賢治の妹は、死の前に高熱に苦しんでいる時、庭の松に積もった雪が溶けて落ちる水を賢治にねだった。賢治は、よく覚えていないが、藍色の模様のある御飯茶碗に雪の水をうけて飲ませてやった。そうして、私の好きな質《たち》の詩ではないが、哀しい、きれいな詩を書いた。最後のたべものというと、私は賢治が妹に飲ませたような、松に積もった雪水が飲みたいような気がする。

椿

客の帰ったあと、簞笥の上のものを片よせ、貰った椿の枝を挿したガラスの砂糖壺を私はそこにのせておいた。濃い緑色の葉の間に、薄桃色の蕾が見える乙女椿である。其夜は停電で小さな洋燈《ランプ》が灯《とも》してあった。床を敷く時に私は洋燈と、火をともした蠟燭《ろうそく》とを簞笥の上にのせた。ふと見遣って私は驚いた。私の心を堪えられないように甘く苦しくさせる思い出の情緒がそこに照らし出されていたのであった。二つの灯《ともしび》の薄い光は、木下杢太郎氏の描かれた画を照らし出していた。幼い日、初節句の時に描いて戴いた内裏雛の水彩画である。疎開の間も持ち歩いて戦火から逃《のが》れた画は、紙の地の色も汚れて黄ばんでいる。額縁の金の色が、ぼんやりと闇の中から現れたような二人の雛を囲んでいる。女雛の襟と冠《かんむり》の紐、袴の朱色、袿《うちき》の草色、男雛の直垂《ひたたれ》の鉄色などが灯《ひ》の影に淡《うす》い。虞美人草の甲野さんの額なぞ、明治の時代の小説を読んでいる時、私の頭に映ってくるような色である。それは思い出の色だ。蠟を熱く溶かしながら燃える細長い炎、煤に曇った罩蓋《ほや》の中にチラチラと動く洋燈《ランプ》の炎。それは明治の色である。日露戦争の当時父の留守を母と二人、明舟町の小さな家に住んでいた頃、洋燈《ランプ》の光のはためく中に幻のように浮んでいた雛段の、淡《うす》い金《きん》色、朱の色などが私の記憶の底に、今でも消えないでいる。私は固くて青い椿の葉が、画の下部を蔽って重なり合い、灯《ひ》に向いた面だけが薄白く光っているのにめをうつした。まだ固い蕾の中にたった一つ、薄桃色に色づいたのがあった。その薄い桃色は、冷たくすべすべしたあの幾重もの花びらを、宇宙の不思議な秘密の中に、丸く固くひめて小さい。私の心には楽しい幼い日が還って来た。時間はない。時間とは何だろう。こういう風に忽ち無くなってしまう。私の手には冷《つめた》い、すべすべした桃色の花びらの手ざわりが還って来た。私はじっとその蕾を眺めた。私は幼い日、春になると庭へ出て、椿の木の下で遊んだ。お昼飯がすむと庭へ出て、陽が陰《かげ》り、風が冷くなるまで庭を歩いたり、馬を見たりしていたが、椿の木の下にいることが一番多かった。それは大きな乙女椿で、日毎に落ちる花が、温い春の土を桃色にかくしていた。冷い乙女椿、雛の画、そうして洋燈《ランプ》の光、それは私の昔だった。私はしばらくの間じっと立っていた。周囲は記憶の中のように暗かった。

道徳の栄え

どういう訳か私達の周囲には道徳の匂いのするものが氾濫していて、道徳的な人間。善人。善人の物語（美談）。浪花節の歌詞を現代の言葉で喋っている映画の中の言葉。小鳩のようにつつましげに歌う女の、嘘の匂いのする声。ロカビリーの男の、親孝行だという、道徳的告白。ご誠実にしてご清潔な映画俳優の、同じくご誠実で、善良な市民であるところの監督の仲人による結婚。善良な会社員のような役者。学校の教師のような落語家《はなしか》。大学教授、文学者、の浪花節的師弟愛。等々。ラジオの中からは、浄瑠璃のような女の泣き声が絶えまなしに出てくる。隣の部屋から、散歩の途中の家の中から、止まっているタクシイの中から、異様な、切羽《せっぱ》詰った悲歎の声がきこえて来て、それが際限なくふるえ、それらの声は私の耳に、昔聴いた悲劇の言葉や、昔読んだ恋愛小説の中の言葉になって聴える。例えば、（これ千松、よう死んで給《たも》った）、又は（武雄さん、浪は死んでもわしはあなたの義父《ちち》ですぞ）と、いうように。一体どこでどうなったのだろうと、考えてみると、考えてみなくても分っているが、孔子や老子（どんなことをこの人たちが言ったか知らないが）なぞの「道」が子供の歌う真似の歌のように歌われ、くり返され、それが虚栄心に結びついたので、なんともいえなく稚い道徳になったのだ。よく知らないが孔子や老子、基督なぞは、世間を渡る為の智恵としていろいろ言い出したので、それを私達日本人は表も裏も、表面も、底も、（生活の川の、又心の海の、）すべてをそれでやり、或はやっているが如くに見せようとしていて、一応、通り一遍の生活、社交の他に、裏の、心の深いところにある、人間である以上は当然持っていなくてはならない（あるもの）を持っていない。たまに持っている人は必死に隠して、それがあることを誇りにしていない。（もっとも誇れるようなあるものではないからでもある）だから道徳、道徳、といっているが、なんともいえない子供臭くて、滑稽である。

大体人間の顔を見て私達がその人について感じるものは、表面のものではなくって、中にあるものなので、その中のものがなければ、顔なんか見る必要がない。顔に紙を張って、名前が書いてあればいいのである。（眼だけは穴をあけておく）そうして今日は○村○造に会った、といっていればいいのだ。そういう具合だから、私は訪問というものがしんから厭である。主人の部屋も、応接間も、飾ってあるものも、花も、たべる物も、会話も、玄関も、どこの家も同じだ。時事問題について言う感想も、同じだ。だから日本では訪問する必要もないし、話を交えることも全然無駄である。一寸、悪女の似合う女優をほめると、善玉女優がすきだと、忽ち反撥される。すべて会話のルウルがあって、厳然としており、一寸レエルから外れると、妙な顔をされ、私だけ尻尾《しっぽ》でもあるような具合になる。私はもう人々の会話も、感想も、すべて分っているから、会話は交える必要がない。電車に乗らなくては、大森の室生犀星の家にも行かれないし、好きなバルドオの映画もみられないから電車に乗ると、皆、同じ顔をしている。この人達の頭の中の考えもみな同じだ、と思うと、なんともいえなく退屈になってくる。勿論、皆と同じ話をしていてもすごい学者なら、搏《う》たれるものがあるから訪問したいが、或日突然訪問したって、向うじゃ私を知らない。詰りそういう具合になって来た道徳だから、腐敗してしまっている。その腐臭は、不道徳、背徳、堕落、の紊乱《びんらん》の中から来る臭いより強い。私は子供臭い道徳や、腐った道徳が嫌いである。欧羅巴《ヨーロッパ》にいる間はその匂いはしなかった。そこには偉きな宗教、善の匂いがし、又同じ位強く、悪の匂いがした。そうして人々の道徳の使い方も大人だったし、悪魔の方も大人だった。人々はどの時間も、自分自身のために生きるものだと思っていた。日本の人は、他人のために、学校に入り、就職し、結婚し、趣味を選び、着物を選ぶ。「お宅さまのご主人は何を遊ばして？」「東大の講師をしております」或は、「三井物産（或は旭硝子）に勤めております」。「ご長男は？」「今年の春から東急電鉄の方に」。「お嬢様は？」「第一生命保険の陶田さんのご次男と、昨日結納がすみまして、末の等《ひとし》もお蔭様で番町小が受かりまして、オホホホ」となると、奥さんは朝の森の小鳥のように楽しく、高らかに笑うことが出来る。そういう哄笑を無遠慮に客の頭に浴びせるためには、ご長男がこの世の光を浴びたその瞬間から、日本の奥さんは一日、一日が苦労とあくせくの連続である。娯楽も、ご趣味も、他人に知れても軽蔑されぬ、と太鼓判の押されたものだから、本当に楽しくはない。

私の母は私が山田家を出て以来、他人に尋問されて、何一つ自慢になる返答が出来なくて、歎いていた。ご長男は東大医学部教授だからいいが、母のほんとうの子ではないから、誰もきいてくれない。茉莉さんは？　と言われると、とたんに母は八、九匁《もんめ》瘦せた。東大助教授の細君という座を、何の理由か分らぬ理由で逃げ出したご長女は、出戻りという呼称に反撥してモウパッサンにとびつき、頭の中がモウパッサンに化してしまった。モウパッサンが日本語で書けばこうより書けまい、という凄い自惚れの飜訳をやって、一人で威張っている。（夜は暗かった。暗かった。あ、俺の哀れな心臓は……）といった次第。「茉莉は山田から出てまいりまして」と言う時、そこに私が見えているのは困る。私の方も、門並《かどな》み、人に向って母が「不縁になって帰って参りまして」といっているのが聴えていると、憂鬱なので、離婚の当座の尋問期間だけ近くの貸家に一人引越した。ご次女も、今では早い位だが二十三、四でまだ未婚だった。妹も弟も油画をやっていたが、「美術学校を卒業いたしまして」という訳に行かない。「長原孝太郎先生について勉強しております」といっても、先生は偉い方だったがジャアナリズム的に広く知られていないので、パッとしないという訳だった。

一寸すきなバルドオについて言わせて貰うと、ヌウヴェル・ヴァーグのルイ・マル監督が、バルドオの八角関係的な私生活を、「私生活」という題で、撮った。知っちゃいない人のために説明をすると、そのルイ・マルも、撮っている内に八角関係の中に絡まって、九角関係になったのだ。こういう映画は日本では撮る人はいない。又そういう映画を撮るという事が分っても、巴里人はあらゆる雑誌で騒がない。わが愛するバルドオは心臓の中に、フランスへの愛情の血を潜めていて、今日も恋をし、明日も恋をして、飽き果てれば、亜麻色の髪の毛の尖《さき》を引っぱって口に咥え、嚙み、豹のような眼を暈《ぼんや》り据えているのだ。私はブリアリに憧れ、バルドオを愛しながら、今日も、私を取り巻く道徳の亡霊の群に、倦怠の眼をあてている。

ほんものの贅沢

現代は「贋もの贅沢」の時代らしい。電気冷蔵庫にルウム・クウラアに電気洗濯機。剃刀も御飯のお釜も、紅茶の薬鑵《やかん》もすべて電気仕掛けで、テレヴィは各室にある。何十万円の着物、外車、犬はポメラニアンかコッカ・スパニエル、猫はペルシャかシャム。そういう奥さんが、家の中のどこかで、なにか、吝《けち》なことをやっている。台所の隅とか、戸棚の隅とかで。家の中へ入っても見ないで、どうしてそれが判るかというと、そういう奥さんの戸外《そと》を歩く顔つき、レストランに入って来て辺りを無視するようす、注文の仕方、料理のたべ方。そうしてまた、隣りの席の人に判るように自分の身分や贅沢生活について喋ること、それらのいろいろの中に彼女たちの貧寒な貧乏性が現われているからである。ルウム・クウラアも、戸外より二度くらい低くて、湿気をなくし、脚気や神経痛にも影響がない、というのならいいが、人間が牛肉やハム並みに冷蔵庫に入っているなんて狂気の沙汰である。

ほんとうの贅沢な人間は贅沢ということを意識していないし、贅沢のできない人にそれを見せたいとも思わないのである。贋もの贅沢の奥さんが、着物を誇り、夫の何々社長を誇り、擦れ違う女を見くだしているのも貧乏臭いが、もっと困るのは彼女たちの心の奥底に「贅沢」というものを悪いことだと、思っている精神が内在していることである。フェドラ（邦訳は死んでもいい）だ、メルクリだと、利いた風に言っている彼女たちの腹の底に、古臭い道徳、ほとんど腐り崩れて悪臭がしている、日本の道徳が、末期の癌の塊のようにうじゃうじゃけていることである。贅沢を悪いことだと思っている人間の中にほんとうの贅沢はあり得ない。そういう、いじけた、たじろぎが心の中にあっては純血種のコリイも、犬のコンクウルに金のかかったスウツでお出かけになることも、すべてご破算である。それで一切の贅沢は消え去って、あとに転がっているのは貧乏臭い一人の女の心、色の褪《さ》めた心臓である。審査人、本物、贋もの混合の金持たち、犬たち、が群り、右往左往しているコンクウル会場の原っぱに、その心臓はころがり、風の吹く中で、哀しげな音をたてるのである。贅沢に育った子供がデパートで、アイスクリームのお代りをねだり、二皿目まで皿をなめそうに平らげる。その隣で金のない家の子供がわざとひと匙残して、ちょっとおつに澄ます。こんな光景もよくある。門から玄関までが足疲れるほど遠い家の居間に、夜坐っていると、門番が門を閉める音が雨の音を距てて微かにきこえる。家の後の森の木を伐った薪を放りこんだ暖炉《ストオヴ》が燃えている。そういう家の主人が犬を伴《つ》れて散歩に出る。

その男は自分が大きな邸の主人だとも、贅沢だとも、そんなことはまったく頭にない。これが贅沢である。

贅沢な奥さんは、自分のもっている一番いい着物で銀座や芝居、旅行なぞには行かない。他の女の着物を見て卑しい眼つきなんかはしない。銀座を歩くというのは、いわば散歩である。近所の散歩の延長である。それにお招ばれの時のようななりで行く。それは「貧乏贅沢」である。また困ったことに商人やボーイ、番頭たちの中に、金があっても構わない、本ものの贅沢族か、むやみに着飾る贋もの族かを見分ける目利きがいなくなっているらしいので、贋もの族はいよいよキンキラに飾りたてるのかもしれない。

だいたい贅沢というのは高価なものを持っていることではなくて、贅沢な精神を持っていることである。容れものの着物や車より、中身の人間が贅沢でなくては駄目である。指環かなにかを落したり盗られたりしても醜い慌てかたや口惜しがり方はしないのが本ものである。我慢してしないのではなくて、心持がゆったりしているから呑気な感じなのである。(また直ぐ買えるから、ではない)高い指環をはめている時、その指環を後生大事《ごしょうだいじ》に心の中の手で握り締めているようでは、贅沢な感じを人に与えることはできない。

簡単に言うと贅沢というのは、人を訪問する時に、いい店の極上の菓子をあまり多くなく詰めさせて持って行く(その反対はデコデコの大箱入りの二流菓子)。夏の半襟は麻のあまり高くないのをたくさん買って、掛け流しにする(一度で捨てること)。上等の清酒を入れて出盛りの野菜を煮る。といったたぐいである。隣の真似をしてセドリックで旅行するよりも、家にいて沢庵でお湯づけをたべる方が贅沢である。材料をおもちゃにして変な形を造ったり、染めたりした料理屋の料理より、沢庵の湯づけの方が贅沢なのは千利休に訊くまでもない。昔の伊予紋や八百善にはそんな料理はなかった。中身の心持が贅沢で、月給の中で楽々と買った木綿の洋服（着替え用に二三枚買う）を着ているお嬢さんは貧乏臭くはなくて立派に贅沢である。

要するに、不格好な蛍光燈の突っ立った庭に貧乏な心持で腰かけている少女より、安い新鮮な花をたくさん活けて楽しんでいる少女の方が、ほんとうの贅沢だということである。

「蛇と卵」——私の結婚前後

世は大正の初期で、明治の尻尾もまだどこかに、たしかに揺曳《ようえい》していた。おん年十六（今の十五）の私に結婚の申込みが二口《ふたくち》あった。一つの方は（三宅さんの奥さん）とだけしか、私は知らない奥さんのお話で、（この奥さんは顔はおぼえていないが私が十三の時、私を「なんとおきれいなのでしょう」と言ってくれた数少ない恩人である。もう一つの方は本人の義兄の軍人をもって申入れて来た、紳商、山田陽朔という人物（なかなかの傑物）の長男である。山田の方は大変な金持だった。三宅の奥さんのお話の方のは、大金持ではないが普通で、本人の人物というのを三宅夫人が保証した。運が悪いことに申入れの時期が三宅さんのお話の方がひと足ずれた。何も申入れの順番を律気に守る必要はなかったが、私の両親の胸は、（茉莉は大金持で、女中が多ぜいいないと奥さんがつとまるまい）という大不安に閉ざされていた。めしはまだ炊けない。髪を結うのも、帯を締めるのも、すべて女中にしてもらって、宿題や、試験の下ざらえに集中していて、朝起きると（カオアラウオユ）と、母親か本人がのたまうと、女中がもってくる。女中が後に立って髪を梳かし、ゴム紐で結んでリボンをかける間にもう一度試験のおさらいをしたり、フランス語のルッソンをさらう。靴は小学校の二年位からはご自身におはきになったが、女学校の時も、編上げ靴は母親が決して履かせなかった。そのころの女の子の編上げ靴は紐を左右二列に七つ八つ並んだ凸物に綾に引っかけるのであって、到底茉莉ちゃんの手には負えなかった。お仕度がすむと人力車にお乗りになる。するとただこしかけていればスーッと学校に到着する。こういう一種の流れ作業（女中と車夫との）によって生活していたのであるから俄かにお嫁に行くとすれば王様のお妃にでもなるよりほかはない。そこで横浜のイリス商会で、小僧から叩き上げ、何十万の財産を擁し、家はお城の如く、女中は上下で五人いる山田陽朔の話の方に、両親の心は大いに動いた。その上に私は十五になっても父親の膝に、冗談にしろ乗ったりしていて、手に負えない赤ちゃんお嬢さんである。そんな困った娘は一つでも年の少ない内に嫁にやれば、（まだ十七だから）と、哀れんでかばってくれている内に、その家の人になってしまうだろうというのが両親の考えだった（両親の思惑は的中して、意地の悪い小姑二人と女中の中の多くの者の他はすべて、茉莉をかばったのである）（まだ女学校に行っていたので結婚式は一年後になったわけで私は十七で結婚したのである）それに、山田陽朔の長男の山田珠樹はフランス文学で銀時計だったから、茉莉が見たこともない人間で困らなくてもすむだろう、と両親は思った。見合いをしてみると、感じはいい。本人の茉莉も、やさしい、善い人間だと思った。三宅の奥さんの言った、「一度お会いになってごらんなさい。その息子さんはわたくしが保証いたしますよ」という熱心な言葉と、それを言った時の奥さんの表情が、母親の心に引っかかっていた。三宅夫人は母親の実家と親類のように親しい人で、身分のいい、大変に親切な人物である。だが山田の方と先に見合いをして、かなり本人を気に入っている。茉莉の両親は山田の縁談を相当に気に入っているのに、もう一つの方と見合いをしてみて、いい方にする、ということを不徳義なことに思った。

というようなわけで、茉莉は珠樹の婚約者となり、一年間の間に少しずつ山田珠樹の家に行くことを、いくらかよろこぶようになった。その理由は山田珠樹が善い人間にみえなくなったわけではないが、善い人間というよりもむしろ素敵な人間にみえて来たからである。山田珠樹は、見合いの時には近衛第十三聯隊、第五中隊の伍長の制服を着て来たので朴訥な位に見えた上に、人に気に入ることの巧いタマキはフランス文学のフの字も香《にお》わせず、終始黙って俯向いてあぐらをかき、柔和にわらっている。見合いにもついて来た義兄の長尾恒吉が、自分の家に奈翁《ナポレオン》を描いた絵があると言った時、顔をあげて、「戦争の場面でした」と言ったのだけが眼立った。その後長尾恒吉の家に行く度に、茶の間の隣の部屋の壁にかかっている、奈翁《ナポレオン》の雪中行進の絵を見て茉莉は（これだな）と、思った。

さて、婚約時代が始まったが、一種のプレイボオイの山田珠樹にとって、（大正時代の初期にはプレイボオイを何と言ったか、私は知らない。テレビも週刊誌もない時代である上に、母親の婦人画報を垣間見るだけだったのだ。特に禁じていたのではないが、新聞も雑誌も読ませられていない。もっとも破けて落っこちていたり、濡れたりしなくても、日本の新聞は朝配達された時から何となく薄汚ないので、茉莉の方で新聞は手に取らなかった。＝日本の新聞は、なんと薄汚ないものだろう。巴里のジュルナァルなら犯人の部屋に破けて落ちていても素敵である＝その頃、母親の実家の祖母や叔母たちと一度、先代左団次の〈箕輪心中〉の藤枝外記を見て、従姉と二人で見とれたが、それきりつれて行って貰えなくなったので、父親のところに来る「邦楽」という雑誌に出ている明治座や歌舞伎座の広告を盗み見、〈波の鼓〉という芝居を見たくてならなくて、姮かれた初恋といった状態が一寸の間続いた、という特殊事情で「邦楽」だけは見ていた位のものである。それで珠樹のようなのを世間でなんというかは知らなかったが、現代で言う、プレイボオイ的なものを、私は山田珠樹から感じとっていた）茉莉という子供女の心を惹くのに、一年という婚約年月はあまりに充分過ぎたというものである。不良お嬢さんとの交際と、上女中との恋愛と、フランス文学とで、磨き上げた腕（？）は余裕綽々、忽ち真白な茉莉という巣の中の卵を、そこはかとない恋愛的な色に、薄くだが、染めて行った。

山田珠樹は知らなかったが、前に書いた市川左団次の芝居と同様、茉莉はたった一つだけ、小説を読んでいた。本屋からの寄贈本の装幀がきれいだったので読んだのである。それは夏目漱石の「虞美人草」で、茉莉は甲野さんに憧れた。山田珠樹は蒼白く陰気で、多分に甲野さん的だった。又彼の山田という家の中での在り方も甲野さん的だったので、稚い婚約者にとっては（恐るべき凄腕）を、持っていた珠樹はその上に加えて「虞美人草」の甲野さんに似ているという地の利を得ていたのである。

婚約交際といっても、巣の中の卵同様に大切にされていたので、どこかで待ち合せてデイト、なんていうことは考えられもしないことだったが、どうかした拍子に二人になる機会をねらって蛇は卵を温めた。一度はどういう油断が母親を襲ったのか、彼女が山田珠樹の人格を信用したのか知らないが、「パパの本のお蔵を見ようじゃあんか」（彼は何々しようじゃありませんかという時、「何々しようじゃんか」と発音した）と彼が言って二人で土蔵の二階に上った。白い卵は幼女の頃そこに登ったきりだったので登ってみたかったし、蛇と二人きりになることに不思議な面白さを覚えはじめていた。暗い階段に上ると、少女の時の不思議な興味が卵を捉え、卵は床に沿って開けてある小さな窓から、陽のさんさんと光る下の庭を見下ろしてみようと試み、埃だらけの窓の下枠に膝をかけて小窓から庭を見下ろした。日露戦争の野戦病院のベッドを記念に持って来たのかどうか、わからないが黒く塗った鉄製のベッドが窓の下にあって、そこに百日草が、濃い黄土色や、真紅、ミルクをまぜた薔薇色、などに咲いていた、幼時の景色は消え去って無かったが、黴の匂いのする暗い土蔵の中から、そこだけが眩惑するほど明々と明るい感じは全く昔と同じである。

その時おそく、かの時早く、蛇は「危いよ」と言い、手を延ばして、白い卵の腰を軽く抑えた。鉄の格子が欲《(ママ)》っていて、墜落するおそれは全くないのに、である。その時刻、卵の母親は台所かどこかにいて、父親は上野の山の博物館か、虎の門の図書館か、のどっちかの建物の中にいて、蛇と卵のアヴァンチュウルをつゆ知らなかった。だが事件は正確にそこまでで終りであって、蛇が帝大仏文科の銀時計で、名誉と保身のかたまりであり、卵がオーガイという、いやに金ピカの、存在の娘であってみれば（オーガイという名に何故かまといついている、歌舞伎の御殿もののきんきら衣裳のような感じはほんとうにいやである。寂寥の海岸に鋭く透《すきとお》っている、尖った貝殻のような朔太郎や、苦沙彌的な漱石なんかはなかなかいいのだ。オーガイの内容は安《やす》金ピカではないのに、である）当然のことなのであった帝劇へのオペラを観に行った時、母親に隠れて、脚の上の方を突ついて、茉莉を自分の方にふり向かせたり、帰りの出口の石段で、母親の姿が人込みの中に紛れた時、ふざけて「マルガレエタ」と歌いながら、肩掛けを巻いて首を締めるような仕種をしたり、というような具合である。それらの出来事は私が父親の膝の上で感じた安楽さに、懐しさと憧れとが混り合ったようなものとは異ったものだったので、なんとなく惹かれた。だが本来、心の周囲に硝子のようなものが欲《(ママ)》っている人間で、他の人間の心にしろ、形にしろ、外から入ってくるものがその硝子を通るとなんとなく鈍くなってしまうような具合なので、白い卵の心はパッパから甲野さんのタマキの方へ五十度位傾斜したようにみえたものの、それはたしかではないらしかったのだ。その証拠にはいよいよ結婚式の日になっても感動もしなくて、紳商、山田陽朔がオットセイかニイチェのような髭をもぐもぐさせて、「設備万端不行届」なんて挨拶しているのを眺めたり、ボオイが注いで行った日本酒を、間違えたふりをしてなめたりしていたのである。

さて、結婚式もすんで、私は三田台町の山田珠樹の家、つまり紳商、山田陽朔の家に入った。山田陽朔、その妾の高野よし、（通称およっちゃん）山田タマキ、タマキの継母の子の俊輔、富子、豊彦、出入りの男の万吉、常蔵、上女中二人、台所女中三人、爺や一人、車の運転手照山、という一大族で、夕食の時には三日に上げずタマキと母が共通したタマキの姉の長尾幾子、齋藤愛子、が子供づれで並び、各々の夫も会社の帰りには来るので、夕飯の人数は客のない時で七人、全部集まると十五人、そこへ、中村のおじさんという、子供の時から陽朔に世話になっていたという人物が、これ又二人の子供づれで現れる日が多いので二十人近い日はザラで、めしは依然として炊けなくて料理は鮭の白ソースだけしか出来ない私としては、到底、十人以上の人数のおかずを造り、男たちには酒のかんをして、酒の肴を出すなんていうのは手に負えないので台所には出なかった。すると長尾恒吉が、結婚の申込みも自分がしたし、見合いにも立ち合ったので責任を感じたのか、私の父親のところに来て、「もうぼつぼつ台所へも出て貰わないと困る」と今度はいやな申込みをした。父親は「茉莉も家ではなかなかうまいものをくわせることもありますが、台町のおよしさんの台所では一寸無理でしょう」と言い、母親は私に、台所へは出るのはよした方がいいと、いった。ところがどうしたのか或日、急にやってみようと思い、鮭を十七切れ買えと女中に命じ、（それが困ったことなのである。十七切れも要るなら一尾か、片身を買って、残りは次の日のおかずにするという智恵がなかったのだ）それを大きい鍋で茹で、茹でた汁で卵入りの白ソースを造って出したところ、大評判になった、というのは、台町では西洋料理というものは一切造らない。造れないのだ。近所の小さな洋食屋からとるだけだったからだ。およっちゃんはたべながら、小粋な小さな丸髷の髪を傾けて「このソースはどうなさるんでございますか？」と訊いた。おせじでないのがわかったので委《くわ》しく伝授すると、器用なおよっちゃんは直ぐ同じように造り、次には鰯に応用したのである。台町で一番困ったのは朝である。珠樹夫婦の住んでいる二階から朝階下に下りると、どこにいていいかわからず、どの用事に手を出すことも出来ない。およしさんは茶の間の火鉢で陽朔のトーストを造っている。女中もそれぞれ用事の受持ちがある。男のきょうだいたちは新聞を拡げている。富子はきまった用事はないがなんとなく気の利いた様子で、手助けをしていて、お茶を飲んだり、菓子をくったりしていることもあるが、適当に手伝っているからおかしくないのだ。ぽかんと朝食が出るのを待っているのは陽朔をはじめ男たちと、私である。

何しろ、大勢いて、表面は円滑で、花柳界のように、人々の会話はすべて冗談のやりとりになっていて賑やかなのだが、彼らの中には仲のいい同志もあるし、悪いのもある。ひどく気疲れがしたが、やがて、別の家を持ったことによって大勢の中での困惑は終ったが、その内に珠樹との一対一の困惑がはじまり、それがだんだんひどくなって、とうとう逃げ出すことになったが、私の結婚は、滑り出しのころはかくの如くに莫迦げていて、又且つ滑稽なものだったのである。

巴里の想い出

巴里で私と夫だった人と、その仲間の人々は、ソルボンヌ（東京の東大のような大学）の前の通りを、プラス・モオヴェーア（やくざの溜りの町である。昼間でも、男でも一人で通っては危ないところである）の方へ行く手前を、ソルボンヌと反対の方へ一寸曲る小道の突き当りにあった、オテル（フランス人はホテルはオテルと言うのである）ジャンヌ・ダルクに宿っていた。場所が場所であるから、智識階級の人間は一人もいなかった。やくざこそいなかったが皆街《みんな》の人である。

食堂の窗《まど》の下の、石炭殻を敷いた空地《あきち》には、鶏が五六羽えさを突ついている。私の夫だった人とその友だちの辰野隆《ゆたか》、矢田部達郎《たつろう》、内藤濯《あろう》、石本巳四雄《みしお》なぞが、巴里を知るのには、下町の人々と交《まじ》わらなくては駄目だ、という考えで、そのホテルに宿を取ったらしい。

二人だけ李と張という支那人がいた。その他に異色だったのは、〝狂気博士〟である。元、博士だったのでその気の狂った人は、〝狂気博士〟と呼ばれていた。いつもなんだか、心がよそへ行っている感じで、フォークとナイフとを、誰かに持たせられ、薄笑いを浮かべて人々の顔を見廻していた。喰っているのも、半分無意識の感じである。フランス人は支那の人と共に、世界で最も吝《けち》で慾張りであるから、その〝狂気博士〟が部屋代を払わなかったら追い出す筈である。私達はその博士は、気が違っていても、部屋代はちゃんと忘れないか、或は気が変なために定《き》まりの料金より多く払っているのだろうと噂し合っていた。そのナイフとフォークとを誰かに持たせられたように、無意識の感じで手に持って、薄笑いを浮かべて食事をしている様子は異様な感じだった。又その博士の部屋が私たち夫婦の部屋の真上で、夜も昼も、コツ、コツとゆるいテンポで歩き廻る足音がするのも、誰だったかのロシアの小説に出てくる狂人の足音のようで、無気味な感じがした。その人はいつも、部屋に閉じこもっていたが、散歩をする必要はないと思えた。博士が部屋代を定《き》まりより多く払っていたのだとすると、気の毒なことである。

フランス人、ことに巴里人は議論好きであるからいつも何かの問題をとり上げて、カンカンガクガクの議論を闘わせていて、賑やかだった。ジャンヌ・ダルクの直ぐ傍に、キャフェ・ラビラントという広いキャフェがあって私の夫のグルウプは、芝居やオペラの帰りにはきまってそこへ行って議論を闘わせていた。丁度その頃、ソヴィエットの一座が、コメディ・フランセエズ（東京の歌舞伎座に当たる劇場）で、ロングランで興行していたので議論続出で大変だった。パリではソルボンヌの教授も、労働者に交《ま》じってキャフェに座り込んでいた。そのキャフェに、エドモンというギャルソン（ボオイ）がいて人気者で、方々から「エドモン、エドモン」と呼ばれるので彼は「オッ」と答えながらキャフェ中を走り廻っていた。稀《たま》にそのエドモンの奥さんが客席に来たが、夫のエドモンに顎で飲み物を命じて、威張っている。エドモンは内儀《かみ》さんの卓子にも走ってキャフェを運んでいた。エドモンは誰かが、彼の友だちのことなぞをきくと、両手の平を外側へ開いて天井に目を遣《や》ることがあった。その人は死んだ、という時である。天井を見るのは、天国に行った、というのを現わすのである。エドモンは赤っ毛の口髭を下向きに、八の字に生やしていて、小柄で痩せた男だった。エミィル・ファゲの家に出入りしていて、夫や先輩の肩を叩いては、「エミィル・ファゲのように、偉くなれよ」と、言った。巴里を去ってから既《も》う何十年にもなるが私は、エドモンの顔と、その走り廻るようにしてキャフェやフロマージュ（チイズ）、グラッス（アイスクリイム）なぞを運んでいる姿を、今そこに見るようにはっきり、覚えている。奇麗な女優、ユゲット・デュフロや、マリイ・ベル、ラファイエット（東京の三越のような百貨店）の綺麗な女の店員なぞと共に、いつになっても、私の記憶の中に、明瞭《はっきり》と、残っていて消えない。

私が十七の時に彼は既《も》う五十近かったから、彼はもうとうに、天国に行っているだろう、あのいやな内儀《かみ》さんも。

巴里では菓子屋に限って女主人で、マダァム何々の店と、言っていた。私がお菓子を買いに行くと、いい表情でにっこりして、私の注文したお菓子を、ボオル紙の上にのせ、壜《びん》から甘いお酒を、もう少し乾いてしまっているお菓子の上からダブダブとかけてから、浅いボオル箱に入れ、「真直ぐに持ってね」と言って、にっこり笑って、私に渡して呉れた。大体、百貨店の女店員でも柔《やさ》しくて、親しみ深く微笑《わら》いながら近づいて来て、「ク、ヴレヴ、マダァム？　シャポオ？　ロオブ？」と訪ねる。日本の百貨店の女店員のように、金持の令夫人である、という様子で、顎で品物を指すような女だけにへいこらするようなことは、決してないのである。日本の女店員のように私が、「あれを見せて下さい」と高い所にあるマフラーなぞを示すような時、「三千円ですよ」と、貴君に買えるんですか、と言わぬばかりの、言い方なぞはないのである。レストランのギャルソン（ボオイ）でも、なんともいえぬ感じのいい微笑いを顔一面に浮べて（君はどこから来たの？　支那から？　それとも南の国から来たの？）という表情をする。そうして（巴里に来て、おいしい料理をたべて、倖《しあわせ》だろう？）と言って、親しみ深い顔で、私の顔を覗くのである。日本のレストランのボオイが、何がえらいのかお高く止まって、顎で返事をするのとは全く違うのである。

いつかもどこかに書いたが、日本のレストランの主人はボオイたちを二ヶ月でいいから、巴里のレストランへ見学に遣ってはどうだろう。日本のレストランのボオイたちは、日本の人にさえ失礼な様子をするのだから、支那の人や南方の人々にはどんな態度をとるだろう。料理の名だけが英語で言える、というのがそれ程偉いことなのだろうか？　喫茶店の女給仕などもたまたま私が、パァティーの帰りなぞでいい服装をしていると、丁寧だが、普段の格好だと、珈琲の容れ物をガチャンと置き、砂糖入れを傍に置いてくれようともしない。（なあに、こんなどっかのおばさん）という顔である。私はそんな時いつも、巴里の女給仕や、菓子屋の女主人をなつかしく、思い出すのである。巴里の百貨店の女店員は私が、気に入った洋服を五六着渡して、エッセイヤージュのカアテンの中へ行く時なぞ、すれちがう他の女店員に、「セ、マ、クリヤント」（おとくいさまなのよ）と、微笑いを浮かべて言うのである。

巴里の楽しい日々を思い出すと、ほんとうに、懐しい。私は巴里にいた小一年の間、ほんとうに楽しかった。私は巴里の風に吹かれ、巴里の雨に濡れて歩いた。幸福な日々であった。私は三月の末に巴里に着いたが、直ぐに春になり、街路樹の鈴掛《すずかけ》の葉は空の明るさを映して透り《すきとお》、街々のトロットワアル（人道）に海草のように、燃え上がった。オテルのジャンヌ・ダルクの食卓で、おぼつかないフランス語で話している内に、いくらか達者になり、私はご機嫌でいろいろと話した。フランス人は吝で、慾張りなので、プゥルボワァル（飲み代という意味で、チップのことである）を弾む山田や、その友人は下にも置かないもてなし振りで私は女王様のように扱われ、スウェータアのポケットに手を入れて、我がもの顔で、ホテルの中を歩き廻った。又ギリシャ人のジョージ・アデス、ムシュ・ジベルニイ、ムシュ・ベルナルディニイ、ジャンヌ・ダルクの主人、ムシュ・デュフォール、マダム・デュフォール、養女のマドゥモアゼル・ルイズなどと、いろいろなことを話すように、なった。マドゥモアゼル・ルイズは、デュフォールの亡った主人の娘で、孤児になったのを、養女にしたということであった。巴里娘のルイズは、帽子の流行が変わると、細いリボンなぞで、流行している帽子のように変えていた。私の部屋に来て、ルウジュ（紅）とジョオヌ（黄色）とヴェエル（緑）の糸を、どう並べたら綺麗かしら、なぞと相談した。

巴里の女の人たちは少しの費用で、上手なお洒落をすることが上手かった。或日ムシュ・デュフォールは微笑って、お内儀さんとの恋愛時代の話をした。「わたし達は海の中で、識り合いました」と言って、彼は片目を潰って笑った。山田の友達の矢田部達郎は、ラスプーチンを美男にしたような、凄い人物で、ルイズも深く惹かれていた。やがて、シヨミイという恋仇が出来て、気の毒なことになった。矢田部達郎は十七歳の、子供同様な私の目の前で、恐ろしい恋の言葉や場面を見せ、私を、恐ろしいような心持にさせるのであった。彼は私が二十五になった時ようよう、私を一人の大人の女として扱ったがその頃は全く、子供扱いであった。矢田部達郎は、そういう私を、眼鏡越しの、眩しそうな目で、肩越しに見下した。私が、彼が自分を子供扱いにしていることを口惜しく思っていることを知っていて、常にその眩しそうな、眼鏡越しの目で、からかっているのであった。山田の友人達も、矢田部達郎が今は誰々と恋愛をしている、という話をする時、「彼は今、どこに散歩に行っている」又は、「彼の昼飯はサラダだよ」と言うような感じで話した。それ程の恋愛事件は、日常茶飯の出来事なのだった。

矢田部達郎の愛が他の女に移ったことで、胸の潰《つぶ》れるような悲しみに落ちている女《ひと》を目の前に見ても、私たちは昨日《きのう》まではタルトレット（パイ）を食っていたが、今日はショコラ（チョコレェト）のボンボンになった、という位の、受けとり方をする感じになるのだった。私もルイズの腕なぞに、苦悩が、体からにじみ出る脂のように、滲み出ているのを見て、自分の心の中にまで、そのルイズの苦しみが入って来るような状態になっても、それをどうすることも出来なくて、自分の心も苦しみに切なくなるのであった。矢田部達郎はその、紺の背広の腕で、今の今まで、歓びに弾んでいた女の人の心臓を切り裂いて、その切り口を私に、見せるのであった。

私はそういう恐ろしいものを、矢田部達郎によって、見せられたのである。

怒りの蟲

銀座のレストランというのはどういうわけか、巴里の一流の料理店より、私には可怕《こわ》い場所である。（銀の塔）より（黄金《きん》の鶏）が、私には可怕いのである。先ず階上《うえ》に上って、卓子《テエブル》の間に車付きの小卓子があって、古びたラベルの、あらゆる種類の洋酒が満載されているのを見つけても、立止まって見てはいけないのである。それは可笑しいことなのである。銀座の高級料理店《レストラン》に入るお客連中というものは、どんなに見馴れないものがあっても、耳馴れない楽《がく》の音《ね》が聴えても、こんなものは何千遍も見た、或は聴いた、という顔で済まし返っていることになっている。料理をたべに来た、という気楽なようすはなくて突張っている彼らは、（いずれを見ても山家《やまが》育ち）で大したことはない。卓子についてボオイに（犢《こうし》のカツレツを下さい）と言うと変に首を傾《かし》げて「ペラペラペラのペラペラですか？」てなことを言う。二度押問答をした私の頭にふと、犢《こうし》のカツレツのフランス語が浮んだ。（これで行ってやれ）と思った私は、「フランス語ならコトゥレットゥ・ドゥ・ヴォオよ」

と言うと、ボオイは黙って向うへ行き、今度は別のボオイが犢のカツレツを運んで来た。ちゃんと通じていたのである。レストランに限って、日本人に日本語が通じないというのは困ったことである。巴里の料理店《レストラン》のボオイは、万国からお客が集まってくるから（まるで万国博覧会である）それこそ引っくり返って笑いたいようなお客も往々あるにちがいないが、巴里のボオイが笑ったのを見たことがない。恋人にするような、やさしい微笑《わら》いで迎えることはあるが。もっとも銀座のボオイにはそんな素敵な微笑いはやろうとしたって出来ないだろうから、微笑えとは言っていない。面皰《にきび》を削った痕《あと》が真紅《まつか》な、いやにかさかさ白い、硬《こわ》ばった顔面神経で下手に微笑われると、こっちは寒気がしてくるのである。巴里のボオイには商売人的な利口さも、又徹底した観光客向けの精神も、むろんあるが、彼らは、美味しい料理をたべようと、楽しんでやってくる異国の奇妙な女の子に対《むか》って、つい柔《やさ》しく微笑ってしまう、というようなところがあるのである。（日本人の女の顔は殊に凹凹が少ないから、十八の私は十四、五で結婚した女の子にみえたらしかった）私は、偉い先生達が糺弾する不道徳もむろん、条件と状態によっては悪いが、こういう、善良な人間を揶揄《からか》う小さな悪意をひどく憎んでいる。メニュウにある英語だけを覚えこんだというだけで、全智全能になった気のボオイたちは要するに、真物《ほんもの》のレディというものを見たことがない。真物《ほんもの》のレディは珍らしいものがあれば見入り、ボオイなんかにも柔しく微笑いかけるものである。私は巴里では酒の壜の台は部屋の隅にあったし、壜が皆古いので大変珍しかったのだ。私はその日、洋酒の台を面白がった私を、場所馴れないトンチキの客だといわないばかりの顔で軽蔑した、一山《ひとやま》百文で売っているような顔のボオイを、ひどく憎んだのである。

続・怒りの蟲

銀座のボオイ、銀座の店員、と銀座ばかり目の仇《かたき》にするようだが、私の嫌いなそういう人々は別に銀座には限らない。つまり高級店の人々のことなのだが、私は凝った、特種の店には行かないので、私の怒りの蟲は定《き》まって銀座で爆発する。

銀座では手袋を買おうとしても、洋傘を買おうとしても、親切に選ばせてくれたことがあまりない。私は気に入るものが極く少ないし、特殊だからそう彼らの希むように手早く選んでさっさと金を払って、彼らの前から姿を消すというわけにはいかない。そうかといって、彼らが、ゆっくりと選ぶことを当然と思うような、お買い上げを有難いと思うような貴婦人でもない。彼らは、上等なものを購《か》いつけている、という様子をし、何々さんの令夫人である、という顔をして、店員に顎で命じる戦後貴婦人でないと貴婦人とは認めないのである。「これを見せて下さい」とやさしく言うと、「この品を一寸見せていただけませんでしょうか?」と、商人に卑下している女の人かと思うらしい。一つは戦後のお客の態度もよくない。戦争中にじゃがいもを下さい、麦でもいいから下さい、と哀願した癖がとれないのか、高級店の店員は偉いものだと思うのか、よく理由はわからないが、戦後の令嬢、奥様は、ものを買うのに（すみませんが）とか、（恐れ入りますが）とか言ってあやまっている。威張るのは醜いが、普通に、やさしい態度で命じればいいのである。家の近所の魚屋で一度、品のいい令嬢が、（恐れ入りますが、犬にやるアラを下さいません？）と言っているのを見て一驚した。寿司屋とか料理屋で常連が、特別なことをして貰って、「御馳走さま」と言って立ち上るのはわかるが、皆と同じ料理を出して貰って、ちゃんと代金を払った人が「ご馳走さま」と粋《いき》がるのはおかしい。戦前はなかった光景である。私は毎日のように行っていて親しくなっている下北沢の「バンガロオル」や「スコット」でしか「ご馳走さま」は言わない（それらの店では漬物を出してくれたり、番茶をくれたりするから、その親切に対して言うのである）。呉服屋や、既製洋服店では彼女らは「あら、さようでございますか？　これが流行でございますか？　これが私には似合いますか？」といった調子で店員の意見に従い、平身低頭している。そこで店員たちはますます頭《ず》が高くなるのである。戦前、資生堂で買物をした時、三つ位欲しいものがあったが、財布の都合があったので「これも好きだけど、そんなにはあれだから」というと男の店員が「どういたしまして……」と微笑《わら》ったが、おべんちゃらの調子もなく、軽蔑した色もなく、なんともスッキリして、岩清水の流れを見たようだった。この頃は銀座で陶器店へ入って行くと、何も言わないさきに「頒布会《はんぷかい》ですか」とくる。私はお菓子のほかはお金があっても頒布会に入る人種ではない。全く銀座はいやなところである。

老書生犀星の「あはれ」

室生犀星は去年の夏、軽井沢でふと軽い熱を出し、床についた。病名は肺炎で、あった。ほんとうは肺炎の上に「老人性」という三字がついていたが、私は病気の名にしろ、何にしろ、「老人」という呼称を、犀星にはつけたくない。何故なら犀星は、生命の終る瞬間まで、「老人」では、なかった。肺の内部に、いつからか出来、大きくなり、彼を苦しめ、彼の手からペンを奪い、いろいろなものに眼をあてる、楽しい日々を奪った塊りと闘い、その塊りと、最後の壮絶な対決をして、力つきて、彼の生命をその灰色の塊りに渡した、最後の瞬間まで、犀星は「老人」ではなかった。

彼の癌の塊りが、脳に転移をしたために来た軽い麻痺で、万年筆が彼の手から落ちた瞬間まで、犀星は、書いた。鋭い嘴《くちばし》をした禿鷹のような犀星は、その黒い翼を背中に重ねて休み、気分のいい時間がくると、その翼を大きく張り、生命《いのち》のへどを吐く、彼の偉きな、輝いた、仕事をした。室生犀星が私に与えた最後の葉書に、こう書いてあった。

（風邪をひかぬように、暖くして、仕事をして下さい。僕もそのようにしてぼつ、ぼつ、仕事をしていますから、安心して下さい。）

この最後の手紙は私の胸を痛くした。

犀星の文章には、最後まで、若い張りがあったが、彼の顔つき、ようす、歩きかた、にも同じ、若い張りが、あった。老人と言われることを嫌い、七十と言われることを嫌ったが、私はしばしば彼の前で、「お爺さん」という言葉を出した。それは私に、犀星が老人だという意識が、全くなかったからだった。だが犀星は私たちが、「お爺さん」という言葉を出す度に、いやな顔をし、時には抗議をした。

或日私は犀星の傍にいる時、誰かの話をして、（七十でしょう、あの方は）と、言った。すると犀星は冗談らしく

「そう七十、七十と言いなさんな」

と言ったが、私は又失敗した、と、思った。この感想は皆が持っていたらしかった。或PRの雑誌の女の子も私に、自分が先生にお爺さんを感じないので、つい言わなくてもいい時に、お爺さんという言葉を出してしまってはっとすると、言ったことがある。

去年の五月の半ば頃、軽井沢へ行く一寸前の或日、私は例の如く午後の三時頃から、犀星の家にゆき、夕飯までぼんやりと、坐っていた。朝子さんが夕飯の指図をするために台所に行ったあと、私は犀星の傍に一人ぽつんと、坐っていた。幸福ではあるが、最も困る

時間で、あった。

犀星はふと立ち上ったが、立ち上りながら、言った。

「馬込の古い道をおみせしましょう」

私はふと、犀星が私を散歩に伴《つ》れて行ってくれるのかなと、思った。あり得ない幸運である。私は思い違いをして立上ってはおかしいと、思い、躊躇《ためら》ったが、犀星はずんずん縁側に出て、後手《うしろで》に兵児《へこ》帯《おび》を一寸廻すようにし、今にも庭に下りるようすである。私は立ち上った。よっちゃんという女《ひと》が、縁側の下に隠してあったような、木の箱から、下駄を出して揃えた。犀星は黄色い、八丈のような袷《あわせ》に、いつもの青い羽織を着、ステッキを軽く打ちふるようにし、いかにも履きよさそうな、手ごろに減った下駄を、からからと鳴らしながら、先に立って歩き始めた。私もあとについて歩き出したが、その時私の頭に、(三尺退《すさ》って師の影を踏まず)という、支那の昔の人が言ったらしい、古色蒼然《そうぜん》とした言葉が、浮び上った。現代としては奇妙な考えだが、私はその時、全くその言葉の捕虜《とりこ》になっていた。明治生れの人間には時々、ふっと浮び上る、奇妙な礼儀のようなものがある。もっとも犀星の平常の態度、ようすの中に隠されていて、ふと顔を出す時のある、そういう礼儀のようなものが、犀星の傍にいる時、強い暗示を、私に与えている、というような、傾向も、あった。

私は犀星のあとから、一二歩退《さが》って、恐縮した恰好で、歩いた。ハンドバッグを持っていない手持無沙汰で、私の手は前に軽く組まれていて、その私の恰好は、宮様のお附き女官の感じだった。犀星は、（どうしてあとから来るんだろう？）という様子で、不自由そうに、首を後《うしろ》にふり向けふり向けして、ぽつり、ぽつりと話をした。

私は不思議な道を、歩いていた。日暮れ刻前《どき》の、白い光の中の道だったが、その白い光は、私のまだ見たことのない世界を、照らし出して、いた。馬込の細道の石ころは一つ一つが、不思議な、見たことのない石に変り、私は白い、清らかな、明るさの中で、石ころを見、両側の家の垣根からもれる緑に、目を遣った。

その不思議さは、犀星に、馬込の道を案内して貰っているのだという、而《しか》も、私一人だけのために、という、意識から来ていた。それは光栄の道で、あった。それには犀星の文章の秘密も、絡まっていた。特異な鋭さのある犀星の眼が、すぐ自分の傍にあって、今もその眼が働いているのだ、と、意識することが、一種のあやかしのようなものを辺りに塗りつけ、石ころも、垣根も、緑の木も、忽ち不思議な世界のものとなって、白々としたものの中に浮び上るので、あった。「女ひと」の中に、詩の一字、一字を組み合せては解き、している犀星が、散歩の道で、道端の緑の樹々の枝の間に、その文字を並べては又、置きかえてみる、というところがあったのを想い出した私は、言った。

「この辺には先生の文章の秘密が、沢山ころがっているのでございましょう？」

「いやあ」

犀星はうその否定をし、しばらく行くとステッキを高く上げて、木の名なぞを私に、説明したりする。

時々向うから車が走って来る。子供を引っかけ、老人を跳ね飛ばして、その儘逃走する、恐ろしい車の幻影が、どの車をみてもつき纏っている、このごろの車である。犀星は車が来ると、ステッキを右手に持った両手を広げ、私の横側に蝙蝠《こうもり》のように体を横にして、車から私を庇うような形をするのである。私は犀星のすることにハラハラしたが、それと同時に、全く「老い」というものをうけつけない、もの凄く老人嫌いの犀星を、感じた。私は犀星のすることを止《と》めてはいけないと思い、ほんとうに危険な時には、犀星と素早く入れ替って、犀星の危険を救おうと、気がまえて、歩くことにした。

犀星は「老人」でも、まして、「老作家」でも、なくて、若い一人の老書生で、あった。犀星は、「老人」を拒否すると同時に、文壇の長老をも、老大家をも、拒否していた。自家用の車を持たず、魚屋に魚を買いに、行った。その気魄が、彼を若い老書生に、見せた。貧しさの中にいた、昔の自分、有名のなかった時の自分を、犀星は頭から離さなかった。だがこのごろの、虚栄心と繫がっている、所謂道徳で、それを頭から離さずにいたのではない。それを頭から離さずにいることを、人々に見せていたのではない。彼は昔の貧乏と、地を匍《は》う蟲のような、有名のなかった自分とを、頭から離すことが、出来なかったのだ。

犀星は又、母の無い子供であったことの哀しみを、胸に抱きつづけて、来た、その寂寥の音を出す貝のような心を、犀星はいつも胸の底に、抱いていた。昔の貧しさと、有名のない、金もない時の、蟲のような自分と、母への悲慕とを、いつも中に持っていた犀星は、弟子にも、家に来る編輯者にも、思い遣《や》りを、注ぎかけていた。蛇にも、金魚にも、注ぎかけていた。

三月一日に、不幸な最後の入院をする十日ほど前、私は犀星の書斎にいた。夕飯刻《どき》に近く、電燈はもう点いていて、部屋は鈍い、黄色い光の中に、あった。明るい、電燈の光と、紅玉《ルビイ》のような、紅い、反射式の電気ストオヴや、橙色に、うす青い炎が絡んで、何かの舌のように燃えている、ガスストオヴの光とが照り合っていた、華やかな座敷、私も、小さな蟲のようにして、その光栄の光をともに浴びさせてもらい、嬉々としていた、その犀星の、明るい座敷は、犀星の病名が、肺癌であったことを知ってからは、私の眼から消え、鈍い、黄色い光の中に、犀星は坐っていた。半信半疑の顔をどこかに隠して、元気にふるまおうとして。その鈍い光の中での或日である。矩形の、覗き窓をつけた障子の向うに、オーヴァーを着たれい子さんの影が、映った。すぐに、手に提げたポリエチレンの袋に金魚が入っているのが見えて、彼女が犀星のために金魚を買って来たのだとわかった。

「赤か？　ぶちか？」

犀星が、言った。嗄れた声だった。

「赤のと、ぶちのです」

「そうか」

犀星はそのまま、坐っていた。立って行こうとはしなかった。少間《しばらく》して朝子さんが来て、私と話しはじめたが、二人はカタリという、犀星が何かにぶつかったような音を聴いて、同時に不安な顔を犀星に、向けた。

犀星は、いつこんなに痩せたのだろう。背中と肩が尖った、彼の特徴である広い背中だけになったような、腰から下に力のない形で、折れたように後向きに横坐りになり、覗き硝子から暗い廊下を覗いていた。音は障子際にあった何かに、向き直る拍子に体がぶつかったのだ。犀星はその儘少間《しばらく》じっと、動かなかった。犀星は金魚が、見たかったのだ。(赤と、ぶちだと、言った。どんな奴だろう)犀星は、そう想った。犀星の心の中には、息苦しい透明な袋の中で、夜の道を提げてこられた、二匹の新入りの金魚が、馴れない、新しい家の水鉢の中で、どんなにしているか、元気で泳いでいるだろうか。そういう想いが、あったのだ。そうして直ぐに見たかったのだが、立上るのも、障子を開けるのも、倦《だる》かったのだ。

私は黒いセルの袷を着た、折れて、障子にぶつかったような、犀星の後姿の中に、死んだ母への悲慕と、貧しさとの中で、小さな子供の時から成長した、人生の中で、「あはれ」というものが、庇《ひさし》の方から少しずつ、蜜のように溜まり、今では一杯に湛えられて来ている、犀星の心というものが、恐ろしいほどに、出ていた。

犀星は文学に飛びかかり、文学をしゃにむに、腕と手でねじ伏せ、足の下にひき据えたが、そうして、そこに、鋭い、禿鷹のようなしたたかさを、持っていたが、文章を書いていない時の犀星は母への悲慕と、女への思慕と、そこに溜められ、たくわえられて来た、蜜のような、「あはれ」を知る心で一杯になった、一人の哀しみの人間で、あったのだと、私はそう、思っている。

三島由紀夫の死と私

私は鈍感なのか、十一月二十五日の午のラジオ・ニュウスを聴いて、有り得ないことが起っていると、思った。前に、「憂国」の批評を読み、（私は誰から貰った本も読まないし、父親の歴史小説や、三島由紀夫の「憂国」を最初とする、天皇や、二・二六事件的な小説はわからないので読まない）「憂国」の映画のスチイルを見て、彼が、血と、儀式との、美とエロティシズムに憧れていることを知ったことも忘れていたし、彼が七〇年には死ぬ、と言っている、ということをきいていて、心配していたが、もう七〇年が殆ど終りに近づいているのだと思って、それも忘れていたからだ。

有り得ないことが起ったと思ったのだから、愕いたことになる。むろん愕いたのだが、私は衝撃《ショック》は受けなかった。勿論、今も書いたように、私は彼の死を予知していたのではない。唯、何年も前に彼が「憂国」を書いたことを知り、その映画のスチイルを見た時、武山中尉が浅野内匠頭の切腹のように、清めた座敷の上に、畳を一畳敷き、（その畳の四隅に青竹の筒に榊《さかき》を挿したものを立てなかっただけで、それは全く侍の切腹と同じに、儀式的だった）その上で、白無垢の振袖に白い裲襠《うちかけ》を着た奥さんと、最後の愛の交歓をした後で、壮絶な切腹をし、噴出し、跳ね散る真紅《あか》い血にまみれ、内臓を露出して死んだのを見て、三島由紀夫が、血と、儀式というものの美、とエロティシズムに憧れているのを感じた。

――それで、何かの賞のアンケートの葉書が来た時、真紅《あか》い血と、儀式との美とエロティシズムを書いたからだ、という理由を書いて「憂国」を小説の推薦の欄の中に書いた＝美とエロティシズム以外の内容は、わからなかった＝――

そうして、彼の憧れが強烈で、陶酔的なのを、わかった。

――私は昔、どこかで、（たしか里見弴《とん》の小説の中だったようである）日本の結婚の、結納や、式、衣裳、床入りの儀式、なぞが厳粛で儀式的であることで、花魁や女郎とお客なんかの場合よりも却ってエロティックだ、という男の言葉を読んだことがあって、自分はあまり、エロティックな場面の経験はなかったが、その言葉に、たしかにそうかもしれない、と思ったことがある。そのことも浮んで来て、「憂国」という小説から、真紅《あか》い血と儀式との美と、エロティシズムを感じ取ったのである――

それで、彼の死のニュウスをきいた時、失望を感じた次の瞬間に、彼がその、血と儀式との美とエロティシズムへの憧れで死んだのだということがわかったのだ。

この最初の失望について書くのは大変に困るのである。私は、人が自分に呉れる好意や愛情を、鈍い感覚でうけとる。厚い、鈍い、硝子で囲まれた心の中へうけとるから、入って来た、人から与えられた好意や愛情は、その硝子の厚みの中を通る間にどこか、暈《ぼ》やける。私はだから、人から好意や愛情を暈《ぼんや》りうけとっている。そうしてそれらの好意や愛情を、いい気になって、表向きは恭《つつま》しくうけているが、又理性では恭しくなくてはならないとわかっているが、そういうものを剝ぎとった中《なか》みの私はそれをむさぼりくい、ガブ、ガブ、呑みこむ、(愛情の肉食獣)なのである。それを又後《あと》でいつも反芻する。草でなく肉をたべる牛である。私のうけとったのが好意と愛情で、恋愛でなかったことは、与えてくれた人の倖《しあわせ》である。

――愛情の肉食獣はなにも、嫩《わか》い美人の専売ではない――

愛情の肉食獣である私は、三島由紀夫が、意識不明で重態、というラジオの声をきいた時、自分の幻想の中の、幸福な光が無くなった、と思った。「憂国」の記憶が浮び上り、私は、(彼は彼が、いつも持っていた、血と儀式との、美とエロティシズムへの憧れの中へ、体ごと、自分を投げこんだのだ。彼は一面、歓んで死んだのだ)という感動も、(彼は、子供よりも子供で、蒸溜水の純粋を持っていたのか、私よりも以上に子供のようで、私よりも純粋に、日本のいろいろを、怒っていたのか)という感動も、その後《あと》の瞬間に、来たのである。私という悪い(?)人間は、まず最初に自分がその隅の方に座って、自分

も一緒に浴びているように思って、嬉々としていた、光の世界

――それは、耀くシャンデリアの下や、赤々《あかあか》と明るい受賞式のパアティ、地下室のパアティ、なぞで、三島由紀夫の醸し出す文学の世界の賑やかな光である――が消え去るということで、暈りと哀しみ、次の瞬間、彼の死が、血と儀式の死だったことに愕き、感動し、彼の純粋に愕き、それも感動したのである。

――それに、彼は、室生犀星とはちがった形で、老いを嫌厭していることを、私は知っていた。ラディゲを羨み、(俺は夭折の機会を失って、とうとうおじさまになってしまった)と、どこかで書いていて、それが彼の心から出た言葉だったためらしく、その一語は私の頭に鮮明に、彫りつけられていたのである。彼にとって顔がたるんだり、白髪が生えたり胸や脚が衰えたりして生きていることは、何千匹の蚕と一緒に部屋に入れられる以上のことだったのだ。――

私は自分が、硝子の嵌った心臓を持っている。それだから衝撃《ショック》をうけなかったのだ、といって、威張っているのではない。三島由紀夫の死への自分の反応をたしかめて、書いておこうとしたのである。三島由紀夫と、室生犀星とは、

――どういうわけか、室生犀星と、三島由紀夫は、死ぬということが似合わない。故という字をつけることがおかしい。二人は「生の人」なのだ――

その私の「恩知らず」や、「畜生」に似た私を底からわかっていて、犀星は、そういう私

をみて、羽織を着たむじなのような顔で笑い、三島由紀夫はヴェランダの（その時私は彼と、高橋睦郎、澁澤龍彥、同夫人とでヴェランダにいた）上にひろがる青い、無窮の天蓋に響きわたるような声で、哄笑した。そういう二人の外国人のような文学者は、私という肉食獣に、たべたいだけの肉を与えていた。

三島由紀夫と私とは、水道橋の、ボディ・ビルのジムの傍の喫茶店で、新潮社の小島さんと会い、少し話してから一緒にジムへ行って、彼のボディ・ビルをするのを見、私と小島さんとは秤《はかり》の分銅の化けもののようなものの中の一番小さいのを、そっと両掌で持ち上げてみたりし、（私は三島由紀夫のボディとは反対《あべこべ》の、肺病をやったような、胸廓と、子供の時から何も持ち上げたことのない、細い腕をもっているので、もし持ち上げて足の上に落すと怪我をすると思って、一度持ち上げかけたが止《や》めた）少間《しばらく》して三人でそこを出て、別れたのが、一番最初の出会いである。彼は私が彼の目を、写楽の絵の目のようでギョリとしていると、書いたことを気に入らなかったが、その日、終始大変に機嫌がよく、話が私の文章の、彼の目の評のことになると、大きく目を剝《む》いた顔を、私の顔の傍《そば》までもって来た。卓子がおもちゃのように小さいので、ものすごく大きく見えた。私はあんな目を見たことが、その時まで無かったし、これからも決してないと信じている。彼は私をよほど変ったお婆さんだと思っていたらしく、私と向き合っていた小島さんが「あらっ」と言って、私の肩越しに彼を覗くまで、彼は、私の後にかけて、私の背中を見ていた。私はいつもより髪をきちんとし、穏和《おとな》しい着物で帯つきで、しとやかに腰かけていたからだ。彼は愕いて起ち上ると、びっくりするようなドラ声で、ボオイたちの方へ「レモン・スカッシュ。ほんとうのレモンの」と言い、それから私の脇に真直ぐに立ち、「三島です」と、女教師か、母親の女友だちにするように挨拶した。私はあまり丁寧なので愕いて、唯座って挨拶をしたのでどっちが先輩かわからなかったのだ。私は長い間、乱暴書生のような生活をし、現代女学生のような言葉になっているので、中央公論の「鷗外集」の中に入れる対談に、彼が指名してくれて話した時も、後《あと》で読んでみると、新人で、それも言葉の丁寧な人と、大変に言葉のぞんざいな、長老の女流作家とが喋っているようだったので困ったのだ。彼は、私の小説を好きだったためか、最初の日の、一番はじめの言葉から、口の利き方が、何年も知っているようだった。私は私で初めから、平常《ふだん》若い友だちと話す言葉つきになっていた。私は彼とは、二度、降誕祭に招かれたのと、三階が出来た時（前の方に書いたヴェランダの話の時である）に招かれたのと、「鷗外集」の対談の時と、ごくごく稀にパアティで会う時位しか、口を利く機会はなかったが、どの日でも、彼と私とはきょうだいのような喋り方をしていた。彼も話が活字になる筈の、対談の時以外は、学習院のような話し方をしなかった。

そういうわけで、想い出の表情や、言葉は大変に少ないのだが、少いために却って、どの言葉も覚えている。私の「枯葉の寝床」について「あの、マゾヒスムになって行くところがうまいなあ」と、言い、又「甘い蜜の部屋」では、「百日咳のところねえ、病気があんなにエロティックなものだと思わなかったなあ」と、言ってくれた。三島邸のパアティの時には、私の皿の上にとりわけられる料理の中に、何かの紅いものが入っていないと、目をギョロリとさせて「森さんのところにその紅いのがないよ」と、言った。

私はとうの昔、父親が死に、八年前に犀星が死に、今、三島由紀夫が死んで、私の書く小説をひどく歓んでくれる人間が無くなった。彼は私の今書いている小説が書き上るのを何年も、いつも、待ちかねてくれていた。私の心臓を囲っている筐《はこ》の、厚い、鈍い、硝子の板も少し溶けかかったようで、卵の白身のような、どろどろになりそうな気配でもある。

川端康成の死

川端康成の死で私は、一つの異妖なものが飛び去る形《すがた》を見た。ありありと見た。そのものは、白銀の強《こわ》い髪の毛を逆か立て、何という画かきだったか忘れたが江戸時代の名人が描いた、白髪の伯母の姿をした羅生門の鬼が片腕を小わきに、お襠《かけ》の裾を、長く、九尾の白狐《びやっこ》の尾もかくやと靡《なび》かせて飛び去るところの絵のようにして、薄墨を流した空を飛び去ったのだ。顔はこっちを振り返って笑っている。いつも川端康成の写真にみる、あの「地獄変」の良秀を醜い男でなくしたような一癖も二癖もある笑いである。

大体男という名の人間が、寂寥と、孤独の中にいるらしいものであって、ついこの間パアティで上機嫌で笑っていたり――川端康成は親しみを持っていたらしい、三島由紀夫の一年忌のパアティにおいてさえも、何かの酒の洋杯《コップ》を繊《ほそ》い掌に持ち、ヘラヘラと歩き廻っていた。何を考えているのかわからない顔で。後へ廻ってみると白い長い尾を曳き摺っていはしないかと思われる感じである。むろん廻ってみてもありはしないが。――何十年も生きる人に見えていたり、死ぬまで歓んで眺めるためのように、骨董品を集めて、蔵《しま》ったり出したりしていて、或日突然、世の中の全体に厭離の心を表わし、そのさっさと捨てて行くすべての中に奥さんも入っていたという、面妖なことをやるものらしいのだ。私のように男でなく、寂寥もなく——あるのは子供が持つ淋しさであるらしい。我慢出来ないような淋しさだが——ついこの間までは、おいしいものをたべさえすれば満足して、舌で口のまわりをなめていた——このごろは口に入るものが全部毒薬だという恐怖が大変なのと、ある一つのことのために、バカのようなうれしがりは無くなりつつあるが。——人間からみると、男という名の人間は面妖な一匹の厭離の狐であることを知らないのではないが、一寸それを忘れて、ポカンとしていると、《三島由紀夫割腹》、《川端康成自殺》、という恐ろしい字が新聞に出て、愕《おどろ》かされる。三島由紀夫の方は聖《サン》・セバスチアンの、絶対者への忠誠、苦しみを越えての忠誠の歓喜に擬した行動であって、血の祭典への憧憬という華麗なものもそこにはあったし、日本の悲しみへの怒りと、四十五年続いた孤独——彼には馬鹿を言い合うような友達がなかった——との、二つの遣り切れないものの爆発は可哀そうだが、一種、不快なものに自分を打《ぶ》つける壮快さがあったと思うが、川端康成の場合は死なずにすんだのではないか、という気がする。

川端康成は永井荷風のように生きればよかった。他人《ひと》のことなぞは構わないで、ペン・クラブの責任を負うようなことをしないで、自分の自身のためにだけ生きるのだ。蛇なんか飼って、その蛇がどんなに怒っても——毒蛇でも、害意があって嚙むのではなくて、蛇というのはおとなしい動物らしいが、この文章の中では悪意のある、怒る動物でなくては困るのである——川端康成が掌を頭の上にかざすと、その蛇がスウッと鎌首をすくめておとなしくなる、というような妖しい情景があり、人が訪ねて行くと、廊下の隅に蛇の檻のある座敷に座っていて、一寸薄気味の悪い顔で、黙ってこっちを見ている、というようであって貰いたかったのだ。永井荷風のように生きて貰いたかったというのは、それが彼の質に合っていると思うからだ。永井荷風を、私は遠くから見ていただけだが、たった一度荷風の徹底して他人《ひと》のことは構わなかった例を、実際に見ている。私は或日自分の原稿を持って市川の家に行った。一度見ていただいて、全く価値がないものでしたら書くのをやめようと思います、という手紙を前もって出すと、お手紙拝見しました。午後ならいつでもお出で下さいという葉書が来た。行くと税務署のことをやってくれる人らしい人と歓談中で、上機嫌の笑いをちょいちょい私の方へもふり向けていた。恐る恐る原稿を火鉢の影にさし出すと、それまで上機嫌だった荷風は俄かに慌てた感じを全身に現わし、その原稿を触ると痛いもののように掌にとり、同客に「某々社は雑誌もやるんだろう?」といい、私に、「そう言っときますよ」と言いながら、火鉢の上から原稿を突き出して、私に取らそうとする。私は、これは受け取らずに逃げて帰っても、原稿は速達で後《あと》から追いかけて来るだろうと思い、仕方なく受けとった。それで終りである。私がものを知らなくて、偉い人に生原稿を見て貰おうとした、ということもあるが、荷風の態度は徹底した自己中心である。三島由紀夫と同じく、大変に私の父親を好きだったのだから、その自己主義は絶対の、めざましい、素敵な自己主義である。その時は悲観したが、私は後で尊敬した。彼が私に対する親切は、一度顔を見に来させてくれたことと、同客と談笑しながら、手を焙《あぶ》っていた小さな火鉢を少しずつ少しずつ動かして、いつのまにか火鉢が私の傍に来るようにしてくれたという一片の、というより〇・五片の好意だけだったのである。川端康成はこういう態度ですべてに対《むか》っていて、――女優がくると会って楽しく話し、一緒に写真を撮るような種類の交際は別である――、そうして『山の音』や『禽獣』や、『みづうみ』や、『眠れる美女』のような小説を、自然に死ぬまで書いて貰いたかった。そうしていればひどく疲労もしなかったし、厭離の念も、小説の中に現しているだけですんだかも知れない。『禽獣』を読んでわかるように、川端康成は小鳥も、犬も女も、机も茶碗も同じに見ている。非情――普通一般の不人情とは別なものである――なところがあって、人を信じないために非情で老獪になっていた荷風以上に変な、何かの鳥のようなところがあったからだ。

川端康成にはそういう、自分の素質に合わない忙しい生活をしていたところがあって、自分を自分で窮屈にしていたところへノーベル賞が来た。彼はそれで又自分を窮屈にした感じがある。だが彼が独特な、彼の他には書く人のいない小説を書いていたことも、世間のことにいつも進んで関り合っていたことも、秦野章という人のために熱心になって、全く似合わないように思われる選挙の応援をしたことも、自分もああいう死を決行する人間なのに、三島由紀夫が死んだ時、「残念だ。惜しい。」と言っていたり、ほんとうに欲しいのか、そうでもないのか、わからぬ感じで骨董品を買って戸棚に入れていて、そんなものを全く解らない、若い女の子に、表情の無い、鳥のような目で黙ってそれを指示したり、そういう、それらのすべてを包括したものが《川端康成》なのであって、そのいろいろの中に『山の音』も『禽獣』も入っていたのであって、それらを別々にばらしてみることは出来ないし、それでは《川端康成》ではなくなってしまうのであって、川端康成になって見たことのない私が、こんな素質の人物だから、こうやった方がよかったとか、なんとか言ってみても、それは全く馬鹿げたことなのだと、今気がついた。

ただ、十六日の午後に、夫人と顔を合わさないで、女中にだけ一言《ひとこと》言って、家を出て、逗子のマンションへ、歩いたり、タクシに乗ったりして行った、その道々の川端康成の顔を想像すると、なんともいえない寂寥と、恐ろしさとを、覚える。結局、男という名の人間は、精神生活を持っている人である限り、厭離の情を持っていて、いつ何処へ行ってしまうかも知れない、つまり、死んでしまうかも知れないものなのだろう。

森の中の木葉梟《このはずく》

私は大分前から、もう三年以上になるが、毎日三百六十五日、三つの同じ場所に存在している。住んでいるのは壊れかけたようなアパルトマンの中の一つの部屋だが、邪宗門というのと、アラビカという二つの店に毎日行くからである。ところで私の生活には住んでいるという感じはなくて、棲んでいるという方が似合っている。毎日窓《まど》をあけて掃除をし、開けた窓には尖端《さき》が十何本かに分れた、ジュラルミンだかアルミニウムだかの細い棒の、その一つ一つの尖端にソックスや半巾が風に揺れ、その下の窓際には大バケツの中に固く絞り上げた、これから外へ干しにゆくべき洗濯物が入ってい、片附いた部屋の中には書物《かきもの》机、辞書、原稿紙、ペン皿、が置かれ、壁には仕事の予程表と、カレンダアが止めてある。座蒲団の脇には来信と返事を出すべき郵便物が二つの箱に分けて入れられている、もうきりがないが、私の部屋にはそういう装置は何一つないからである。来信も本の小包みもいつ来たのか、判明しない、それらはどこかにあるのであって、何だかかんだかがそこらにあり、小説のための（ご執筆中の）映像《イメエジ》用のあらゆる外国人、日本人、映画俳優、女優の写真、部屋の写真、鳥、薔薇、他の花、いろいろな場面、いろいろな表情をした海、雲、古い外国の台所道具、料理、指輪、宝石、女の洋服、靴、贅沢な帽子、神を信じている善良な家族たちなぞの写真、たとえば、奸悪《かんあく》な顔、（この奸悪な顔はノオマン・メイラアが薄ら笑っている顔である）塀際に佇んで聴き耳をたてている、なにごとかを企らんでいる若い女の写真、（これはラファエル以前の名のよくわからない画家の画である）宗教の匂いのする男の顔＝これは佐久間良子と結婚した平幹二朗の、扮したファウストの顔である＝きよらかでつつましい女の肖像、不透明な、曇り硝子のような、悪人ではないが悪人より奸悪な、それでいて女の幼児か、ミルクを「もっと」と言っている小犬のように可哀らしい人間の顔、（これはピータア・オトゥウルの、なにものかをはらんでいる大きな眼を、曇り硝子のように光らせている、ヘンリイ二世の顔である）胸の奥底深く恋を隠し潜めているために額に、鼻の両脇に、頬に、唇《くち》の周辺に、苦しみの蒼い色を塗っている男の顔（これはポワチェのいろいろな役の顔である）狂的に恋をしている、嫩《わか》い馬のように美しく、父親や母親、友だちに深く愛されている男（これはアンソニイ・パアキンスのさまざまな顔である）醜くて、嫉妬深い雇人の顔、賢い料理人《コック》の顔、自分をわかる人間にしか笑い顔を見せない、静かで、寂寥がひそみ、小鳥と花、素直で柔《やさ》しく、つつましく、母性的な女、しか愛せない、身じまいの清潔な、園丁、（これはシャルル・アズナヴゥウルのさまざまの表情である）いくらか馬鹿で、一応美人で、神経の荒い女の顔、（これはあるアメリカ女優の顔である）可哀い、父親や青年、夫、園丁、なぞの恋心を、自分のものにしていて、それらを絶えずむさぼり喰っている愛の肉食獣のような若い女の顔、（これもピータア・オトゥウルの、自信に満ち、下目遣いに拗ねているような、「何かいいことないか小猫ちゃん」の中のデザイナアの顔である）恋心をひそめている、強くて、ストイックな嫩い男の部屋にありそうな、板壁の上の額、椅子、松ぼっくり、穴のある、大きな海で拾った石、鋭く尖った魚の骨のような形の貝、西洋将棋の馬の首、乾かした植物の入った壜、等々々、そういう種々雑多な大量の写真が重なった上に厚い手ずれた本があり、（これは、この本の上に原稿紙を載せて書くと不思議に小説が書ける本で、それは慶光院芙沙子の詩集で、厚みと、一種のたしかさ、固さがあり、たより甲斐のある量感を持っている、不思議な本なのである。大変に確《しつか》りとした製本だかららしい。）その本の上には現在書きつつある書きかけの原稿紙と、黒、黄、のジャンボペン、紅と緑のインクの出る安ものペンが四本。（本と本の下の、写真の重なりとの間には百二十四枚の小説の出来上った部分の原稿紙が重なっている）この膨大な堆積《たいせき》の上に四本のペンの載った固まりが、最も大切なものとして、壊れて半永遠に止まった置時計の上に載って私の膝の右脇にある。（この置時計は何かの出版社の記念会で貰ったがっしりしたもので、何故半永久に静止しているのかというと、放っておいても殆ど三年以上動く筈になっているらしいのが止まってしまい、それを持って行けば無料で修理してくれることになっている紙切れが紛失し、近所の時計店の男には修理不可能であって、それを抱えてハットリ時計店に馳けこむ日は未来の中のどの日か、到底そのように厄介なことは私には出来そうもないからなのである）この固まりと、書物と新聞の山にたてかけてあるパアキンスとピータアとの大写真、常用のトワイニング紅茶の大鑵《おおかん》。膝の左脇には手紙、取っておくもの、紙幣などが、ごちゃごちゃに入った箱の上に週刊誌がきれいな色の裏表紙を上にして置かれ、その上に原稿紙の書き損じ、包んだ野菜切り用のナイフ、鑵切り、茶漉《こ》し、改源の散薬を包んであった紙（緑色の小さな字がある）できれいに包んだ大匙（スウプ、シチュウ用）、同じく改源の紙で包んだ小匙（紅茶、ミルク用）が手術用《オペラチオン》のメスやピンセットのように並んでいる。その他、紅い葡萄酒のように透《すきとお》った容れもの（小島喜久江のくれた）に入ったグラニュウ糖、湯ざましの入った酒精の大壜、コンデンス・ミルク、エヴァミルク、でんぶの鑵（これは暇のない時、そば屋の御飯にふりかけて急いでパクつく為のもの）白いモオニング・カップ、紅い小さな薔薇と緑の葉のついた紅茶茶碗、食卓塩、ごく小さなヴェルモットの空壜に入った醤油、錠剤の壜、紅茶用の小薬鑵。味の素の入った鑵、（これは十年前に宮城まり子のくれた大森の海苔の空鑵）胡椒の壜、使っては忽ち捨てる割箸、薬が載せてある大阪の雑誌を並べて積んだ山。寝台《ベッド》の下の雑誌の山の上の、ボオル箱に入った髪道具、香油（香《にお》いのない大島椿）、口紅、クリイムの代りのトフメルA（これは巴里のクリイムやホルモンとか、なんとか入りのあやしげな、馬鹿高いクリイムよりずっと顔をきれいにするラノリン入りの薔薇色の練りものなのである）手術用の尖端がきれいなカァヴで曲った爪截《き》り鋏等。紙屑を入れる厚い紙袋。その他書物、ビニイル袋入りの衣類の載った大きな竹製の、進駐軍の引揚げ家族が売り払ったのを買って来た、肱かけ椅子。これらのものが周囲を取り巻いていて、洗濯した下着は部屋と台所の土間との境界にぶら下るが、このごろは殆ど影が無い。下着は紙袋に入れて、焼却することになっているらしい塵埃屋にやるバケツに捨てて、代沢湯に行く度に新品を着る。（足袋や下着、半巾の類は新品を嫌厭していて、一度洗濯して干したものが、爽やかで、しっとりと脚や体を包むのであるが、現在はいたしかたがない）

つまりこういう、火事で焼け出された人が仮り住居でやるような装置の中に座っているのであるから、住んでいるとはいえない。なんと言っても棲んでいるのである。今、書いている小説が非常に苦しいために、硝子の壜や枯れた花の、素晴しい部屋は消え去ったのである。その上にその固まりや堆積の真中に座っている私が、部屋の中にいる時でも、毎日行く邪宗門、アラビカにいる時でも、道を歩いている時でも、（この道は冒頭にも書いたように、倉運荘と邪宗門とアラビカとをつなぐ、平べったい三角形を形造っている道で）私はこの三つの建物の中のどれかに入っている時間の他は、この三角形の道の上のどこかを、暈《ぼんや》りとして歩いていて、何を考えているのか、何を見ているのか、一向判然しない目玉を据えているのである。それであるから、棲んでいるというのである。まるで深い、大きな、森の中の大きな樹の洞の中に凝として、目を据えている木の葉《こ》ずく（可哀い梟《ふくろう》の一種である。自分では可哀いと思っている。私をよく識り、愛していてくれる＝殆ど女の人間＝人々も可哀いと言うので、誰がなんといっても可哀いのだ）のような私である。湿った土や、湿った木の葉に包囲された森の中のような棲み家であるし、歩く道が定《き》まっているのも森の小動物のようである。

小説の、拷問のような苦しみ（他にも拷問のような個人的問題もある）の中にいて、部屋の装置を気に入るようにして、そこにいるという歓びもなく、洗濯した新しい下着を着たり、ハンケチをもつ歓びもなく、焼け出された、一寸清潔《きれい》好きで神経質で、食いものにも神経質な人間の仮住居のような状態であるが、義理にも住まっているなんていえないのである。

しかも父親がとうに死に、室生犀星が、この苦しい小説を前の方も出来上らない内に死に、さき一昨日《おととい》、三島由紀夫が死んだのである。（三島由紀夫は自分で無理に死んだ。自分で無理に死んだ理由は私には明瞭にわかるが）この私の大切な、可哀い小説、（その中には面白い、肉食獣のようなモイラ＝女主人公の女の子＝がずっと棲んでいる）を誰より歓んでくれる三人の人間は全部死んだ。私の小説を認めていてくれ、歓んでくれる吉行淳之介、野上彌生子、この小説が出来上るように祈ってくれている宮城まり子。私の小説を愛し、この苦しい小説の出来上るのを、咽喉が乾いた人のように待っていてくれる、新潮の中の三人の人、藤田民代、中野（名が出てこない）、永松（これも名が出てこない）、中山としみ（これは三島由紀夫と私との大変なファンで、三島由紀夫の死を予知し恐れていた女の子）等々の人々だけが今では私の「生き甲斐」つまり、私の「小説の書き甲斐」として残っている。

私は今父親の死と、室生犀星の死と三島由紀夫の死とに囲まれて、まっ暗な闇の中にいる。それでなおさら私の生活は森の中に棲む梟のようになっている。

恋愛

なんだ、どこが恋愛の話だと言わないで、黙って終りまで読んでいただきたい。私の父親は私に婚約者が出来ると、なんとなく変った様子になって来た。私が「パッパ」と言うと「ふむ、ふむ」と柔かな微笑で返事をする。何か言って微笑《わら》えば、前と同じように微笑う。影の深い、なつかしい微笑いが返ってくる。ふざけて膝に乗れば、柔《やさ》しい掌が背中を軽く叩いた。だがそれがどこか前とちがっている。その微妙なちがいは、私が我ままな恋人だったとしても責めることは出来なかったろう。たとえば、横を向いていた人間が、微かに、微かに、わからない程その角度を変えた。そういう感じだった。説明のむつかしい哀しみと、恨めしさが、私の心のどこかに宿った。いくら見ても、前と同じようなのが、いいようもなく寂しい。寂しさというものが、形のあるものなら、その寂しさの影のようなもの、といったらいいだろう。私が舅のくれた干柿（広島の祇園坊の）を三つだけ〈私は常に吝《けち》である〉父に持って行ってやったことや、父親が白い菫《すみれ》を掘って押し花にして、奈良から送ってくれたことや、楽しいこともあったが、だがやっぱり、いつのまにか、ふっと生れた、父と私との間の弱い、透明なような寂しさは、いつもあった。会えばいつも、一種の冷たさともいえない冷たさ、薄い黄金色《きんいろ》の蠟燭の火の、その又影のような寂しさだ。私と夫との、子供の女と大人の男との生活のような、甘い砂糖菓子のような世界にはだから、いつでも一滴の苦い汁が混っていた。やがて一足《ひとあし》先に渡欧した私の夫から父親のところへ、舅が私を呼ぶことに同意しないからなんとかしてくれという手紙が来はじめた。最後の手段で父親は郵船の知人に事を明《あ》かして船室を予約してから舅に会って一時間話をした。既に萎縮腎が起きていた父親は、それをやった後《あと》で母親に（俺は生れて始めて悪いことをやった）と言った。事後承諾で、舅の金で私を西洋にやったのだからだ。彼の私への微妙な変化を気づいて訊いた母に、（お茉莉はもう珠樹君に懐かなくてはいけない。俺はわざとしているのだ）と言った、ということを、私は後になって知った。さて私の出発の日が来た。父親は朝から心持青い、むつかしい顔で黙っていたが駅にくると見送りの人々の一番後に立って俯向いている。俯向いている父親の顔が、私はひどく気になった。今の今まで父との間の寂しさを恐れ、どこかで恨んでいた心が急に消えて、なんだか（行くな）といって寂しがっている父親をふり切って夫のいる巴里へ発とうとしている自分が悪い、ひどい娘に思えて来た。父の窃《ひそ》かに引きとめる心は柔しくて、弱々しい生れたばかりの薔薇の、薄紅の棘のように心臓の奥に刺さってくる。発車のベルが鳴った時、チラと見ると、父は二三度深く肯いた。(みんなわかっている)と、父の顔が言っている。昔の顔だ。死が三、四カ月後に来ることを知っていた父はとう〳〵仮面を脱いだのだ。私は顔中を涙にして泣いた。その柔しい薔薇の棘は私の心臓の真中に、今も刺さっている。これは私の恐ろしいほどな恋愛である。

吉屋信子

逞《たく ま》しき童女〈岡本かの子と私〉

哀《かな》しき投書家

現在の文学雑誌には投書欄というものが幅をきかしていない。けれども大正十年頃まで〈文章世界〉と〈新潮〉とは多くの頁を投書家に開放してあった。わたくしは小学生から女学校の下級生の頃まで投書した〈少女世界〉〈少女の友〉の読者を卒業すると、上級生の頃から文学雑誌に手をつけ始め前記の二冊にやがて投稿を始めた。

〈文章世界〉は後年廃刊となったが、わたくしの熱心に投稿した頃は編集部に早稲田派の新進作家として創作を発表していられた加能作次郎氏が居られて、投稿の選者だった、そしてわたくしの投稿をたびたび採用して下すった。

〈新潮〉の投稿の選者もその編集に当られる中村武羅夫《むら お》、加藤武雄の両氏で、両氏とも作家活動にも入っていられた。わたくしは幸い中村、加藤氏選にもいつも入選して賞品の図書券が送られた、その図書券というのはいまのデパートの商品券と同じでその出版社刊行の図書を購買出来る。当時の文学書は定価一円五十銭ぐらいで立派な装幀のが幾らでも求められた。

ところがそのうちにいつしか投書家娘のじぶんが哀れでいやになった。作家というものに成れるならともかく万年投書家で終ったら眼も当てられない。わたくしは投書家の悲しい壁にぶつかって寂しい暗澹とした気持になり、もうポストへ投書の原稿を入れるのがいやになった。

と言って憧れの作家にいつなれるか見当はつかない、第一作家志望などが人生の一大冒険だと思うといいいんとする。まず人間として安全な生活を……などと凡庸な小市民的の家庭に育てられたわたくしは年少から案外現実的にも小心翼々としていた。

ともあれ少女雑誌から始めたながらくの投書の習慣を離れるには一抹《まつ》の寂しさもあってか、わたくしは（文章世界）と（新潮）の選者の先生に投書訣別の辞を述べ今までの感謝を告げた手紙を送った、もとよりそんな文学娘の一片の感傷に過ぎない手紙に返事などの来るはずはないと思った。ただじぶんの気持のために書き送っただけだったのに、意外にもまったく意外にもそれぞれ選者はこのお馴染の投書家に簡単ながら返事を恵まれてわたくしを涙ぐませた。

その頃のこの国全体が悠長だったせいか、それともその当時の文学誌の投稿者と選者の間柄には師弟の情に似た感情がおのずと醸《かも》されていたのであろうか！

それに勇気を得てわたくしは折あらばそのまだ見ぬ選者の先生にいちど会いたいと思っ

た。そして――そののち上京したので、かつての選者の一人中村武羅夫氏を勇気を奮って訪問した。

当時の牛込区天神町の銀行の建物のある裏の二階家が中村氏の棲居だった。

「ぼくにも投書時代があったです、作家たらんとして北海道から出京してもう二十年になるが思うものは書けんです、文学は一生気長くやらんと……」

わたしは心細くなった。これからじぶんが二十年も辛抱しても思うものが……となると男はともかく女はたいへんである。

しばらくお話を謹聴して帰りかけると、

「女の文筆家にも会ってみるといいですよ、すぐこの裏に生田春月《しゆんげつ》と奥さんの花世さんがいるから紹介します、花世さんはむかし(女子文壇)というのに投書していたひとで善良な親切なひとだから会ってみたらどうですか」

そして氏はわたくしが帰る時、ついでにとすぐ裏手の一段と道から低くなった凹地にちんまりと隠れるようにある小さな家へ同伴された。

生田春月は青年詩人、すでに詩集も刊行されていた。奥さんの花世さんにも随筆の著書があったのをわたくしは知っていた。

狭い二間と台所の家、玄関がなくて縁からの出入り、春月著の感想集(片隅の幸福)にそっくりだった。青白い細面に細く釣上った眼の憂鬱な厭世《えんせい》的な春月氏、ずっと後年の昭和五年五月瀬戸内海航行中の汽船から投身自殺されたこの詩人とその妻をわたくしが見たのはその日だった。詩人の良人は袴《はかま》を履いて外出された。花世さんはじつに善意に満ちた奥さんで、あらん限りの歓待を無名のわたくしに示されて絶えずしゃべり続けていられた。だがわたくしは初めての突然の訪問先に長居は憚られて、帰ろうとするとそれを強く引きとめて、少しお国訛の口調で告げられた。

「今夜岡本かの子さんが見えられるはずですから、あなたもぜひ会うてゆかれたらいいと思いますよ。かの子さんはお嬢さんの頃やはり（女子文壇）の投書家でいまは（朝日新聞）に絵を描かれる一平さんの奥さままで歌人です」

わたくしは心の中で（あっ）と思った。それはかの子夫人についてではない。小説を読むのに夢中のわたくしは与謝野晶子の歌集を持っているだけで、かの子の歌はまだ知らなかった。だが丸のなかに平という字を書いたサインの絵はその新聞で見馴れていた。わたくしの記憶によればその頃の一平氏の絵はけっしてまだ漫画と呼ぶものでなく、スケッチの気がした。両国国技館の春夏の場所のスケッチとそれに添えられた文章をわたくしは愛読したことがある。

かの子出現

この路地の奥の低い地面の小さい家は外より早く家うちが暗くなる。花世さんが立って電燈のスイッチを入れた時……縁の外に足音が軽くひびいて障子に影がさした。「あっ見えられた」花世さんは岡本夫人の来訪を迎えて縁に出た。やがて一人の女性がわたくしの前に現われた。その刹那《せつな》わたくしは烈しい衝動を受けた。それはわたくしのかつて今までに見たことのない、あるエキセントリックな美しさともうるわしさともなんとも名づけがたい感じを与える女性が眼前に出現したからである。

髪はその頃の形の（耳かくし）と称したものでふっくらとまんまるな顔によく似合い、そして化粧も描けるごとく念入りであったろうが、まず何よりもその印象の中心をなすものは、二つの大きく大きくまるく見張られた眼だった。まことに陳腐な形容ながらまったく濡れた大粒の黒真珠のような瞳は、時としてその顔中全体が二つの眼だけになってしまう感じだった。

美しいひとをわたくしもさまざま眺めたことはある、だがこうした雰囲気を身にまとうた女性を見たことはなかった。童女がそのまま大きくなった御婦人、この世とちがったところで呼吸している女性……。

花世さんはその岡本かの子夫人にわたくしを紹介された。わたくしははずかしかった。無名のなんでもない名、単に女学生上りの文学少女の来訪者に過ぎない姓名を夫人に告げたところでなんになろう。わたくしは身の縮む思いだった。ところが夫人の双眼はぱっと光を放つかのようにわたくしを見詰めて、

「（文章世界）や（新潮）の投書欄であなたのものずっと前からわたし愛読していますのよ」

この瞬間大いなるショックが波のようにわたくしを襲ってかすかな身ぶるいさえ覚えた。

「わたくしはもう有名になった方の作品を読むより投書欄の若いひとたちの一生懸命に――」

この（いっしょうけんめい）という言葉のところで大きな眼を爛々とさせて迫力をこめて、

「いっしょうけんめいに書かれた投書の文章がほんとうに好き！」

夫人の姿も顔も髪もみな消え失せて、ただ二つの女の熱意を含んだ眼が宙に黒く玉のように浮いてわたくしにせまった……生田夫妻のつつましい棲居の古畳の一枚がこの時魔法のカーペットとなってわたくしを乗せたまま空中高く舞い上るかのごとく……

（小説家になる、石にかじりついても！）

わたくしの胸に脳裡に鋭く稲妻の光が差込んだように決心がついた。その刹那まで前述のようにわたくしははたしていつ作家なる者になれるかなれぬか、弱気の悲観主義はこの決意をなかなか固定させずに前途はまことに茫漠《ぼうばく》とした儚《はかな》い思いだった。それがこのひとよの灯の下で岡本かの子がわたくしの投書を読みその名をあざやかに記憶しているという言葉がさながら天来の福音となってわたくしを奮い立たせてしまった。

そんなたいへんなことがわたくしの運命に生じたとも知らず、花世さんは善意そのものの振舞でお鮨よお菓子よ林檎よと立ったりすわったりだった。

この家に飼われる一匹の小猫がかの子夫人の膝に這いよると、この女客はハンドバッグから深紅《しんく》の手帛《ハンカチ》を取り出し小猫の首に巻いて結ばれたのが絵のようだなど思えたのは、わたくしがその夜たしかに陶酔状態に陥っていたからであろう。

その夜かの子夫人が花世さんと——傍にいるわたくしに語られた断片のなかには、良人一平氏の酒色への放蕩時代に彼女が烈しく悩み果て、神経を狂わせてながく入院したこと、「人間にはそれはそれは苦しいことがあるのよ」

二つの大粒の黒い瞳が溢れる熱を含んでわたくしに向けられる。そのたびにわたくしの身体はぼうと発熱してしまう。

それから結婚当時、まったく環境と雰囲気の異なる家庭に入って姑小姑など周囲との不調和に苦しんだ過去の悩みなどもらされるそのなかに「太郎」の一言は一人息子、現在の抽象画家の鬼才と目される岡本太郎氏が当時まだ少童であったはず。

夜は更けた、わたくしは帰らねばならぬ、この夫人の傍を離れて——またいつの日に会えるかわからぬにと惜しいが思い切って辞し去ろうとすると夫人が「わたくしもごいっしょに」と連れ立った。暮春のうるみを帯びた夜の神楽坂を辿ったその道々、夫人はわたくしに荘重な感じの言葉で説いた、それはわたくしの投書の文章の題名まであざやかに思い出されて語り(きっといい小説が書けるひとよ、あなたは)……わたくしは息苦しくなった、それでなくてもすでにさっきわたくしはこの夫人によって小説家にどうしてもなろうという怖しい人生の冒険心を奮い起していたのだ。

「人間はたとえ女でも何事にも志は高くどこまでも高く持つものよ、わたくしは満身創痍《そうい》を受けても高く高く——もがいて苦しんでそれを抱き締めていたいの」

わたくしは暗い舗道でひそかに頬があからんだ。高く高くどころか低く低く……安全第一主義の小さい肝だまのただいじけているじぶんを恥じた。

とうとう牛込見附の電車の停留所へ来てしまった。乗り込んで二人並ぶと、

「生田さんへはたびたびいらっしゃるの?」

「いいえ、今日はじめて」

「わたくしのうちへもいらっしゃいよね」

当時の青山の住宅の道順まで言われて、やがて赤坂見附で乗換えるために降りられた。

そのあと電車が動き出すと突然に、前の席からつかつかと一人の老年の紳士がわたくしの前に進み来て口早に問うた。

「失礼ですが、さっき降りられた御婦人はどういう方ですか、じつに不思議な別嬪ですなあ!」

再会それから

「わたしのうちへもいらっしゃいよね」

とあの暮春の夜の電車で別れぎわに言われたにもかかわらず、見かけによらぬはにかみやのわたくしはいい気になってのこのこと訪問してゆけなかった。それが彼女から受けた最初のあの鮮烈な印象を大事に守りたくてみだりに近づくのをたゆたった。

けれどもあの夜のあと、わたくしは頭の中に岡本かの子をいっぱいに拡げてそのひとを探求してみた。どのような生い立ちそれからどのようなと……知りたかった。それによって岡本かの子の育った実家が多摩川近くの大きな旧家大貫家であること、実兄文学士大貫晶川《しょうせん》と死別のこと、岡本一平が熱望してかの子を妻に獲得したこと、それなのに夫妻に相剋《そうこく》を生じた時期のあったこと、処女歌集に(かろきねたみ)のあること等。

思うにわたくしが初めて会った岡本かの子は過去のさまざまの苦悩をひとまず卒業したのち、心の救いを求めてやまず仏教の大乗哲学にひたむきに傾こうとした初期であったにちがいない。あの夜の生田家でもそれに少しふれて語っていられた。その姿にわたくしは岡本夫人とか女流歌人とかいうより一種の美しき求道《ぐどう》者の感じを強く受けていたのだ。そこにわたくしは魅かれていった。単にわたくしの投書を読んでいられたというだけでなく、かの子そのひとの放った魅力の本体はそれだった。

この求道者の女流歌人に会った日のあと、わたくしは志を高く高く——かどうかはともかく文学の初一念により縋《すが》って童話少女小説に執筆の道を開いて、大正九年初めて新聞小説の処女作（地の果まで）を（大阪朝日新聞）懸賞募集に生涯の最後の投稿として応募した結果、幸いにも一等当選したのがきっかけで、かつての投書家だった懐かしい（文章世界）の創作欄に（姉妹）を、（新潮）に（ミス・Rと私）が掲載された。（これはいわゆる純文学の範疇に入り得るわたくしの記念作品だと思う）その時わたくしはかつて幾度も門をくぐった野上弥生子夫人と、そしていちど出会ったあのかの子夫人の眼にこれが触れるかと心が踊ったりはにかんだりであった。

その翌年の夏、大磯からの車中でわたくしはぱったりかの子夫人に出会った。

「まあ、お会いしたいと思っていたら……」

あの大きな眼が炎天の真夏のなかに黒く静かな熱を帯びて向いた。まるで昨日まで毎日会っていたようにその態度も言葉つきも何もかもあの暮春の神楽坂をならんで歩いた時と少しも変らず、とたんに口惜しくもわたくしはあの頃の投書娘に帰ってしまった。

「歌も詩も小説を書くこともみんなみんな、じぶんを人間より以上の高いものへ結びつけ昇華してゆく媒介なのね、書くことを媒介としてじぶんが……」

それから縷々《るる》述べられた、わたくしはなんだか眼に見えぬしなやかな支那竹でぴしりと打たれた気がした。人間より以上の高いものへ結びつこうとする悲願よりも、早く文壇に歩を占めたい、大向うをうならせるものを書きたい、そんな願いにのみ、駆られているじぶんではなかろうか？　と考えると瞬間どうにもならない気持、その頃の言葉での（自己嫌悪）というのに陥らされてしまう。

だがそれはかの子夫人のお説教ではなく、夫人自らの切なる悲願をもういちど言葉に出して、年下のかつて投書も読んだわたくしに親和感から伝えられるのであったろう。しかもこのひとの口から荘重な思い溢るる口調で大きな瞳で見詰められつつ語られると「フフン」などと軽く聞き流せずこちらも真剣でさながら貴い聖句を耳に入れるように沁《し》みわたらせるのは、どうしてもわたくしがあのゆく春のひと夜初めて会った時からこの求道夫人の魔力、いやその法力に魅せられたショックからいつまでも逃げられないせいだった。

この再会から岡本かの子とわたくしの交際らしきことが改めて始ると、まもなく第三歌集の（浴身）が贈られた。その中に桜を詠《よ》んだ百三十八首が万朶《ばんだ》のさくらのように溢れている。

　　桜ばないのち一ぱいに咲くからに
　　　生命《いのち》をかけてわが眺めたり

これこそ歌を媒介とする求道のこころこもりし現われではなかろうか。

戦中疎開の荷に押込んだおかげで今も手許に大事に持つ短冊二葉は、かの子夫人がその頃わたくしの家を訪ねられた時のおみやげだった。

「これは信子さんへ、これは千代子さんの」

と差し出された、紅梅白梅の歌、そのときの季節の花だった。千代子とは生活下手のわたくしの補導役である。彼女はかの子夫人とわたくしたちが銀座の喫茶店などで語ったあと私以上に方角オンチの夫人が、

「あのわたしここから、築地へ行くのどこから何に乗ればいいの?」

と悲しそうにしかもおうようにまごまごされると、腕をとって舗道を助けて渡りしかるべき乗物にお送り届けしたことなどが何度かあった。後年夫人歿後、菊池寛氏がその追悼のなかに――岡本かの子さんは天真爛漫童女の如き性格の人だった、いつか逗子の話をしていたが「逗子は品川より遠いんですか、まあ」と心から驚いていた――と書かれたが、まさにその通りだった。

さて、その日かの子夫人は午後二時頃から夜までわたくしの客間の椅子に落ち着かれて、今まで語られたことのないさまざまの話をされた、実家大貫家の天井には祖先の婦女たち乗用の駕籠《かご》が釣るされていた話、兄晶川の友谷崎潤一郎が学生時代来られた話……それから夫人が良人一平氏寛容のもとに愛人としたいまは亡きH青年の話……

「それは美青年だったの、唇が女より綺麗で丹花《たんか》の唇とはあれなの」

その丹花の唇の青年は肺を患《わずら》って逝ったという、それからまたいつものごとく求道講話に移る。

「人間の恋いこがれて求めてやまぬ思い、それはどんな恋愛でも果せられない……もっと奥のその奥の深遠なもの……なんと言い現わしていいか……」

両手を胸に合せつ解きつ、大いなる黒瞳を灯の下にうるませて説くその美しき求道夫人の前にお弟子のごとくわたくしは畏《かしこま》った。求道とか真理の探求とか、とかく暗くかたい感じを与える言葉でも姿でもない。まったくほのぼのと明るい牡丹の花の芯に百燭光がともったように、そしてはなびらが露にしっとり濡れた……とはまことに手垢のついた形容詞ながら、たしかにそうとでも言うよりほかない感じをわたくしが受けたのも、やはりあのかつての初対面の鮮烈な印象が彼女のイメージとしてわたくしのなかに定着しているからである。そしてその夜もかの子夫人の法の妖術にみごとかかってしまった。

精神貴族

ある時、新聞社の講堂に文芸講演会が催され、その講師のなかに岡本かの子があった。これはぜひ聞いてみたかった、いつもわたくしに向かって説かれる求道講話を思うにつけ広い講堂での講演はそもいかにと聴衆の一人になって待つと、夫人が壇上に現われた。お化粧はいつものように念入り綺麗によそおってそれこそ丹花の唇、これは天与の大きなま

るい眼をじっと見張って、

「……人間はじぶんを生涯かけて自分自らクリエートしてゆくもので……そのクリエート」

ここで人間の精神形成の要を説かんとして意あまって言葉足らぬ哀しみに眼はますます大きくつぶらに——しばらくじっと壇上に立ったまま……いくらか娯楽気分で集ったその日の聴衆はクリエートの連発に中毒した顔でつまンなそうである。けれども壇上に泰然自若と立ったまま、一語も軽くは発せず心に湧き出ずる真実の言葉を待つごとく夫人はいつまでも黙して立っている。その姿のいかに天真爛漫にしかし精神的重量感のある逞しい童女であったろう。

文芸講演といえば才気や機智を弄して大向うをどっと笑わせたりしない限りうまくゆかないものと思い込んでいたわたくしは、いまかの子夫人のその精神貴族の悠然とした態度に頭がさがり自らの俗物根性が腹が立って口惜しくてたまらなかった。

夫人はある時期に舞踊家岩村和雄氏に洋舞の指導を受けられて、その岩村門下生の公演会が当時の築地小劇場で開かれた。岡本かの子も出演で切符を送られたわたくしは観に出かけた。プログラムは進んで岡本かの子……あの葡萄のマークの幕が上ると仄《ほの》暗い舞台の中央にスポットライトが当るなかにま白き幅ひろき布を半身斜めにかけまとうて、三分の一裸身素足の女身がタンバリンを持った片手を上げて出現した。その手がきわめて緩慢にいちどにど動きタンバリンがかすかに鳴ったがそれなり彫刻のごとく動かない。わたくしの後方の席にいた中年の婦人がつぶやいた「あれなに？　外国の活人画？」やがて幕は降りた、ほんとにそれは荘厳なる一種のタブロウ・ヴィヴァンの感だった。わたくしはほっと吐息して席を立った。

こうしてわたくしの知る限りでは岡本かの子の文芸講演も洋舞も不幸にして聴衆観衆を感激させ得なかったと思うが、かの子が他日各地の仏教研究会等での講話は聴衆を感動させたかと想像するのは、ある年の暮から新年にかけてわたくしが蒲郡《がまごおり》の常盤館に滞在した時、ある夜その宿の宴会に呼ばれていた若い美妓がいわゆる文学芸妓なのかわたくしの部屋を訪れた。彼女は机の上の一冊の本に眼をつけて手にとった。「あら仏教読本」それはわたくしが著者かの子から贈られたのを携えて来たものだった。彼女はそれを開くと一頁二頁じっと静かにひき入れられるごとく読みふけってわたくしに口もきかない。

やがて次のお座敷のあと口がかかって女中が気をもんで呼びに来てもその妓は動かない。わたくしは著者署名の扉を小刀で切り取ってから「これあげる」と言った、「ああ嬉しい」妓は胸に仏教読本を抱きしめて立った。翌朝わたくしのところへその妓から果物の籠がお礼に届いた。

後年かの子が歌から創作に転じての佳品（老妓抄）や遺作（雛妓）を読んだ時わたくしはこの作者の（仏教読本）を蒲郡の綺麗な妓が胸に抱き締めた姿を思い出した。

わたくしがパリから米国を経て帰国した年（昭和四年）の十二月にかの子は良人とわが息子太郎と共に渡仏した。その置土産に（わが最終歌集）の豪華版を刊行、巻末に（歌神に白《もう》す、あなたとお訣《わか》れして次の形式にわたくしを盛る事こそあなたに対するわたくしの的確なスケジュールの履行と思へる云々）と、次の形式小説創作への目標を暗示し、（海外遊学の途に登らんとしつつ岡本かの子識）とやや稚気を帯びてまさに意気天を衝く感だった。

満二カ年半の欧洲巡遊を経て太郎をパリに残して彼女夫妻は帰朝後、かの子はいよいよ念願の次の文学形式に自らを投入する段階に入ったわけだが、その成果を輝かしく発揮したのは三年後の昭和十年頃だった。それまでのかの子はまたもや仏教に関する著述に浸《ひた》り釈尊生誕二千五百年記念講演会の幾つにも出るやら……彼女作の戯曲（阿難と呪術師の娘）が六代目菊五郎校長の日本俳優学校劇団の東京劇場公演に取り上げられた。かの子夫人から是非観て欲しいと手紙と共に切符が二枚贈られ、わたくしは千代子と万障繰合して出かけるとわたくしの座席はかの子夫人のすぐ隣だった。その窮屈だったこと！

なぜなら、彼女はながい幕間《まくあい》にもけっして席を立たずじっと眼を必死の思いのごとく舞台の緞帳《どんちょう》に向けて身じろぎもしないのである。桜の花をも生命《いのち》をかけて眺めるかの子はわが手に成りし戯曲の舞台を全身全霊で凝視している。隣のわたくしはそれに引入れられて呼吸困難に陥るようにじっと息を詰めて観ていねばならぬ。咽喉が渇いてカラカラになってもお茶飲みにも廊下にも出られぬ……俳優学校卒業生と共にかの子作の釈尊に菊五郎校長自ら扮し、呪術師に尾上多賀之丞という豪華版だったにもかかわらず、仏法の真髄を喫し得ぬ凡下《ぼんげ》のわたくしにはその戯曲の内容がわかったようなわからぬような……。

こうして時々著書を贈られ自作上演に招かれたりしたくせに、わたくしはふだんは夫人を訪れもせず特別親交を重ねていたのでもない、ただ彼女はいつもわたくしの中に棲む美しい幻影のような存在だった、またかの子夫人も新著が成り自作上演の折、文学少女の日から相見たわたくしを必ず思い浮べられたのであろう……それともわたくしが彼女の魔力の信奉者であるのをさてはひそかに見抜いて居られたのか？

作家かの子

かの子はまだその頃は――文壇で川端、横光、評論家で小林氏等とはすでに相識の間柄であったが、女の作家たちとは交わる数が少かったせいか、わたくしはある時、夫人の依頼を受けて林芙美子さんを誘い、青山高樹町のお宅へ行ったことがある。そして招じられた食堂の卓上には芙美子歓迎を示して日本酒の一升壜が置かれてあった。それを夫人があぶなげな手つきで銚子につぎ傍の瀬戸小火鉢の青い琺瑯《ほうろう》引きの薬罐に突き込む……一升壜がどしんとある風景も瀬戸火鉢も琺瑯引きの粗末な薬罐もなんだか……その洋風食堂とかの子夫人には似ても似つかぬちぐはぐなものだった。

こうした小さな不調和な破綻めいた感じはときどきかの子の示すものだった、帰朝後は洋装で外出されることがあったが、そのスカートの下はシュミチョロだったり、せっかくの濃厚な化粧の白粉《おしろい》がむらでコンパクトの修正の要があったり——けれどもわたくしにはその盲点がまた微笑ましく、それらを打消して永遠に汚れに染まぬ黒瞳が最初相見た夜と同じでわたくしを捕えて止まなかった。

林さんとのその夜は、なぜか夫人はいつもわたくしの前に必ず示す求道精神の発露する言葉はいっさいなく、女流歌人のなかに権謀術策にたける者があるとあからさまに某夫人を指摘して痛罵される埃のある地上の話ばかりなのでわたくしは呆気にとられた。いつもの天上を示す講話は林さんへの遠慮で控えられたのであろうか、それともあれはわたくしへの専門だったのか……わたくしのなかに発育しきらぬ頭の未熟の童女が棲めるを知る夫人は、立派な大人の発達した頭の林さんの前では話題を代えられたのかも知れぬ。

ある日、婦人雑誌の各界の女人を集めた座談会の帰り、かの子、芙美子とわたくし三人が同じ車で帰る途中雨となった。かの子が先に降りる高樹町の家へ入る角の路に岡本家の老婢が傘を持って立っていた。汽車や電車の駅ならともかく自動車で帰る奥さまをこうして待ち受けるのは相当ながく立ち尽さねばならぬのにとわたくしが感心すると、かの子は二つの黒眸に熱を含んでわたくしを睨むごとく見つめ、

「愛があるからよ、あのひと（老婢）はわたくしを愛しているのよ！」

荘重な口調で告げて車を降りてゆかれた。

そのあとで林さんはいきなりわたくしの肩をポンと叩いて「愛があるからよ、わたくしを愛しているのよ」と口真似をしておよそおかしくて面白くてたまらぬように小さい身体をゆすって高い笑声をあげ「あのひとはなんていつまでもお嬢チャンなんですか！」とまた笑った。幼少から険《けわ》しい苦難辛苦の生を経てわが道を開いた林さんには、そのゆたかな詩情をもってしてもそれは理解の外にあったのも無理がない——投書娘の日に会って俘虜《とりこ》となったわたくしには（愛しているのよ）の言葉はかの子の唇から真実溢れてこぼれた花びらのように受けとれたが……。

その後やがて、かの子の創作時代の序幕が切って落された、（鶴は病みき）（母子叙情）（花は勁し）（金魚撩乱）等々次から次へ文芸雑誌総合雑誌の創作欄に芳醇な美酒の今こそ溢れみなぎるよう流出されると一作ごとに賞讃、快男子林房雄氏は眼玉をぎょろりとさせて「岡本かの子は森鷗外と夏目漱石と同列の作家である！」と叫び、川端康成氏は「岡本かの子の作品は生命の泉から不思議な花が爛漫と咲き出たようである」と評された、このところまったく月の世界から放たれたロケットで地上にひらりと吉祥天女の女作家が忽然と出現したごときありさまだった。月ではないが歌人の星から現われたかの子である。

佐佐木信綱大人《うし》のお説によると平安朝の女作家の小説はみな歌の延長で、歌から入って物語に及んだのであるという。平安時代ならぬ近代明治の樋口一葉も小説以前は中島歌子の門に十五歳より和歌を学んでのち小説に筆を執った履歴である。そこに昭和のかの子もまた然り、ただ違うのは一葉が二十一歳で小説に転じ、かの子は四十五歳の遅桜の満開爛漫で文壇を驚かし、かの子ブームを生じさせた。

わたくしはそれらの作品にむしゃぶり付いて読み耽《ふけ》り陶酔すると共に――しだいに彼女の人間そのものからじかに受けたあの摩訶《まか》不思議な魅力が薄れて遠のく気がした、かつての歌人にして仏教研究家の彼女はわたくしに常に天上の女性の如き神秘幽玄な感じを与えていた――だのにおいおいにそのかの子が文壇的存在となるにつけて……彼女もまた地上の女性にと――天女の堕ちるのを見るようで……なんだか説明しがたい奇妙なきもち……あの純粋無垢の容貌さえ人間臭を帯びてゆく感じがした。

その年代から日支事変が起り、内閣情報部の命での作家従軍の海軍部隊にわたくしも加えられて出かけるやら何やらそわそわして、大作家となりつつあるかの子に会う折もなかったうち、突然昭和十四年二月二十四日の新聞が岡本かの子夫人の逝去を初めて告げた。すでにその六日前に彼女は脳充血で永眠、良人親戚のみで埋葬の終ったあとだった。しかも遺言により告別式を廃しその費用を陸軍恤兵《じゅっぺい》部にさる二十二日献金されたと報じてあった。

告別式なしだから高樹町の邸の応接間の遺影の前に弔問者はお辞儀をするだけだった。わたくしの行った時は和服着流しの一平氏とほかに和木清三郎氏が居られたぐらいだった。

その時の一平氏とわたくしの言葉など、(三田文学)に和木氏の書かれた追悼文にちょっと挿入してあったが……やがておいおいに人が現われる。故人の母校跡見女学校同級の代表として当時の軍部将官の夫人が「かの子さんにお似合の花でございますから」と室咲きの白牡丹の花籠を供えられた。そのひとたちの鄭重な儀礼正しいお悔みに一平氏はただ黙ってうなずいておられたが、いきなり遺影前の供物に盛り上げられてある生菓子を一つつかみとると二つに割ってムシャムシャと口に嚙まれる姿を見たらたまらなくなった。そうでもするよりもう一平氏はどうにもこうにも悲痛のやり場がないのだ……。

わたくしは門を出て車に——そのなかでさぞ慟哭するかと思うと、突然変化がわたくしの心中に生じた。

それは重い鉄兜《てつかぶと》をいま脱いだように頭がからっとしたのだ——思えば長い間約二十年に及んで会うたびにつねにわが身の卑少と俗性と軽佻の精神気質を口惜しがり悲しみ反省させられて窮屈だった、そのひとがもういなくなったのだ。それは、さながら世にも稀なる模範生の傍で無理に畏っていた落第坊主の悪戯小僧が忽然と模範生が消え失せたおかげでこれから蟬とり蜻蛉《とんぼ》釣り買喰い思いのままとなった解放感みたいなものだった。そしてその長い疲れが一度に発したのか、うつらうつらと車のクッションにもたれてうすら眠くなってゆくのだった。

純徳院芙蓉清美大姉〈林芙美子と私〉

落合山川記

林芙美子さんが急逝して今年（昭和三十六年）はもう十年になる。
彼女と私の交際は、下落合に棲んでいたことから始まる。
林さんの随筆（交遊記）の一節に、（新潮社刊、林芙美子全集第十九巻所載）

——おともだちについて考へてみますと、皆おともだちのやうであつたり、またそれでないやうな気がします、たいていは何かの会でおめにかかるだけで、家庭を訪ねあつたり、考へてゐることを何彼と云ひに行くともだちといふのは私にあまりないやうです。（中略）近所と云へば吉屋信子さんのお宅にも年に二度か三度位ですが遊びに行つて、遅くまで話しこんで参ります。きがねがなくて、仕事の話、家庭の話、珍らしくのんびりと遊ばせて貰へます。吉屋さんはおつきあひする程、味のあるひとで不思議なひとだと考へる時がありますす。吉屋さんと御一緒の門馬千代子さんも立派なひとで、あたたかな気持ちになるひとです——

この文章のひとくだりを麗々しく紹介するのは、林さんが私をどう思ったかなどと吹聴するためではない、私の下落合時代と林さんの交友関係について、てっとり早い説明になるからである。

ところで林さんのいちばん最初の訪問を受けたのは、彼女がまだ私の近所に移って来ぬ前、和田堀妙法寺に棲んでいた時だった。私はその家はどんなだったのか知らない、何故なら彼女はやがてまもなく私の近くの上落合三輪という場所へ転居したからである。

さてその和田堀から林さんが下落合の私の家に見えたのは、すでに、あの〈放浪記〉が長谷川時雨主宰の〈女人芸術〉に連載中であった。

私はこの〈放浪記〉の作者を迎えて大いに歓迎した、それは早春の頃で林さんはあの小柄の身体に長く見える羽織を着て、まことにつつましく、今でいう低姿勢だった。いったい林さんは後年文名隆々としてもいかなるところでも、けっして快活明朗に華やかに振舞うなどということはなかった。けれども内心には苛烈なるものがあった。

その初対面の時も林さんはたいへん控えめにしゃべっていられたが、それでもずいぶん遅くまで私と何か語り合った。いったいつまらぬことにもの覚えのいい私が、その日何を彼女とそんなに語り合ったのか忘れてしまった。

それで灯《ひ》ともし頃となり夕食を呈した。林さんが愛酒家であることをその書くもので知っていた私はわが家で珍しき酒客としてお銚子や盃を出した。林さんはその盃を両手で捧げる恰好でそろりと口に近づけ、飲むというよりすするようにして、また間を置いてすする、お酒を貴重品扱いした飲み方だった。

その酒の肴《さかな》にわかめに白子《しらす》ぼしをまぜた酢のものを添えると、林さんはそれを箸でつまんで口に運びながらわかめの雫《しずく》のこぼれた時のためか箸の下に左手でお手くぼにしながら、まさに舌鼓という風に舌を軽く二、三度鳴らして、

「ほんとにいいお味です、このわかめの柔らかいこと、ほんとに……」

としんから感動したような言い方をする。

その日何を語り合ったか忘れたくせに、林さんの飲食の態度の印象だけはっきりしているのは、彼女のそれ以来ずうと此の世に居たかぎりいつもそうした飲み方味わい方を私は見たからである。

やがて林さんは落合川の傍の借家に移って来られた。それは落合火葬場へ行く道を横に入ったところで、高い煙突が見えた。林さんは二十幾年ののちその煙突から烟《けむり》となって昇天したのだった。

転居の通知でその家を私が訪問すると、まるでてんてこ舞をして歓迎しているふうで、良人の手塚緑敏《まさはる》氏もお母さんもお菓子やおすしのお使に出されて、お母さんの買って来ら

れたお菓子に「まあ、こんなんでないのがよかったのに」などと文句を付けたりした。

こうして、彼女にとって（不思議なひと）の私との近所つき合いが続けられた。林さんがこの家に居られた時に（放浪記）が刊行された。

私はまもなくパリに出発した、そして一年経て帰ると、林さんは前よりも私の家に近いところの赤い屋根の文化住宅に移っていられた、家賃は五十円だという。まさに放浪記景気だった。（春浅譜）も（風琴と魚の町）（清貧の書）もこの赤い屋根の下で書かれた。そして彼女も私の行ったパリへ向かった。そして半歳後ふたたび赤い屋根の下へ戻りまた私と近所つきあい……散歩の途中ぱったり会ってふたりはそのまま哲学堂（故井上博士の旧邸庭園公開）へ入ってしゃべりながら、さまざま哲学的な名を標示してある庭道を歩いた。林さんはじぶんの作品に気に入らぬ批評をした文学評論家の名をあげて不服不満を私に聞かせた。そして歩く小径のほとりに（独断峡）としるした標示を見ると、その石標の頭を手で叩いて「まったくあのひとは浅薄な独断なんだから」と言うなり、両手をポンと叩いて「アッハッ……」と小柄な身体をゆすって見せて、つい思わず私に聞かせた今までの烈しい言葉を緩和するようだった。

林さんのその頃つぎから次へ文学雑誌綜合誌へ発表の作品はいわゆる（純文学）の輝く円光のもとに批評の対象となり、いずれも好評讃辞を受けた。私の作品は少女雑誌と婦人雑誌と新聞小説、これは十把《ば》ひとからげに通俗小説とされて文学批評の圏外に顧みられなかったから、その点林さんを羨ましいと思っていたのに、林さん自身はあまりに讃辞に馴れてたまさかお気に召さぬ評があると、むやみと腹が立ってたまらぬのだったと思う。

こうして、林さんは批評家にも受け、また男の作家たちにも（お芙美さん）の愛称で親愛感を示されていた。けれどもその割に女の作家たちの間には何か違和感を覚えるひとがいたのも事実だった。

その頃、私のところへいつのまにか矢田津世子、真杉静枝、大谷藤子さん、大田洋子さん、その他のひとたちが集るようになり、そのひとたちの希望で文学研究会みたいなのを私の家で開きたいという希望が出たりした、むろん私がそれでいい気になってそのひとたちをじぶんでおこがましく指導するなんて気はないので、ただ会場と御馳走のもてなしをわが家で受け持ち、野上弥生子夫人にでも時折おいで願おうなど考えていた。

ところが、その後進のひとたちが私の家にときどき集るのが、林さんの感情に触れたらしいのである。そのひとたちはいずれも林さんの家にだって行ったことのあるひとびとである。けれども私の家には旦那さまが存在せず、私自身が一家の主なので、気がねなくのんびりと客間を占領出来るせいだったのだと思う。

その頃のある日、林さんがたずねて来た時、こんなことを言われた。

「ここへ集るあのひとたちは、うちへもよく来るんですよ。あのひとたちは私が御馳走しようと思って前の晩から気を入れて煮込んだものを出しても、おいしいとも言わずさっさと食べてすぐ文学論に夢中なんですからね。もてなす張合なんてなくなるんですよ」

いかにも不服の表情だった。

その時ふと私は思い出した、林さんが数年前まだ（放浪記）を発表し出してまもなく私を初めて訪れた日に、彼女がつまらぬ酢のものを褒めて舌鼓を打つようにした態度を……幼時から行商人の親に連れられ各地を転々、木賃宿にも泊り、尾道の女学校では夜はアルバイトに工場に働き食事はいつもうどん屋ですましたという経歴のこのひとには、人並の食事の食味も貴く全身で味わい愉しむ気持が深かったのだろう。ところが林さんの御馳走を振る舞われたその後進作家或は志願者たちはただもう一日も早く文壇の一劃を占めたく、今こそうどんをすすりおにぎりをかじっても林芙美子のようになりたいと思い詰めて、芙美子文学を味わい刺戟されるほどには、芙美子のお手づくりのせっかくの食味には動かされるゆとりがなかったのにちがいない。

その頃、地方からの家出娘が作家の家に突然現われて女中に置いてくれと頼み込むのがよくあった。私の家へも時々出現した。ある時、林さんがまた私に憤慨して告げた。

「この間、家出して女中に使ってくれって娘が来たんですよ、それが（吉屋先生のお宅へさっき行ったら断られたから、こちらへ来た）ってのめのめ言うんですよ、あっちがいけないからこっちへ来るってなんて図々しいんでしょう、わたしゃ口惜しくなって……」

少女雑誌や婦人雑誌で覚えた私の名の方へ来るのが家出娘の早道だったのかも知れぬが

……そうしたことまで口惜しく腹を立てて正直に言い放つ林さんのやや野生味を帯びた言い方に、かえって私は好感を抱いた、お腹《なか》に含んでさりげなくスマートに振る舞うよりいっそさばさばして気持のよいものだった。

林さんが門前市《いち》をなす来訪者を煩《うる》さがって、為にならない無駄な訪問者には居留守を使うとか、後進の女作家の原稿を口では引受けてあとどうとやら……さまざまの噂は流れたが——考えれば過去の辛苦の生活を切抜けてペン一本であっぱれ世に立つ林さんはその苦労人としての思いやりも親切心もあり、その反面に悪戦苦闘の逞しさに添うリアリストの冷酷さも当然あり、この二つが表裏をなしていたにちがいない。

だが、それゆえに林さんには人間的一種の持味があった、その頃のある年の文藝春秋社（菊池寛社長時代）の忘年会が箱根の環翠楼に催された時、私も林さんもいっしょに行った。宿の大広間でのその夜の宴会の舞台で社員のひとたちがさまざま余興を演じられたそのあと、招待された作家寄稿家も飛入りの余興をすすめられた。吉例の久米正雄氏の（枯すすき）の踊が出たりした。その時いつのまにか私の隣の林芙美子の姿は宴席から消えたと思うと、やがて正面舞台に赤い襷《たすき》がけの紺飛白《こんがすり》の裾をはしょり、その下から赤い腰巻、髪は手拭を姉さんかぶりの彼女が、片手に笊《ざる》を持って素足の足取り軽い身振で小笊を右に左に交しつつ、（安来《やすぎ》千軒名の出たところ……アラエッサッサー）と現われて大拍手大喝采！　つかのまの踊る身振ではあったがそのあとも拍手雷の如しの大成功で並居る男の作家たちの（お芙美さん）の愛称にふさわしい感じだった。

この安来節の飄々たる出演は、私などは言うまでもなくいかなる女流作家もちょっとは真似られぬもので、これこそ（放浪記）の作家にして初めて身につけ得る芸だった。

だが——安来節を踊るお芙美さんを可憐愛すべしと思い込んで手を叩いている男の作家たちが、やがて安来節以上に端倪《たんげい》すべからざる逞しく強靱なる彼女の一面にあっと足をすくわれた形になることが後年生じたのだった。

従軍記

私が林さんの近くの下落合の家を去って当時の牛込区砂土原町の新居に移ったのは、昭和十年の末だった。それまで落合の家で私はたくさんの長篇小説を婦人雑誌、新聞に書きつづけた。（婦人倶楽部）には三カ年連載の（女の友情）を書きぬいた機会に新潮社から私の全集十二巻が刊行されることになった、当時はそうした個人全集が流行だった。林さんも四年後に林芙美子長篇全集が中央公論社から刊行された。

砂土原町と落合と離れて棲んでも、私の家でよく女流文学者会の集りをしたので林さんもたびたび来られた。私が（毎日新聞）に初登場の（良人の貞操）を書いたあと（家庭日記）を連載したのは日支事変が始った翌年だった。

その年九月に情報局の命で作家が従軍させられることになった、海軍従軍班は団長菊池寛、陸軍班は団長久米正雄ときまって団長が一行の人選に当り、私は海軍班に入れられた。陸軍班は久米氏の推薦で林芙美子、こうして海陸共に各十人近い人数の男の作家のみのなかに各一名ずつの女性の作家が加えられた。

羽田から上海へ軍用機で海軍班一行が到着した時はすでにひと足先に陸軍班は来て居られた、海軍従軍団はブロードウェイマンションホテルが宿舎だった。菊池団長、吉川英治氏、佐藤春夫氏、小島政二郎氏、浜本浩氏、北村小松氏らの顔ぶれだった。

陸軍の方は宿舎は別で、団長久米氏に川口松太郎氏、片岡鉄兵氏たちだった。上海では軍服の火野葦平氏に会い、戦跡を陸軍班も海軍班もいっしょに見て歩いた日もあったが、林さんの姿はそのなかに見えなかった。どうも林女史は上海到着後ひそかに単独行動を取ってどうとかと陸軍班の誰彼が噂したと見えて、ある日菊池氏から「君、林さんてそんなひとなのかね?」と問われて、私は返事に窮した。そしてその時から私は林さんがこの従軍に際して並ならぬ計画を胸中に抱いて居ると察した。

海軍班はやがて揚子江溯江《そこう》艦隊の軍艦に分乗した、菊池団長と私は司令艦に乗り組み、艦長室のバスを使わせていただいたり食事も艦長や副長先任参謀たちと食卓を共にするなどまことに優遇されたが、菊池先生はひそかに私に小声で言われた。

「軍艦の食客って気がねで辛いね」

まったくその通りだった。

揚子江全体に機雷が隙間もないほど敷設してあった、その中を軍艦が溯江するのだと聞かされただけで肝《きも》が冷えた。甲板に立って居ると、轟然《ごうぜん》たる怖しい音が轟《とどろ》いた刹那わたくしは色を失って逃げ出すと、士官が追いかけて来て、「大丈夫ですよ、今の音はこの艦上から大砲を撃ったのですから」

こうした臆病者の私は来る日も来る日も味噌汁色の揚子江を艦上から眺めて悲しくなる。艦上から狙撃された江岸のゲリラ隊の死骸が流れて来ると指さされても気味が悪くて見ることが出来なかった。

軍艦は時々江岸の占領地に錨をおろして私たち従軍文士に陸地を踏ませた。その小さい部落に残る支那の人は胸に（良民之証）という日本軍認定の布切をつけて、ぼんやりと私たちを見ている。たいていお爺さんとお婆さんと子供ばかり、若い娘の姿などほとんどない。「若い女はみな山奥へ逃げ込んで一人も居ません」と案内の士官殿が笑う……私はひどく感傷に襲われて気が沈む。こうした腰抜け弱虫従軍を続けて十月末、ふたたび上海に戻り、一行は海軍機で帰京した。陸軍班はいったいどこを辿っているのかわからなかった。すると間もなく漢口陥落！　文士従軍陸軍班の唯一人の女作家林芙美子女史が朝日新聞社のトラックで漢口入城の一番乗と、でかでかと華やかに報じられた。いったい陸軍班の男の作家たちはどこで何をぐずぐずして居たのであろう。ともかく陸の従軍文士の紅一点がみごとの功名手柄を独占したのである。

こうなると、なんとなくお気の毒なのは久米団長の立場だった。久米さんも人一倍はで好きの性格である。漢口陥落とならば一行を率いて颯爽たる団長ぶりで堂々とその先頭に立って入城してみたかったであろう。だがすでに時遅し！　まったく鼻白む思いでとても微苦笑（久米氏の造語）どころかさぞ鬱然と大苦笑されたかも知れぬ。どうも団長の統率うまくゆかずみごとにお芙美さんに先駆けの功名をさらわれた形だった。

それにしても、久米さんはあの安来節を踊る可憐なお芙美さんをわが一行に加えてなごやかに和気藹々《あいあい》として共に従軍の日を送ることをおそらく予想していられたにちがいない。しかしいまやその楽観的予想は引っくり返ってしまった。赤い腰巻を見せて小笊を左右にかざしてアラエッサッサーと踊るだけがお芙美さんの芸ではなかった。いざとなれば男性作家を尻目に砲煙弾雨まだ消え失せぬ巷を突進して一番乗の名をあげる彼女の逞しさがあるのを、女の作家同士は知っていたのだが……。

やがて林女史は凱旋女将軍のごとく脚光を浴びて従軍作家ピカ一として帰国した。その頃の日に海軍従軍団長だった菊池氏が私に言われた。「林さんもだめだよ、あんなことしちゃあ、久米の面目丸潰れじゃないか」

ひとり久米さんだけではない。ほかの陸軍従軍班の男の作家たちもなんだか手持ぶさたで寂《せき》として声なしのようだった。

私は海軍班に入れられて幸いだった。弱虫感傷従軍の私が陸軍班に林さんといっしょに入っていたらさぞ笑い者にされたであろう。海軍は軍艦にこそ二、三名ずつ分乗させられたが、いっときでも陸地へ降りれば一行は懐かしく相寄って談笑、まさに和気藹々として出立から帰国まで一糸乱れず団体行動、団長の合理的の意見指図に従っていたのだった。

林さんは帰国してみて、歓迎と賞讃の的になりつつも、ある一つのこの気配を敏感にさとっていられたと思う。その後に私の家に来て漢口の話をしながら、ふと憮然として口をもれた言葉は「だめですよ、男は案外女のしたことに嫉妬ぶかいんだから……」

彼女が漢口一番乗を詩にした一節に、

地上は祝漢口陥落で湧き立つばかり
ショーウインドウにうつる私の顔は
よろめきつかれた蛾のようだった

無我夢中で功名を立てたあとの彼女にも多少の寂寞《せきばく》感があったのではなかろうか？

この従軍騒ぎの余韻まだ消えぬ日の頃、久米正雄氏が私の家を訪問された、それは作家としてでなく当時の毎日新聞学芸部長としてだった。同新聞社には重役阿部真之助氏（現在NHK会長）の英断で作家が学芸部長という異常の人事が行われた。

その久米学芸部長は客間に入るなり私に言う。

「来年一月からの連載（小説）を是非頼みます」

同紙に連載の（家庭日記）が従軍する直前に完結したばかりなので、もう少し間を置いて貰いたかった。ところが久米氏は日頃に似気なくきびしい表情で、

「（朝日）〈新聞〉は林女史が書く、だからこっちは貴女でやることにしたんだから、ぜひいいものを書いてくれ給え」

――かくて翌春一月から時を同じくして、（朝日新聞）朝刊に芙美子作（波濤）、（毎日新聞）朝刊に信子作（女の教室）の連載が開始、さながら双花妍《けん》（？）を競う如しナンテ……（けっして断じて申シマセンヨ）

ああ、それからなんと二十数年の月日をへだててしまった、もしいま芙美子在らば一夕わかめに白子干の酢のもので一杯献上、もはや時効となった遠い過去のこの思い出話にたがいに笑いさざめくべきだったのに……このなつかしき友、彼女はいま中野区万昌院の墓地に徳川大奥の老女格の戒名みたいな純徳院芙蓉清美大姉となって放浪の旅路の果をその石の下に（あたしゃもうなんにも知らないよ）と眠っている。

そして従軍行を共にした菊池、久米、片岡、浜本氏ももう世に在らぬ。（この一文校正中にその時の海軍班吉川英治氏逝去……）ああ。

永別の記

漢口陥落から三年後の十二月に太平洋戦となったその年、林さんは下落合、やはり私の旧居に近き位置に居を新築した。その前に彼女はいつもは同伴して訪れることのなかった夫君緑敏氏を伴って私の家に見えた。こんど新築するにつけて参考にしたいから「お宅を手塚にも見せたい」と言う。私の棲居は新数寄屋建築で頭角を現わした吉田五十八《いそや》氏が熱意をそそがれたものでよく見に来る人が居た。

やがて林邸成って早くも訪れた人は私の家へ来ると「お宅にところどころ似ていますよ、門内の竹もお宅の庭の一部にそっくりです」とさも奇怪の現象を発見したように告げた。そのはずである。吉田氏の設計や竹林の庭はやはり林さんにも好ましかったにちがいなかろう。まもなく招かれて行くと似て非なる気もせぬでもなかった。

そしてお母さんの部屋も玄関脇にあり、挨拶に出られた、その時家の一部が似ても竹の植込が似ても驚きはしなかった私が胸中思わず（あっ）と思ったのは——そのお母さんが御後室さま風の黒い被布《ひふ》を着ていられた姿にだった。

というのは——私の父がずっと以前亡くなってから以来母は髪を古風なお茶筌《ちやせん》にし夏冬改まった時は黒の被布を一着に及んでいた。林さんがたまにわが家へ見えると、母はその姿で立出で儀礼的なかた苦しい陳腐な御挨拶をしていた。父祖代々長州萩の城下で毛利藩に仕えた家の娘だった母にはどうもそうしたばかばかしいところがあり、それは気質のまるでちがう私の好まぬ点だった。

だが、林さんのお母さんも黒の被布がよく似合い、娘に似た小柄な柔和な優しい母刀自《とじ》に見えた。ともあれ私の母の被布姿が林さんの印象にとどまった影響ありと見たのは私のひが眼であったろうか……もしそうだったら、林さんのそういうところは無邪気愛すべき微笑ましい限りである。

幼時から九州各地をさまよう行商人の娘として、ちがう土地土地の宿屋に転々と泊りの「もの心つき初めてから家というものを持たなかった」という林さんがペン一本でわがもの家屋をつくり、そしてお母さんに黒い被布を着せたり、満足思うべしである。

それから間もなく林さんはよその赤ン坊を貰って養子とされた、その泰ちゃんが戦後学齢に達すると、学習院へ入れた。戦後は宮内省の補助を離れて入学制度が変ったとはいえ、ともかく貴族子弟をまだ連想させるその学校に入れたことを驚いたひともいたが、それはあえて驚くに足りない。何故なら彼女は幼少から苦難の生立ちを述べた(思ひ出の記)のなかで「わたしはもしも自分に子供が生れることがあつたら、こんどは思ひきりゼイタクな学校へやつて、ゼイタクな思ひをさせてやりたいと思ふ位、自分の幼い日の苦しさを暗い厭なものにおもつてをります」とはっきり書いている。

あの戦中、林さんは信州に私は鎌倉にいちじ疎開した。私の砂土原町の家は一夜の空襲で灰となってしまったが、林さんの落合の家は残って居た。そこへ帰った林さんは鎌倉に川端康成氏を訪問したついでに長谷大仏裏の私のところへも立寄ったり、私が文壇的の会合に上京して林さんと出会うと、彼女は私を落合の家へ引張って行った。

私がようやく東京に棲家をふたたび吉田氏の手でまだ建築統制下のささやかなのを建てて鎌倉から移ったのは、林さんの亡くなる前年の暮だった。しかもまあなんたる因縁か、来年の春から林さんが（朝日新聞）に長篇連載が決定し、またもや（毎日新聞）に私が連載ときまった年だった。これが林さんの（めし）であり私の（安宅家の人々）である。

翌年四月に（めし）はすでに掲載されたが、（毎日新聞）のは現在の連載完結を待ってまだ遅れていた。その間に私は取材旅行に出かけることにしていた時、六月二十日の夜（婦人公論）で（女流作家座談会）が催されて築地の（錦水）へ行くと、佐多さん平林さんがすでに来ていられ、宇野さんは欠席とのことだった。林さんはなかなか見えなかったが、やっと到着すると錦水の二階座敷へ上る階段の途中で息切れがすると「いま階段で休んでいられます」と記者の方の報告で皆は思わず笑った。その時は林さんのいのちをやがてうばう症状を軽く思っていたのである。

そしてやがて席につくなり彼女は、

「わたしね、タバコ中毒よ、日に五十本」

と言って（光）の赤い箱を出して一本口にくわえるのだった。そしてまた、「わたしは夜中二時ごろ書き出すの……夕御飯食べるとすぐ八時頃寝ちゃうんですよ。そして一時頃起きて濃ゆいお茶を飲んでタバコ吸ってそれから始める、そのまま朝まで起きてるのよ」

私などにはまさに超人間的の創作生活の気がした。

それから彼女は座談会の進むにつれてまた言った。

「いま死にたくないという気持ありますよ。若い時はいつ死んだっていいなんて命を粗末に考えたけれど、いまは死ねない。だんだん世の中が面白くなって来たわね。だから身体のことが非常に心配になったの……」

こうした彼女の言葉は速記されて、同年八月号の（婦人公論）に掲載されたが、その時すでに林さんは死んでしまっていた！　私はこの（林芙美子と私）を書くための参考資料にその座談会速記を読み返しつつ、書斎の灯の下で一種悽愴《せいそう》な気に打たれ、そして涙ぐんだ。

しかもその座談会で彼女はこうした抱負をもらした。

「今年の秋はわたしフランスに行ってアジアの憂鬱を題材にした小説を書きたいの、それをフランス語に訳させて向うで出版するつもり……でも考えたらこう心臓が悪くちゃ飛行機の中でウーン（笑声）、どこで死ぬやら……」

夜更けて私たちは錦水を出て別れた。その時が私にもおそらく平林、佐多さんたちにも、（生きている林芙美子）を見た最後だった。

その夜の三日後に私は旅立った、山口県萩市の寺に亡父の墓参も兼ねての旅で、その地へ向かう途上、有名な鍾乳洞秋芳洞《あきよしどう》に地元の観光課から案内されて、その洞内に入る前の料亭で昼食を供されている時、毎日新聞支局のM氏が慌しく現われて「いま東京本社から電話で昨夜林芙美子さんが亡くなられたので追悼文を書いていただきたいとのことです」と、新聞記者用のザラ紙と鉛筆を数本渡され別室に机まで用意されたが、まったく私は呆然自失だった。それでも何か書き、告別式には間に合わぬのでながい弔電を打つことにした。

そして鍾乳洞へやがて案内された。今から十年前のその洞内はまだ裸電燈がところどころ仄かに光っているだけで観光客もまばらで奇怪な形の鍾乳洞内を辿るのは、さながらこの現世以外の別の世の気さえした……のもそのせいか……しかも私の歩く彼方の鍾乳石の小径を辿る人影が林芙美子のような錯覚さえ起きたのを今も忘れぬ。（十年後の今年の初夏のB社の講演の旅でまたそこを案内されたが、今は洞内あかあかと灯ともりエレベーターまで出来てまるで百貨店の特売場のように犇《ひし》めく見物で押すな押すなの大混雑ぶりに、十年前のあの日が夢ではなかったかと思った）

その旅の帰り私は京都に立ち寄った、柊《ひいらぎ》家旅館にはスタイル社を当時経営の宇野千代さんが社用で滞在するのに落合う約束があったからだった。二人は宿の檜《ひのき》風呂、あの大きなおしゃもじのある湯殿でお湯を浴びながら、話は林さんの急逝の驚きだった。ザザァーと肩にお湯をかけながら宇野さんはしみじみ言った、「やっぱり生きていなくちゃだめよ」

その夜、蚊帳を釣った座敷に寝て私は（あれ）と思った、その、一人には広い部屋は終戦直後の関西の文芸講演旅行に久米、川端両氏に伴われて林さんと私が来て、大阪の宿でも林さんと同室、この宿でもこの同じ座敷の一つ蚊帳のなかに私たちは寝たのだった。

私は帰京後の暑い日、亡き林さんの家へ行った。林さんは白い布に包まれた遺骨の箱に納まってその書斎の床の間に置かれていた。その前に告別式の供花の名残が七月の陽にしおれ切っていた。その書斎のすみで養子の泰ちゃんががんぜない幼い姿でこれもお供物のさがったのらしい西瓜を食べていた（この泰君はつい先年学習院在学中に乗った列車デッキでの事故で高校生の年齢で逝去）、お母さんも被布姿ではなく黒い単衣《ひとえ》に帯を締めてもの静かに挨拶された。（その数年後逝かれた）

林さんの遺骨の前で男やもめとなった緑敏氏は、林さん急逝の夜半のことなどくわしく語られたが「心残りなのはあんなに自動車を欲しがっていたのに買わないうちに死んだことです」と言われた。錦水の二階への階段でも途中ひと休みせねばならなかったひとにはぜひその必要もあったろう。思い当るのは私が戦後ふたたび東京に棲むようになってまもなくの日、映画の試写室で会った林さんがいかにも疲れているようなので私の小ちゃい車で落合まで送る途中、林さんは自動車の買い方とかガソリンのこと運転手のことなどくわしく聞いていた。ともあれ、家なき子の流浪の時代からやがてわが家を建て、養嗣子は学

習院に入れ……彼女の詩の一章に、

切子《きりこ》硝子《ガラス》の花差しがほしいと思ったのだが
ビールのビンをこわして
薔薇の花を差した

というのがある。これぞ芙美子文学の基調をなす泣きどころであったが、その作者の実生活はやがて切子硝子の花瓶はもとより李朝の壺を、ルノアールの小品も備えた。そしてまさに自家用車に及ばんとして、それを実現させ得ずに倒れたのである。

林さんをジャーナリズムが殺したというひともいたが、むしろ林さんがジャーナリズムの寵児の位置をいのちを懸けて死守した感もある。

岡本かの子が歌人から作家に転身して次から次へと絢爛《けんらん》たる大作発表の頃のある日、林さんは私の家で文学談をした折、「岡本さんのものはまるで七宝焼のように彩色過剰ですよ、だからわたしには心に沁みるところがないんですよ」と言った。そのはずであったろう。かの子の作品が大がかりの管絃交響楽なら、林さんの作品は一管の細き明笛《みんてき》か一茎の草笛に思いを託して泣くがごとくむせぶがごとく……ではなかったろうか。だが単にその相違ばかりではない、林さんは文壇の明星として輝くおのれに後よりせまるひとにつねにおびえていた傾向があったとも思える。彼女の口癖は「ジャーナリズムってのはほんとに薄情なんですからね。いつ棄てられるかちょっとも油断は出来ませんよ」……私はこの言葉を何度彼女の口から聞かされたことか!

それゆえ彼女はおのれの健康の非常時を知りつつも、深夜机に夜明けまでタバコを刺戟の鞭としてペンを走らせ、雑誌とあれば婦人雑誌の(食べ歩き)も引受けてのあらゆるジャーナリズムへの献身努力は衰えしその心臓の止る日の夜までだった。そこにかつての従軍漢口一番乗の面影があった。誰よりもさきがけてただわれ一人の功名に他の追随を断固として許さぬ逞しさがあの小柄の身に溢れていた。その意力にもう少し余裕を持ったら健康が保たれたか、それともどうあろうとその命数の尽きる宿命だったか、もしそうなら死の日までもりもり書いて書き抜いたのも本望であったろう……。

その作者の死によって、(朝日新聞)の(めし)は連載九十七回で中絶した。私はその夏の末から(毎日新聞)に(安宅家の人々)を翌年四月まで連載完結、幸いにマリー・バタイユ女史の仏訳によってパリのストック社から刊行され、つづいて独、伊語に訳され、また最近デンマークからステーマン女史の手で訳書刊行の運びになっている。これはまったく私の思いもかけぬことが実現したのである。なぜこんなことを自慢たらしく書くかというのは、林さんが死の一週間前に私たちとの座談会で「この秋フランスに行ってアジアの憂鬱を主題に書いて向うで仏語で出版するつもり……」と宣言された意気さかんな計画を聞かされた時、私はそんな野心など片鱗も持たず「へえ！」と林さんの野望に感嘆していたのを思い出すからである。あまりにつねに大いなる大望を抱いた彼女は心身をすりへらして倒れた気さえする。天は非情である。

その十年前の座談会に顔を集めて共に語った平林、佐多さんも私も、また宇野千代さんたち林さんとつき合った女作家の誰も彼も今健在、ただ真杉静枝さんがその後に世を去っただけである。

ところで林さんの霊魂が仮に姿を現わして私をふらりと訪問したとしたら、おそらく彼女はこう言うであろう、

「いつまで小説書いてんですか、みっともないですよ」

そしてその言葉を緩和するごとく手をポンと叩いて小柄な身体をゆすって純徳院芙蓉清美大姉は笑ってみせることであろう……。

與謝野晶子

夫妻風景

（源氏物語）の現代語訳が與謝野晶子の手になってその第一巻が刊行されたのは、私が女学校の時だった。この本に食いついて以来、晶子の歌よりもこうした著作と鋭い批評眼による評論随筆のたぐいに感動ばかりしていた。

ある時の随筆に――そのころのさる百貨店で（源氏物語にちなむ扇面展）が催された日、子福者のこの晶子夫人が幼い一児を背に負い、もう一人のお子さんの手を引いて、その店の開くのを待ってまっさきに展示会場にはいると、入口に立つ店員が「赤ン坊をしょってもう一人連れたおかみさんがわかりもせぬものを見に来た」というような侮蔑の表情を露骨に浮べたと書かれて、そのあとに（だがこの展示会の扇面を観る知識を備える者は私以外にはあまりないはずである）と敢然と述べてあった。その凜乎たる自誇の勇ましさに身ぶるいするほど私は感激した。與謝野夫人は類型的の美人の観念には当てはまらぬ強烈な容貌だった。その歌の一つにも――

美しさ足らざることを禍《わざわい》と
思へる母のいつきてしわれ

けれども、その知性と高い情感のあふれる顔容は見る人を圧したにちがいないのに、残念ながら、百貨店のお客夫人のおしゃれをのみ見なれた凡庸な店員には何もわからなかったのだ。

またある時の評論に、宮中の（歌会始）の入選歌を陳腐きわまりないと手ひどく指摘してはばからない晶子だった。そのころは歌会始に愛嬌を添える盗作という便利な方法を知らなかった素朴で真面目な入選者たちはさぞ不快だったろうが、晶子のはむしろそうした歌を選ぶ御歌所《おうたどころ》の当時の寄人《よりゅうど》、井上通泰《みちやす》、阪正臣《ばんまさおみ》などをあまりに固陋《ころう》なりと痛撃したのだった。

その時代は宮中の歌会始にもの言いを付けるなどとは大胆不敵な肚を据えての発言であった。まったくいかなる権威もおそれぬさっそうたるこの與謝野晶子を私は心から畏敬した。

その私がただいちどがっかりさせられたのは、大正二年に朝日新聞に晶子の長編小説（明るみへ）が百回ほど連載された時だった。その小説もぜひ感服したいと毎日頭の痛くなるほど丁寧に読み続けたが、読めば読むほどなんだかへんな気がする。十七歳の文学少女の私はついに生意気千万にも「晶子先生は小説なんて書かなければいいのに……」と悲しかった。けれども晶子崇拝熱は変らずつづいた。

やがて歳月を経て私が晶子夫人を初めて見たのは、徳富蘇峰の学士院恩賜賞の祝賀会場だった。蘇峰大人が私を晶子夫人に紹介された時、私は胸がときめいた。少女の日からはるかに仰ぎ見た偉大な女性がいまわが目の前に！

しかも夫人は同じ食卓に私を誘われて夫君寛氏とごじぶんの間の椅子に私をつかせる。寛氏は卓上の日本酒を私と夫人の小杯についで「冷酒は洋酒のようにご婦人にも飲めますよ」といわれた。私は何か寛氏にもごあいさつをしたかった。夫人の歌はたくさん暗記していても寛氏の歌はわずかにこの一つをうろ覚えにしていただけだったが、勇気を出して言った――

「春の月ほのに黄ばめる長縁を行道《ぎょうどう》びとに似て歌ふかな――春月を黄との感覚が新鮮で好きでございました」などと、いかに小ざかしい私であったろう……。寛氏ははにかんだようなとまどった顔をされたが、晶子夫人の目はぱっと輝いた気がした。

「主人の歌は立派なものでございます。私はその弟子ですものね」低い声を強めて言われた瞬間、私はしいんとした。

すると寛氏が淡々として「わたしは志を果し得ないが、妻はどうやら望むところに達したようで……」私はもう何も言う才覚もなくうつむいた。良人を師と仰いだ妻の方がはるかに一世をふうびした、この歌人夫妻の心境の一端にはからずも触れた私は――この美しく哀しい夫妻風景に心がしびれた。今もその與謝野夫妻との初対面の印象は忘れない。

たたかひは見じと

與謝野夫妻のように同じ道にたずさわって良人より妻の名のみ高まるのは――斎藤茂吉氏のお説によれば（適者生存）の原理とやらであるそうな。

それが晶子夫人の苦痛だった。ある感想に（私の過去から忍んで来た苦の一つは良人と仕事の上の競争者の位置を私が持っていることです）これを読んで、私はあの初対面の印象をまざまざと思い浮べた。私が寛氏の歌の一つを口にした時に夫人が目を輝かした表情を思うと胸がせまった。

その後、夫人とは何かの会合でまたお目にかかる折があった。うぬぼれかも知れないが私を忘れず親しげに振舞われたのも――もしかしたら寛氏の春月黄ばむ歌を私が覚えていたせいかとさえ思う。あの初対面で私がしたり顔に晶子の歌を幾首も口にしたところでそれはありふれたことで夫人は気にも止められなかったかも知れぬ。

そう思うほど、夫人から私の身に過ぎた好意を受けたことがあった。私が後年渡仏の際に、私を送る和歌十首を巻紙にあの特有の繊細な美しい文字で描かれたのをおせんべつにいただいた。

杯をあげて清らに若きひと
　銀河のもとを西へおもむく
また逢ふ日おのれにありや
　この人の持つは千秋万歳にして

だが私はささやかなお土産を抱いて健在な夫人にふたたびまみえた。

昭和十年に寛氏逝去後の七七日に送られた（與謝野寛遺稿歌集）に添えられた遺族のごあいさつ状に夫人と共に名を連ねた秀《しげる》氏はいまオリンピック事務総長である。

その二年後に文部省で芸術院を創設、歌人の大家も会員に選ばれたが、與謝野晶子は選にもれた。それは日露戦役の最中、敢然とうたい上げた（旅順の城はほろぶともほろびずとても何事ぞ、君死にたまふことなかれ）の有名な反戦詩がたたったとうわさされた。はたしてそれが災いしたかは別として、もし晶子が太平洋戦中にそんな詩を書いたら、それこそ芸術院どころか早速憲兵隊へ連行されたにちがいない。

明治の軍部は晶子の詩にも一理ありと認めたのか、ともかくなんのおとがめもなく無事だったとは、明治の武人たちは度量のひろい豪傑ぞろいだったようだ。

芸術院にもれても晶子はしょげるはずはなかった。なぜならその一年前から政府が（文芸院）のようなものを造るという報が伝わった時、晶子はそれについての感想を述べている。

（われわれ文学者はいつも政府の無理解な圧迫の下に耐えて真理を求め説いて今日に成長して来たのだ。いまさら政府の権力のもとに庇護を受けようと願うひとはあるまいうんぬん）と。

昭和十七年四月、東京、名古屋、神戸は米機の初空襲を受けた……その一カ月後、六十五歳でこの偉大な女人は生涯を閉じた。

六月一日、青山斎場の告別式の初夏の空はうす曇りだった。もう自動車も不自由のころで、青山の電車道に喪服のひとたちはたむろしたが、だれも言葉もなく黙々としていた。電車はいつまでも来なかった。だれかが「歩きましょうか」と言うと「空襲があったらたいへんですよ」と言う声がした。舗道にはほんの気休めの浅い待避ごうが出来かかっていた。

その翌年――山本連合艦隊司令長官戦死、つづいてアッツ島守備隊全滅、国内は声もなくしんかん……。私は晶子の歌をありありと思い出した。

たたかひは見じと目とづる白塔に
　西日しぐれぬ人死ぬ夕べ

（君死にたまふことなかれ）より、はるかに余韻深いこの歌を私が心に浮べた時——すでにその歌の作者は（たたかひは見じ）と永久に目を閉じていられた……。

底のぬけた柄杓《ひしやく》 〈尾崎放哉《ほうさい》〉

わたくしがある（男）の生涯を知ったのは、あの戦中、山本五十六連合艦隊司令長官が戦死し、アッツ島守備隊が全滅の悲報のあった年の一月下旬だった。

もうその頃わたくしたちは時々空襲の警戒サイレンを聞き、庭先に気休めの待避壕を掘らねばならなかった。その不安の時代に、わたくしはその（男）の生涯を思い出すと、いっとき戦争の恐怖もふっつっと忘れてボンヤリすることがあった。それほど私に強烈な印象を与えたその一人の（男の一生）は忘れがたく、いつも頭のどこかにあった。

いつかは――戦争が終っていのちつつがなく幸いにふたたびものが書ける時代が来たら、この男の一生を描いて見たいと、私は暗幕をめぐらした戦中の陰気な夜の灯の下で創作ノートにその男の生涯を辿った履歴を年譜風に心おぼえに書き止めていた。

戦後――私はこのひとをもっともよく知る荻原井泉水《せいせんすい》氏に会う機会があって、それによってさらに創作ノートの内容を加えた。

そのノートにはこんなふうに文字が書き入れられていた。

明治十八年一月二十日。鳥取市のある家に男の児が生れた。父は鳥取地方裁判所監督書記。母は鳥取藩の御殿医だった家柄から嫁いだひとだった。六歳の女の子がすでに一人あった。

明治二十五年四月。鳥取市の小学校に入学した。口の大きい耳の聡《さか》しげに大きな体格のいい優良児の美童だった。

明治三十一年四月。鳥取第一中学校に入学。同級の友には後年陸軍駐外武官となりロンドンで客死した人や、丸善支店長となった人もあった。在学中彼はその友たちといっしょに野球のチームを組織して仕合に熱中した。また討論会を開き（秀吉家康優劣論）の議題で議論した。彼が秀吉と家康のいずれを支持したか、履歴には不明である。

上級になると猛烈に英語の勉強に取り組んだ。だが外交官志望ではなく将来は法律家を望んでいた。また文学的傾向もあって和歌をつくったりした。

黒と白の小犬重なりねたりけり

花野に咲ける白菊の花

などいう宗達《そうたつ》の絵のような……無邪気な歌だった。

明治三十五年春。十八歳で中学卒業すると、その九月に第一高等学校の入学試験に合格。上京した。当時は山陰線敷設以前だったので、播磨《はりま》を越えて途中一泊、人力車で山陽線の駅に出てやっと汽車に乗り込む旅路だった。彼にはながい初旅だった。一高の寄宿舎は東寮十六番だった。同期に入学して友となった人に、丸山鶴吉、安倍能成《よししげ》、鶴見祐輔、中勘助が居た。その人たちと共に彼は天下の秀才の狭き門をくぐって、柏葉の徽章《きしょう》に白線を巻いた帽子をかぶった。同期入学の文科一年の藤村操《みさお》が翌年五月華厳《けごん》の滝に投身自殺した事件があった。

彼は藤村操のような哲学青年の傾向とちがって、ボートがひどく好きになって、放課後は本郷から厩橋《うまやばし》の一高艇庫まで徒歩で行った（電車がまだ東京になかった）。練習が終って寮に帰る道で暗くなるのがいつもだった。食堂へ飛び込むと息もつかずに十杯平らげた。その猛練習の甲斐あって英法科のボート部選手となり、独法、仏法のボート部との競漕に凱歌をあげた。

ある時、同じ仲間の丸山鶴吉と組んで隅田川で和船の競漕に出かけたが、どうしたのか二人の呼吸が合わず、彼は櫓を投げ放って笑い、丸山鶴吉は怒った。

一高俳句会が出来て彼はそれに出席した。一級下の法文科生の荻原藤吉はすでに（愛《あい》桜《おう》）という俳号を持つ学生俳人だった。その荻原生と彼はその句会で識り合った。

一高俳句会は根津権現境内の貸席で開かれた。指導者として虚子、鳴雪《めいせつ》、碧梧桐《へきごとう》も若い一高生の句会に喜んで姿を現わした。その句会で彼はこんなまことに、しおらしくおとなしい句をつくった。

しぐるるや残菊白き傘の下

ボートを漕ぎ食堂で大食し、たまに句会に出たりのほかに彼はも一つのことを味わった。それは（初恋）だった。

その対象は従妹だった。沢芳衛という。その頃やはり鳥取から上京して目白の女子大学の生徒だった。彼は十六歳の少年の日、従妹の一家が鳥取に転住して以来彼女を知った。

明治三十九年九月。彼は帝国大学の赤門をくぐり法科に入った。初めは本郷の下宿屋に居たが、乏しい学費を節約するために学友三人と共同で千駄木町に小さい借家を借りて自炊生活に入った。家主はすき焼の（江知勝《えちかつ》）だった。家賃七円を出し合って、それを（江知勝）の店へ届けに行くと、ついでに店へ上り込んですき焼鍋を囲み酒を汲み牛肉を幾皿も平らげるので、かえって生活費は高いものについて赤字を出した。ついに解散して彼は小石川伝通院《でんづういん》裏の旧藩主施設の鳥取出身の東京学生寄宿の久松学舎に入った。

その頃から彼の一高時代の（初恋）は成長して燃え上った。彼は恋する従妹の芳衛についての恋愛の告白と求婚を合せていちどにした。芳衛はこの秀才の従兄の恋も求婚も受け入れた。彼は幸福感に恍惚とした。（彼女はその春すでに女子大を卒業していた）

二人の希望の承認を芳衛の兄に求めた。その兄は医学士だった。従兄妹同士の血族結婚の不可を説いて絶対に反対を唱えた。だが彼は不退転の意志で一歩もしりぞかず、ひそかに芳衛を江の島に誘った。海辺の宿に休憩して昼食をとったあと、彼は芳衛をここへ誘った目的を告げた。——一高時代選手だった彼はボートを沖へ漕ぎ出して二人相擁して波に投じるためだと——芳衛は青ざめて言葉もなかった。

彼の求愛も求婚も容れた彼女は、情死は拒まねばならなかった。

人力車が一台呼ばれて彼女は宿の店先で彼に別れた。泣き濡れた顔を恥じてじぶんで幌《ほろ》をおろした。

わかれを云ひて幌おろす白い指先

後年彼が自由律の句作にふけった時、この一句はこの江の島での悲痛な記憶だった。二人の恋はプラトニックで終った。

彼はそれ以来、恋に代えて酒に生きる酒豪の大学生となった。芳衛はながく独身をつづけて中年で結婚した。

明治四十二年七月卒業のはずを追試験で九月に帝大英法科を卒業。翌年東洋生命保険会社（現朝日生命）に入社。大正三年同社大阪支社に赴任。翌年東京本社に転じた。鳥取市の坂根家の娘馨《かおる》と結婚、新家庭を渋谷羽沢通りに営んだ。新居は三方生垣をめぐらした庭に、玄関二畳と六畳の茶の間、八畳の座敷の小ぢんまりした家だった。新妻の馨は良人より七歳下で色白の気性の勝った女性、丸髷に化粧を念入りに鏡台に向かう日常だった。その後婦人科で手術の必要ある病後、母になり得ぬ人だった。自大正四年——至大正十一年秋頃まで彼は同社の契約課長勤務だったが、出勤後は常に大島紬《つむぎ》に袴のいでたちだった。理由はワイシャツを付けネクタイを結ぶのがめんどくさいからだった。

社内課長級のある年の忘年会の幹事の際、先に集めた会費の全部を持って料亭におもむく途上、日本橋の上で貧しげな通行人を見ると札ビラを与えた事件があり、社内ではその奇行に閉口した。ひそかに排斥《はいせき》の傾向があった。大正十一年朝鮮火災保険会社創立に当り、東洋生命保険会社重役に、（火災）と（生命）と異なるが保険の事業は相似のものだから朝鮮火災創業に適任者はないかと相談をかけた時、重役たちは一致して自社の契約課長勤続者を推薦した。

これは推薦より社内の奇人課長をこの際他に転じさせるためだったらしい。彼はこうして京城に赴任した。当時の朝鮮総督府の警務局長は一高時代のボートの仲間の丸山鶴吉だった。

彼は酔うと総監官邸に押しかけて「丸山居るか、オイ丸山」とどなりながら入った。彼の酒豪生活はこの地で数々の奇行、不始末を演じた。その結果、朝鮮火災の業務開始前に彼はついに馘首《かくしゆ》された。

東洋生命の退職金は東京での飲屋のつもる借財と、ここで飲み潰されて失せていた。彼は朝鮮火災にも退職金を要求したが業務開始前で得られなかった。

失意の彼は帰京せずナンの目当もなく漫然と満洲に妻を伴って渡り新京、ハルピンと放浪し、大陸の冬に左側湿性肋膜炎を患い、満鉄病院長の忠告でようやく大正十二年秋内地に戻る長崎行きの船中で彼は妻馨と共に甲板から深夜海中へ投身自殺——夫婦心中の実行を計った——江の島で恋人芳衛から情死を拒まれたと同じに、いやそれより烈しく妻に拒否された。

彼は長崎に病後の身を休めているうちに実質上妻とは無縁の男となった。だが離婚は（これまた彼のめんどくさがりで）せず妻を鳥取の彼の姉の家に預けようとしたが、妻は拒んで職を見つけて独立すると言い張った。（彼女はのち大阪の紡績工場女工員寄宿舎の寮母に就職、ついに生涯の別居生活を送り戸籍上だけの妻で終った）

彼は長崎でその妻と別れて単身、無一物の着のみ着のままで十一月二十三日のもう底冷えのする京都に行き、当時鹿《しし》ケ谷にあった西田天香の一燈園に投じた。

入園後の生活は朝五時起床。園内掃除、一時間読経。紺の筒袖に縄帯で托鉢《たくはつ》に出る。乗物禁止、二里も三里も歩く、園から割り当てられたその日の托鉢奉仕先で草むしり、薪割、便所掃除、米屋の荷車もひく、時にはビラ撒き等々の下座奉仕という労働だった。その托鉢先で報酬代りの一飯を供され疲れはてて帰ると薄い蒲団にゴロ寝、その建物は雨戸も障子もなしの吹きさらしに寒中火鉢一つもなかった。

大学を出て以来ながらくのサラリーマン生活、元生命保険の課長だった彼には四十になってからのこの労働は無理だった。その上、この集団生活にもひそむ矛盾に反撥して、ひたすら孤独を求めて一燈園を離れて知恩院内の常称院に寺男に棲み込んだ。

翌年の春四月（大正十三年）、彼が井戸端で寺の漬物桶を洗っているときじぶんの名を呼ぶ声に顔をあげると、傍に思いもかけぬ人が立って居た。それは一高時代からの友の荻原藤吉——現在は自由律俳誌（層雲）の主宰者となった有名な井泉水だった。学友時代以来、二人の交友は絶えたような絶えぬような間柄だったが、彼には飛びつくばかりの喜びの瞬間だった。

井泉水はその旧友を伴って四条大橋袂の料亭で夕食を共にした。一燈園に入って以後はやっと禁酒が守れた彼もその夜ついに禁を破った。いったん盃を手にするとあとはとめどなかった。久しぶりに飲んだせいもあって彼は大酔して寺に帰った。「出て行ってもらいましょう」と住職の一喝はこの寺男を追放した。

一燈園の世話で彼はこんどは兵庫県須磨の須磨寺境内の大師堂の堂守に傭《やと》われた。参詣の善男善女にご信心の蠟燭とおみくじを売る役だった。蠟燭一本立てるたびに銅鉢をチーンと打って「家内安全、息災延命……南無……」と唱えねばならなかった。京城で酔うと政務総監邸へ「オイ丸山いるか」と大声あげて入った彼にはまったく不似合な滑稽な格好だった。そこも彼には心やすらぐ職場でなかった。

だが堂内ではひまな時があった。雨の日など参詣も少く井泉水に見せる句稿をしたためる余裕が持てた。美しい婦人が雨のなかを来て堂前で紫の蛇の目傘をつぼめる風情は嫋《たお》やかだった。女はこの堂守の中年男が大学出のインテリとも知らずおみくじをその堂守に頼んでひいて帰ってゆくうしろ姿に、堂守はうつろの眼を向けた。遠い彼方に葬った初恋の芳衛が古びた押花のように浮んだのであろうか……。

大正十四年三月。大師堂の堂守生活にも寺内のもめ事のとばっちりを受けて離れねばならなかった。いっとき一燈園に身を寄せた。

五月に福井県小浜《おばま》の禅宗の常高寺の寺男に棲み込んだ。そこでは烈しい労働に服した。そして寺の竹藪の筍《たけのこ》ばかり食べさせられた。寺の住職は借金を負うていた。金貸しの催促への言いわけも寺男の役目の一つだった。とうとう彼は二カ月目の七月にはそこも出ねばならなかった。そのあとは京都に舞い戻り、その地の円通寺橋畔に仮寓《かぐう》の井泉水居にころがり込んだ。井泉水氏は夫人を失って男やもめの生活の小さい棲居だったが、そこだけが彼をあたたかく迎え入れるただ一つの場所だった。その食客生活から京都の竜岸寺という寺の寺男に入ったが、四十過ぎの彼にはもうとても勤めかねるほどコキ使われホウホウのていでまたもや井泉水居に行くより仕方なかった。

一高では一級下だったこの友人はいまでは彼の俳句指導の師であり、天地にただ一人の庇護者だった。彼は身の振り方をこの師に縋って相談して数日そこに過した結果、井泉水氏はかつて四国遍路行路を辿られた時の行程の一つの小豆島を思い出された。そこには小さい庵が数多く散在するので、そこの一つに彼が身を置けたらと……もう大きな寺の寺男の労働は無理な彼のために考えられた。

幸い井泉水の門下の一人が小豆島の素封家《そほうか》だった。その人に頼めば空いた庵が一つぐらいあるかも知れぬ——瀬戸内海の孤島の温暖なオリーブのみのる島こそ彼の安住に適すると、井泉水氏は小豆島の門下に問い合わせの手紙を送った。その返事の来ぬうちに彼は早くもまだ見ぬ島を恋して渡るという。ともかく行けばどうにかなる、彼はいつもの漫然たる放浪癖の衝動を押えかねる。そして八月十二日出立と決した。

井泉水居でその前夜彼の送別宴を開くと同門の二、三が集った。島の庵へ入ればもう酒も飲めない。また酒の上の失策を断つために禁酒を誓わせる名残のためにビールが半ダース用意された。

ささやかな宴の始る前、まだ客の見えぬうちにと井泉水氏が銭湯に行かれた留守に、彼は台所の水桶に漬けてあるビールを見ると矢も楯もなく咽喉が鳴った。台所にはこの家の小婢の娘りょうちゃんが料理を皿に盛って用意中だった。彼はその小娘の傍に近寄ってビールへの慾望に燃える眼を向けて、切願した。

「りょうちゃん、頼む。先生にないしょでね、いいだろう」

りょうちゃんは一瞬おじけた表情で彼から逃れるようにあとじさりした。この小娘の女性本能で、その風来坊の彼がビール一本の慾求のために迫ったとは理解しかねたからだった。

——翌日、彼は井泉水の家を出て七条駅から香川県の離れ島小豆島に向かい、十三日に土庄《とのしょう》港に着き、井泉水の紹介状を持って門下の素封家を訪れたが彼を収容する庵はまだ見つかっていなかった。

だがやがて幸いにも一つ空いたのが提供された。それは南郷庵という。小豆島霊場八十八カ所の五十八番札所の蓮華院西光寺奥院の小庵だった。

八月二十日。彼はその庵に入った。小さい風呂敷包一つ持って。庵は海に面した漁村の端に山を背にしていた。六畳の仏間には千手観音像を中央に、脇に弘法大師像、子安地蔵もまつってあった。次が八畳、ほかに二畳と僅かな板の間が炊事の場所だった。庭先には竜の天にのぼるような太い幹をした松が庵を覆うて茂って松風を朝夕梢《こずえ》に立てた。

南郷庵のお賽銭《さいせん》その他の収入は一カ年で約五十円だけの見込みだった。いくら大正十四年時代でも一カ月四円十六銭で食べて生きるのはよほど覚悟が必要だった。一日十四銭弱で暮らさねばならぬ彼だった。

彼は食糧は焼米と炒豆《いりまめ》、それを主食に塩、ラッキョウ、梅干、麦粉、砂糖——白米は当時一升五十銭也。腹が空くと焼米と炒豆を口に放り込み塩をなめた。少し奢《おご》る時はラッキョウと梅干を奮発した。そしてあとは金のいらぬ井戸水をゴクゴク飲むのがその食生活だった。

その結果は生理に変調を来した。小水はいくらでも出るが、固形物の排出はいちどもない状態になった。だが彼はガンバッタ。この生活様式が成功するように庵の本尊の大慈大悲の観世音に祈り、京都の井泉水氏にも入庵後の生活を報告した。ひまだから手紙を書くのと句作にもっぱら精進した。

近くの漁村の人々は、こんど南郷庵に入った人は学のある偉い人らしい、いつも何か書いていると評判だった。小魚を売りに行っても一尾も買わぬともう誰も訪れる者もなかった。

彼が一燈園でも寺男でも叶えられなかった（孤独、沈黙の生活）がやっと実現したのだ。

——小豆島も秋になった。庵の周囲は夜の虫の声が溢れた。その食生活はやはり続いた。井泉水門下の素封家の主から炭が届けられた。井泉水一門の人々から時々肌着や日用品と小づかい銭を送って来た。牛罐が送られても（罐切り）がなかった。

食べものより彼はうまい煙草が喫みたくなった。牛罐よりスリーキャッスルの罐が欲しいと思った。それは彼がかつて喫んだ記憶の味がありありと浮ぶからだった。それから生ビール、それから食味の記憶も引き出された。まぐろの鮨、蒲焼、海老のてんぷらへの妄想が浮んだが、現実は焼米をガリガリ嚙み炒豆の丼が傍にあるだけだった。

その年の末から健康が衰えた。東洋紡績工場の寮母の妻とはまったく音信不通だった。

大正十五年三月頃から食物が咽喉を通らなくなった。咳が烈しく咽喉がただれた。近くの町から医者が来てくれた。投薬の水薬も飲みくだせなかった。喉頭結核の病状だった。

庵の傍の漁夫の老妻の南堀シゲが来て病人の世話をして、生玉子を粥《かゆ》に落してすすらせた。彼はそのお婆さんに二十銭わたして鉢植の木瓜《ぼけ》を買って来て貰い、病床の枕もとに置いてじっと見詰めていた。

島は四月の春となったが、もう彼は腰が立たなかった。四月六日の夕方、シゲ婆さんが見舞うと「ばあさんちょっと起してくれ」と病人は頼んだ。シゲ女が半身を抱き起すと苦しがり、また「横にしてくれ」と言い、寝せるとまた「起してくれ」と、同じ動作を繰返してシゲ女の手をわずらわした。シゲ女はその様子がへんなので親切にその晩は付き添っていた。

彼の視力はその翌朝薄らいでものの見きわめがつかなかった。そしてこんこんと眠るように眼を閉じていた――朝の陽も日暮れのうす暗がりも彼にはわからないのか、その日の黄昏《たそがれ》、庵の病床のあたりに夕闇がせまる頃ふと声をシゲ女にかけた。

「ばあさん、いま何時頃かな？」

刻《とき》を教えたくとも、病人の持物に時計はない生活だった。漁夫の老妻は腕時計などしていない。

ただ「もう電燈がつく」と答えるより仕方がなかった。そして彼の背をさすってやった。庵のなかのたった一つの裸電球に、シゲ女のカンで言った通りポッと灯が入って熟《う》れた無花果《いちじく》の実のように赤らんだのだった。

「センセイ」とシゲ女は呼んだ。庵でいつも、ものを書いている学のある人はセンセイだった。

「センセイ」彼女は昨日病人がよく望んだように半身をまた起してやろうかと手をかけた

時、はっとした。

彼女は飛び出して庵の前から亭主を烈しく呼んだ。海からすでにあがっていた老漁夫は駆けつけて、女房と共に「センセイ、センセイ」と大声で呼んだ。だが何も反応はなかった……。

西光寺の住職もあの俳人素封家も駆けつけた。

彼の句稿と共に、その枕辺に一束の手紙が集めて置いてあった。そのなかに京都の今熊野円通寺橋畔の荻原井泉水差出しの書状がいちばん多かった。ほかに一、二通鳥取市から女の筆跡の書状があった。それは彼の郷里の姉からの発信だったのでそこへも電報を打った。大正十五年の四月七日の夜だった。

京都の井泉水は翌八日の午前二時にその電報を受取って手離せぬ仕事をすて置いて、高弟の一人と小豆島に向かって翌九日の朝に到着した。

一高時代からの友、そしてのち門下となり、さまざまの迷惑をかけられつつ、どうしても見離せなかった彼が数えて四十二歳の亡骸《なきがら》を小庵に横たえているのを見た。

鳥取からの姉も来た。せっかく一高から大学の秀才コースを辿って将来を望ませたただ一人の弟が、この孤島の侘しい庵のなかに生涯の旅路を終ったのを悲しく見届けた。

その午後、一人の都会風の中年の婦人が西光寺の庫裡《くり》へ入って「南郷庵とはどちらでしょう」と聞いた。寺男は彼女を案内しつつ「庵のセンセイのお妹さんですか」と聞いた。

今日昼鳥取から姉さんというひとが来たから、こんどは若いから妹かと思ったのだ。「え、そうです」とその婦人は答えた。

彼女が庵に入った姿を見た故人の姉は「あっ、馨さん」と感慨こめた声をあげた。彼女こそ寮母を勤める大阪の紡績女子工員寄宿舎から来た故人の妻馨だったのだ。すでにながい別居とはいえ——故人の姉は彼女にも鳥取を立つ前電報で知らせていた。馨は、大正十二年に満洲から帰って長崎で別れて以来初めていま良人を見たが、それはもう亡骸となった良人だった。

彼女はしばらく身をかたくして坐っていたが、やがて一礼すると立ち上りしずかに庵の外の道へ消えた……。

「奥さんだったのか、妹さんだと言ったが……」寺男は首をかしげた。

その日まで彼に身寄りの肉親や妻まであると誰も島の人は知らなかった。彼もまた一語もそれを口に出さなかった。

（あのひとも不幸な妻だった。弟と結婚したばかりに……）義姉はだから帰る義妹を引き止める術《すべ》がなかったのだ。

やがて亡骸を棺に納めて近くの漁村の人々がかついでくれて南郷庵の裏山の墓地へ葬った時は陽が山に沈みかけていた。

ここまで私は創作ノートに書き止めてある。その（彼）とは法学士尾崎秀雄、俳号放哉のことである。

この人のことを私が初めて聞いたのは昭和十七年頃に壺井栄さんが郷里の小豆島の話を私にされた時、大正末頃その島の小さい寺へ東京から来た俳人が棲んで逝ったと語られた時だった。放哉という名もそれで知った。そのひとの句集があるとも聞かされて私は探しまわったがすでに戦中のことで書店に見当らなかった。そのうち（俳人放哉）というのが出たのを知ったが戦中の輸送の関係か東京の書店になかなか現われなかった。大阪の修文館刊行だったからか――私は定価三円と送料を小為替《こがわせ》に組んで送るとやっと届いた。送料が五銭多かったと送品通知伝票に乃木将軍の肖像の赤い五銭切手が返金代りにはりつけてあった。それは志賀白鷹という人の書いた尾崎放哉の伝記とその随筆と未発表書簡と俳句抄を集めたものだった。そしてじつに端正な風貌の写真もあった。私はそれによって、そして戦後――荻原井泉水氏から伺ったのを資料にノートを造った。そのノートはいつか古びてしまってついに私はそこから何も書き出せそうもなかった。どうしても放哉という一人の男性がボーッとかすんだ不透明な姿のまま、はっきりつかみ得ないのだ。性格破産といい切れず、教養ある男が失恋の打撃で一生を狂わせたとも思えず、俳句三昧にふけったとて炒豆をかじる生活に入らずともいい。……さりとて世を棄てて仏への求道心とも思えぬ。近代人が現実生活に誰でも多少感じる違和感とか疎外感とかがその人に特に大きかったのか、なんのための虚無の自虐行為に陥ったのか、その本質を把握出来ず私はきりきり舞をさせられる、そのせいでなおこの一人の男の生涯に魅きつけられて、もう書く書かぬは問題でなくなんとか（わかりたい）と願った。

放哉を書いた志賀氏も、井泉水氏も男性だから男同士には理解出来るのかも知れぬ。女性ではむつかしいと匙《さじ》を投げかけた時、ふと浮んだのは女は女同士、もし放哉の棄てた妻の馨さんに会えたらと思ったが、勝気だと伝えられるこの人が何を私に語ってくれよう、傷つけられたかたい表情で膠《にべ》もなく拒絶されるだけだと思った。私もその人の痛手に触れたくなかった。

放哉を知る女性はこの妻と、も一人沢芳衛、初恋の人がいる。別居だった不幸の妻の馨さんとちがって、彼との愛の記憶を残すこのひとなら或は優しい心で打ちとけて私に話して貰えるかとも身勝手に想像した。

日本女子大明治の卒業というのを手がかりに桜楓会《おうふうかい》会員名簿を調べると、ちゃんとあった。明治三十九年卒の第三回国文学部四十名のなかに沢芳衛と――現住所世田谷区、電話番号まで記載してあった。その名簿は昭和三十七年十二月発行、つい去年のものである。明治頃の初期卒業生には（逝去）という字の傍にたくさんの名が並んでいたが沢芳衛は健在の部だった。会えると嬉しかった。が――いきなり図々しく会いに行けない。私は荻原井泉水に御紹介がお願い出来たらと虫のよい考えを出した。

――車を北鎌倉へ走らせたのは若葉に雨の日だった。建長寺筋向かいの苔ほのかに含んだ石段をあがる門内の前庭にてっせんの白い大輪があざやかだった。

「沢芳衛さんはつい先月亡くなりましたよ、そういうことだったらさぞかし放哉のことをあなたにならさまざま打ち明けてくれたでしょうに……」

井泉水氏自身が残念がられた。彼女は未亡人となって実家へ帰っていたらしい。

まったく私はがっかりした、時すでに遅しだった。

「放哉の奥さんだった馨も、たぶん昭和五年頃亡くなっています」

と次に言われた。これで放哉の生涯にかかわりを持つただ二人の女性はもう此の世にはいないのだ。放哉が恋人の名をとって芳哉とはじめて号し、その恋に破れてからいっさいを放つ意味でか放哉と変えたほど影響を与えた芳衛も、小豆島へ行きながらついに妻とも名乗らず妹と称した不幸な妻もとっくに世に居なくなったのだ。（昭和五年三十八歳で逝去）

「失恋だけで放哉があゝなったとは思えませんな。あとではちゃんと妻を迎えていたのだから――それよりも最大の動機はむしろ会社勤務に性格上堪えられなかったということが――ついに俳句一筋に縋って、あとの全部を放擲《ほうてき》して無一物の生活に飛び込ませた――もし彼が会社員生活に抵抗を感ぜず甘んじる事が出来たらあゝいう最後は遂げずにすんだはずでしょう」

井泉水氏はそう判断された。

「写真で見ると端正な容貌ですのね」

「たしかに風格は備わっていました。額が広く、頬の肉はゆたかで首も太く、眼は印象的に大きかったですよ。鼻の線が強くて唇の両端が弓型にさがってそれをキュッと結んで……まあ一口に言うと俳優の猿之助、こんど猿翁ですか、あのひとに似ていると思えば早わかりですよ」

「へえ……」とうなずく私に氏は「だが晩年は頭が禿げ上ったが、それも一種の風格でした」と言われた。

「学生時代はあの頃の風俗の黒木綿の紋付羽織に長い白紐を垂らして、いつもふところ手の癖でした」

放哉はついにふところ手の人生をこそ望んだのであろうか、そこへ逃避して終ったのか……。

放哉が井泉水の選を乞うて小豆島から絶えず送った句稿、遺筆の短冊をたくさんその日見ることが出来た。

放哉が須磨寺大師堂の堂守時代の句に、

雨の傘たてかけておみくじをひく

女人の嫋やかな姿を詠んだのは、定型句にも調《ととの》いそうな気がした。いったい私は季題絶対の定型句のみ見馴れて、無季自由律への鑑賞眼はゼロなのだ。だから放哉の句よりその生涯の凄まじい生き方にばかり感動する。それでもわかる句はあった。

あすは雨らしい青葉の中の堂を閉める

お堂浅くて落葉ふりこむさへ

小豆島の作では、写実がおもしろかった。

道を教へてくれる煙管から煙が出てゐる

なかにしみじみ哀しくなるのがある。

せきをしてもひとり

彼がサラリーマン時代の作には――

松の実ほつほつたべる燈下の児無き夫婦ぞ

放哉と妻馨との心通い得ぬ家庭風景であったろうか。

雨そそぐ石段を桂子夫人が傘をさしかけて見送られた。建長寺の門前も雨のせいか、いつも賑わう観光バスの一群もなくしずかにただ細い雨に濡れそぼる道を過ぎる車の窓の雨雫を見詰めて、私はふと放哉の一句を思い出した。

底の抜けた柄杓で水を呑まうとした

そうなのだ！　放哉は底のない柄杓を持って世に生れて一生その底なし柄杓を離さずにいた生涯だった！　その柄杓を思うがままに持ち続けて彼は妻を不仕合せにしたエゴイストでもあるのだ……。

その人がなぜこんなに私に魅力のある男の一生だったのか？　考え込んでしまった。

そしてやっとわかったことは――この凡俗な女の私の心のどこかに不似合な現世厭離《おんり》の

思いが潜んでいるのではなかろうか。厭離穢土《えど》の悲願……これは私ばかりでなく多くの人間のうちに時として忍び入る逃れ難い感傷であろう。その感傷ゆえに私はじぶんではけっして実現出来ぬ厭離穢土をみごとにやってのけた男の尾崎放哉に魅力と憧憬を寄せるのにちがいない。その人の生涯を伝え聞いてから二十年もたって私は一つの謎が解けた気がした。

残念ながら、私はチャチな小さい柄杓に底をしっかり付けて後生大事に一生持つ女なのだ。だから創作ノートにむかし記した彼への資料以外になにも書けないと諦めてしまった。沢芳衛さんの生前に会えたところでやはりそうだったかも知れない……。

放哉句抄

心をまとめる鉛筆とがらす
入れものがない両手で受ける
あすは元日が来る仏とわたくし
剃つたあたまが夜更けた枕で覚めて居る
一人分の米白々と洗ひあげたる

花火があがる音のたび聞いてゐる

壁の新聞の女はいつも泣いて居る

春が来たと大きな新聞広告

淋しいぞ一人五本のゆびを開いて見る

一日物云はず蝶の影さす

本郷森川町

文学少女から小説家になりたいと、それこそ無我夢中になっていた時、夢にも自然主義の大家徳田秋聲《しゆうせい》の門をくぐるようになろうとは思っていなかった。

その頃名作と評判された「爛《ただれ》」「黴《かび》」などは読んでもまだその深い味わいが私にはわからず、それよりも私は、子供の頃から、鏡花の作品に魅せられ、鈴木三重吉のものが好きだったりして、ともかくだいぶ秋聲の作品とはかけはなれたところに目標をおいていたようだった。

それが——大阪朝日新聞の懸賞長篇小説に応募しようと思ったら、選者に徳田秋聲という名を見出してがっかりしたが、ともかく約四百枚の原稿を送ってみたら、それが幸いに一等に当選し、選者徳田秋聲がその作品「地の果まで」を認めて推薦していられたのではほんとうにびっくりしてしまった。

その上、思いがけずその選者から一通の手紙を戴いた、それは当選作を新潮社から刊行してはどうかその出版のおすすめだった。

私はそれまでこの選者の家の門を潜ったこともなかった。

私はそれで本郷森川町のお宅に初めて行った。どんな家だろうと、電車を降りて、果物屋の角を曲り、突当りは神社、それから横を曲って入ったところ、黒ずんだ表札に細い字で「徳田末雄」と書いてあった。そして格子戸の玄関、案内を乞うた時出てきた人は女中さん、文壇大家の書斎はその玄関を上ってずいぶん奥かと思ったら、上り口の畳二枚ほどのところにある襖をあけたところが、すぐ当時の先生の書斎兼客間だった。

襖をあけて一足入ったとたん、庭に面したその座敷の床の間わきにある紫檀《したん》の机の前に、初対面のその先生がすでに坐って此方を向いていられたのだった。私はその時まだ二十をいくつも出ぬ年だったし、先生がひどく年老いた人に思われた。(たしかその翌年あたり、先生は田山花袋と並んで五十歳のお祝いがあった)

文学雑誌の口絵で見たことはあるけれど、渋いくすんだ顔が、少し陰気な燻《いぶ》し銀の像みたいな気がした。先生は烟管《きせる》で、きざみたばこを吸いながらいろいろ話をされた。

先生はあの作品はたいへんよかったと、またそこで賞めて下すった。

それ以来、私は先生のお宅に時々出入した。ただし、後にも先にも、懸賞小説の選者として原稿を見ていただいた以外、別に私の原稿をお目にかけたこともなく、どっかの雑誌に載せていただくようにお願いもしなかった。なぜかそういう事は、お頼みし辛く、私は自分の原稿を載せてくれる少女雑誌に小説を書きつづけていた。

じぶんの作品のために先生を利用することなしに、ただ先生のお宅に伺い、しばらくの間でもお話をするのが私には文学の空気の中に浸るひとときでほんとに楽しかった。

先生はよくチニーのスタンドの蓄音機でいろいろの洋楽のレコードをかけて下すった。何枚も何枚もあとからあとから根気よくかけられた。

「ぼくは後を引くんでねえ」言われながらつぎからつぎへとレコードを取り替えて聴いていられた。

そんな時長男の一穂さんが傍に来てレコードの話などすることが多かった。今文藝春秋社の徳田雅彦さんなどはまだ少年だった。

思えばこの本郷森川町の、先生がこの世を去られるまで住んでいられ、今も一穂さんの家庭が営まれ、文化財と指定されたあの古い家屋は、私の青春時代からしばらくの間のなつかしい思い出の場所である。

あすこで夫人が逝かれ、山田順子さんが現われて世を騒がせ、一人の坊ちゃんもそこで亡くなられた。

私もその順子さんと先生のお宅で知り合って、お二人でその頃私のいた下落合の家までいらしったこともある。

順子さんはほんとに美人だった。昔はやったS巻という束髪《そくはつ》に似たような髪に結って、秋田美人の色白の細面で、やや受け口の背もすらりとして、黒縮緬《ちりめん》の羽織などを着ると、鏑木清方描く「築地明石町」の画中のおもかげに似通うところもあった。

ところが先生との間がうまくゆかず、この美しい鳥は元の枝へ納まったり離れたりして、その後は元芸妓だったM子という人が、先生の森川町の家へ入ったりした。

M子さんとも、そのために私は知り合った。この人は芸妓をしていたなどとは思えない堅気のところのあるまともなじみな人だった。

けれども、先生のお宅にはお子さんが大勢いらしったりいろいろのことでM子さんは家を出て、白山に芸妓屋を営み、先生の方が、その芸妓屋へまるで下宿みたいにして、しばらくいられたことがある。

私は何かのことで用があり、その白山の芸妓屋へ呼ばれて行ったことがあった。

それが、そもそも芸妓の置屋というものを私が見た初めだった。

入口の狭い土間、下駄箱、上り口の一間にすぐ、長火鉢、お座敷着の入ったつづら、鏡台などところ狭くおいてあった。

そのすぐ脇の三畳の小間の置炬燵《おきごたつ》に、先生はその頃授けられた菊池賞の記念の懐中時計をうれしそうに、その上でまさぐっていられた。その家の二階に、先生は起き伏しをしていられたのだった。

そこの抱《かか》えの若い妓《こ》が先生を（お兄さん）と時々呼んでいたのが、私にはなんだかおからしかった。

先生は私が初めて訪問した頃から、もう小鬢《こびん》に白いのがあり、すでに五十歳を出ていられたと思う、それからまたいろいろのことの年月がたってだから、その渋い先生の風貌に、花柳界の常套語とはいいながら、(お二階のお兄さん)はいかにもそぐわなかった。

話をしているうちに夜が更けて、お出先の待合からお座敷がかかってくると、若い妓は台所へ出ていそいで茶漬をかきこむのだった。

その茶漬の音が障子をへだてて私の耳にまで入ってきて、哀れふかかった。

先生の最後の作品で途中で絶筆させられた「縮図」が、このほど映画化されたのを私はみてあの白山の一夜を思い、なんともいえぬ気持だった。

あの作品はM子さんが先生に話された身の上やなにかが、いろいろ入っているはずである。

私はその「縮図」を見ながら、さりし日の先生のことを思い出し、なんだか悲しいような胸の迫る思いがした。

先生は時折、気まぐれのように私のうちへひょっこり訪ねて来られたりして、順子さんの話やM子さんの話をされた。

先生の門下の一人榊山潤氏の、なにかに書かれた随筆によれば、先生は私のような者をもたいへん信用されていたということで、それにしては私はもっと先生にいろいろ尽してさし上げればよかったと思う。

太平洋戦争中、先生は病を得て七十三歳で逝かれた。

私が、その家に出入し初めてから、夫人の柩を、つづいて坊ちゃんの、そして三度めに先生の柩を見送ることになったのである。

私が、文学少女からやっと懸賞小説に当選した時、文壇での先生のように仰いで、そうして個人的になんとはなしに親しく遊びに行き、なんのお世話になった、ということはないけれども、ほんとうに人間としていい方だったと思っている。これは私ばかりでなく、誰も出入した人々の思うことだったろう。

戦後の二、三年前、鎌倉の長谷通りを歩いていたら、煙草をくわえて洋装といってもなんだか失礼ながらちぐはぐななりをした婦人とすれちがった、その婦人が歩を止めて私の名を呼んだので、はて誰かと考えているうちに、向うはたいへん親しげに口をきいて（秋聲が、秋聲が――）と連発されるので、私はそれが山田順子さんであることを思い当った。そういえばその人に違いないが、だがあまりにかつてのその美女の日を知っているだけに寂しい気がした。その後どうされたか、消息をきかない……。

先生はいっときダンスにたいへん熱心になられた。その頃落合に住んでいた私の家に、なんでも近くの竹越三叉氏を訪れた帰りに寄られたのだといい、その訪問のためか、紋付の羽織に袴を端然とつけられていたが、「この頃習ったステップをしてみようか」とダンスレコードをかけさせて、「スロー、スロー、クイック、クイック」と粛然と袴をつけた姿でステップを踏まれたのが、ダンスというより、むしろお能のように立派だった……。

こんな事も今、歳月をへだててはるかに過ぎた昔のことながらなつかしく、先生のなんの気取りもない天衣無縫の人間味が今更に尊く思われる。

そして私も歳月のおかげで、先生の作品が今こそ何か心に沁みるようにやっとその味わいがわかってきたようである。

宇野千代言行録

茄子紺の滝縞《たきじま》のきものの襟に黒繻子《じゅす》がかけてある。髪は明治調のS巻というのに似た型に巻き上げた横に珊瑚《さんご》の簪《かんざし》を挿していた。瓜実顔《うりざね》という日本的美女の典型の輪郭の顔だった。そのひとは両手に真白な半紙二、三枚を重ねて包んだものを持って私の家の小さい玄関に立っていた。

それが宇野千代さん（以下敬称略）が私を初めて訪問した日の姿だった。半紙の包のなかは松茸だった。それのまだはしりの季節、秋晴れの日の午後である。

その当時、私は大森の不入斗《いりやまず》に、彼女は馬込《まごめ》のずっと奥に棲んでいた。二人とも今から思えばずいぶん若い三十にまだ間のある年代だった。

その二人が同じ町に棲みながら顔を合せたのはじつはついその日の前夜だった。ある作家の出版祝賀会で彼女と初対面の挨拶を交し、帰り大森駅まで電車のなかで語り合い、これからたがいに往来しようと言ってじぶんの家の道筋を教え合った。けれどもいきなりその翌日彼女の訪問を受けるとは予期しなかっただけに、宇野千代の実行力に感嘆した。

「ゆうべのあとで、今日また顔が見たくなったのよ」

そうした(殺し文句)のような言葉を聞かせて彼女が履物を脱ぐと、沓脱石《くつぬぎ》の上に黒塗の下駄にお納戸《なんど》色の鼻緒がくっきりと目立った。

ひとときしゃべり合って帰る時に、

「その珊瑚の簪とてもいい」と私が言うと、すぐ髪から抜いて「そう、あげるわ」と差し出したので私は慌ててしまった。珊瑚の珠《たま》なんてずいぶん高価だからと辞退すると、

「あんたバカねえ、これ練りものよ、オッホホッホッ」

紅い唇のあたりに手を当てて彼女は笑った。その笑い方を表現するとホホホではなくてオッホホッホッとほおずきを含んだように唇をややとがらせて笑うのである。

そのイミテーション珊瑚の簪はその日から私の所有となって、読みかけの本の栞代《しおりしろ》りにその金(メッキならん)の脚を頁の間に挿し込むと頭の朱い珠が目立って栞に適した。同じ簪でも彼女は髪に挿し私は書物に挿し、彼女は「オッホホッホッ」と嫋《たお》やかに笑い、私は「ハハア」とバカ笑いをするという、何から何まで正反対のこの二人が、その日以来いかにも仲よし同士のごとく人からも思われるに至った。ただ一つ二人に共通な点を探せば、彼女は錦帯橋《きんたいきょう》で有名な山口県岩国の産であり、私は新潟市生れだが父祖も両親も山口の萩なのである。彼女はいつか私の母に萩の蒲鉾《かまぼこ》の美味なることを語ってわが愚母を感激させ

たことがある。

さて——やがて私が彼女の家を訪れた。馬込のまだその頃田園風景が残っていたあたりにその棲居があった。敷地の高い方に当時の文化住宅めいた小さな建物があり、低い方にもう一つ畳敷きの古い家があり、その方の部屋で彼女の旦那さまの尾崎士郎氏が午後三時頃を朝食か昼食か不明の食事中だった。

彼女が私を紹介した。尾崎氏の口調がドモるのがかえって率直なまことのこもる感じでその士郎という名にピッタリの男らしさに見えた。私と彼女は上の方の建物の夫妻の書斎兼客間に入った。そこは机や書物や何やらかやら散らかる板敷きの上に、瀬戸びきの薬罐が同居したり、創作いちずに暮す青年作家と女流作家の妻との若々しい生活が溢れていた。

そこには尾崎氏の友達の作家も集るので、彼女も男の作家の誰彼と親しくその人たちの噂をして聞かせた。しかし、私はあまりその人たちを知らない。代りに私が宇野千代より早く会って大いに感服していた未亡人のはるかに年長の女流作家でありかつ評論家でもある三宅やす子のことを語ると、彼女は「あのひとはただの名流婦人じゃないの、いつかラジオで話聞いたけれど世俗的でつまらなかったわよ」と鼻であしらった。私は彼女のその独断には不満だったが、私が異説を唱えてもこのひとは自己の独断的信念を強く持して、私への指導の立場にあるごとしだった。その指導のひとつとして彼女は私にしきりと（恋愛）をすすめた。

或日、二人が散歩して大森駅近くのガード下をくぐる時も彼女は私に恋愛指導の講義中だった。

「ともかく、男に惚れなくては恋愛は出来ないわよ、わかった？」

彼女が熱情こめてその結論を私に訓示した刹那ガード上の鉄路を東海道線の急行列車が頭上に百雷の落ちるごとき凄まじき轟音に通過してゆくのに怯《おび》えて、私は彼女の傍を離れてガード下を駆け出してしまった。

「男に惚れるのがそんなに怖いの、あなたってよくよくコドモねえ！」

彼女は私を憐れんだが、私の怖しかったのは列車の車輪のひびきだった。

私が渡仏する送別会が上野の精養軒であったのは残暑の季節だった。その夜の宇野千代は浴衣に素足のいでたちだった。その姿を見出した瞬間私はどきりとした。

彼女は純文学一本槍の仕事を丹念にコツコツしているだけだし、尾崎氏もまだ出世作（人生劇場）以前だったから……もしかしたら生活上の必要で晴着を質屋に運んでしまったのか……それだのに当夜の会費金五円也を払って敢然と浴衣で出席してくれたのかと想像すると、私は胸がせまった。

（そんなに無理しないでもいいのに）という気持で私は彼女の傍に近づき、「わるかったわね、引張り出して」と挨拶すると彼女は腑《ふ》に落ちぬようすで、「どうしてそんな水臭いこと言うのよ、わたしがあなたの会に出て来るのあたりまえじゃないの！」といきなり片手を上げて私の頬を軽く打ってオッホッホッとあでやかに笑った。その時わたくしの眼に彼女の浴衣が白ちりめんにあでやかな大柄の藍染なのが映じた。なるほど！　彼女が宴会場に立って悪びれもせず悠然としていたのは、今宵の灯の下にこのちりめん浴衣と素足の浮世絵美を示す計画だったのか！　夜のパーティーに浴衣で出るのがナンデわるい？　と彼女のおしゃれ哲学の勇敢さはみごとに功を奏して、その宵の晴着の人々のなかでいちばん目立って異彩《いさい》を放ったのがいまだに伝説化されていて、最近も扇谷正造氏がそれを聞き伝えられて（マスコミ交遊録）中に宇野千代を語った冒頭に（——そういう会合に浴衣で現われるという、当時としては斬新なアイデアにみんな目をみはった）と書かれた。

——一年を経て私が帰国した時、彼女に一つの変化が生じていた。それは私の留守中に彼女がいつの間にか三宅やす子と親友となっていたことだ。かつて「あれはただの名流婦人じゃないの」と冷然と評したのをケロリと忘れたように「三宅やす子ってとても偉い女ね」と逆に私に吹聴するのだった。その結果まるで女の友情の三角関係が生じて、年長のやす子を中心に宇野千代と私が影の形に伴うごとくよく集ったが、談ひとたび（異性について）（恋愛について）（情事について）に及ぶや、たちまち私は御両人から無視されて、やす子、千代は異常の熱情を示し合ってたがいの貴重な体験に基づいた蘊蓄《うんちく》を傾け尽して談論風発……その傍でいつも私は仲間はずれの未成年扱いされてしょんぼりとして謹聴していた。

ところがも一つの異変が宇野千代に起った。それは尾崎氏との別離だった。それからしばらくして三度目の異変は画壇の鬼才東郷青児氏との結婚だった！

私と三宅やす子は早速その新家庭に招かれた。東郷画伯夫人千代は良人とお揃いの紺青一色のお召を着ていた。「青児さん、青児さん」と彼女は甘えた声で良人を呼んだ。そしてたくさん御馳走を私たちに次から次に出した。彼女はその頃はりきって新聞小説までもりもり書いた。そのせいかどうかやがて久我山にアトリエ付の白堊《はくあ》の大きな邸宅を新築した。また招かれて御馳走になった時は彼女は青児画伯のデザインらしき洋装に変っていた。

やがて昭和七年の一月三宅やす子が急逝した。成城の三宅家へ私が駆け付けると宇野千代も来ていた。宇野千代はじぶんのハンドバッグからコンパクトと棒紅を出して友の亡骸に丹念に化粧をほどこした。冬灯の下に友情のまことこもりし彼女のそのしぐさを私は遺児――といってもすでに阿部金剛氏と結婚していた艶子さんと共にじっと見詰めていた。

半通夜をすまして深夜二人は小田急の駅に立って電車を待った。寒月下のしいんとした歩廊《プラットホーム》で宇野千代は突然声をあげた。

「やはり仕事よ。よい仕事をするだけよ。私たちは」

それからどれほどの年と月がたった頃か――ある日ぶらりと彼女が私の家に現われた。その日のこの美貌の友はいつもと少しちがった感触を私に与えた。紅茶茶碗を取り上げた彼女の指の爪紅がところどころ剝げ落ちているのを見た時わたくしはハッとした。おしゃれの彼女はいつも完全無欠に爪紅を綺麗に塗っていたはずだ……私はしだいに言葉少なになってしまった。良寛の詩だったかしら？　君看双眼色《きみみずやそうがんのいろ》、不語似無愁《かたらざればうれいなきににたり》……

まもなく彼女は東郷画伯と別れた。後年尾崎氏も東郷氏も別れた美しきかつての妻への贖罪《しょくざい》のごとく彼女を讃《たた》える。

それから――しばらくして彼女が私を訪れた時は双眸《そうぼう》新しき希望に満ちて爪紅も指頭の花のごとしだった。そしていそいそと語ったのはスタイル誌発刊のことだった。

「買って読むひとがたくさんないと困るわね」

小心翼々としてつねにものごとに懐疑的な私が言うと、「だから、あなたが真先に購読料金一カ年分申し込んで頂戴よ。それも二人分払ってよ」と早速いの一番の購読者にされた。私はスタイル誌発刊後一カ年間はけっして毎月贈呈されたのではなく、こうして毎月二冊分の購読費を一カ年分先払いさせられたのだった。

幸いにも（スタイル）は好評、編集員も傭って彼女は大多忙だった。そしてまたしばらく月日が流れゆく頃、私は映画試写会でぱったり彼女と出会った。

「あなたに紹介する人があるのよ。いつかあなたの小説ほめたらハガキ貰ったって言ってたわ……」

彼女の言葉に私は思い出した。それは当時の都新聞（現東京新聞）学芸欄の書評で私の短篇集に好意的な批評が出たので筆者無記名だったが、あまりほめられたことのない私は感激してハガキを学芸部宛無名氏に出した記憶があった。

「そう、いつ紹介するの？」

「いまここへいっしょに来ている」

彼女がさし招くと後方の席から薄茶チェックの背広にしゃれたネクタイの目立つ青年紳士が近付いた。その北原武夫氏を私が初めて見たのはその日だった。

それから——まもなくの冬の季節、その頃から私たちで始めた女流文学者会の集りの帰りに彼女に誘われて彼女の家に寄ると奥の座敷に置炬燵が見えた。紅い花模様の炬燵蒲団に膝を入れている人はきものに角帯の北原武夫氏だった。なんだか小説のさし絵のような光景だった。

けっきょく私は彼女から北原氏との結婚の形式上の媒妁人をぜひ承知して貰わねば困ると頼まれた。理由は栃木県壬生《みぶ》町の北原氏の生家の母堂が、宇野千代が私と親友というので息子の嫁に許す気がしたのだから云々と聞かされてびっくりした。栃木県は私の父の任地でしばらく居た土地だった。

従ってその北原母堂は宇野千代より私を御信用下さるらしかった。ついにとうとう私は、当時帰国中の藤田嗣治画伯と共に北原夫妻の媒妁役を司り金縁《きんぶち》の立派な結婚披露宴（帝国ホテル）の招待状に名を連ねておもはゆい思いをした。かくて北原宇野夫妻は今に至る年月、末長く添いとげているのは媒妁人のよかったせいかとうぬぼれている。

夫妻の新居は小石川林町の門構えだった。表門には（北原武夫）の表札が掲《かか》げられ、勝手口、つまり御用聞たちが台所へ行く入口の柱には荷札より小さい板切れに小さく宇野千代と書いてあった。この彼女の根強い男性優位観はみごとなものである。

「あなたのもならべて表門に出せばいいじゃないの」と媒妁役は言おうとしてやめたのは彼女の大丸髷のあでやかなる姉女房、世話女房ぶりの意気込みに圧倒されたからである。

やがて太平洋戦が突発した。軍は作家を徴用して南方前戦に送り込んだ。北原氏もその一人だった。留守見舞に私が行くと彼女は簞笥——それは普通の型の桐でなく黒柿みたいな材質でつくった壁いっぱいにふさぐ大きなものの抽出《ひきだし》からたくさんの新調の衣類を取り出して拡げて私に見せた。羽織も長着も長襦袢の幾組もみな男物だった。

さながら歌舞伎若手俳優の着るようなお召縮緬《ちりめん》か何かだった。

「北原が帰ったらびっくりさせるつもりよ」

彼女はそれを着せたわが良人のイメージを瞼に描いて孤閨《こけい》の歎きを紛らすごとくその衣類を撫でつさすりつして丁寧に畳み、抽出に納めてすらりと立て膝で抽出を押し閉めた姿はえも言われなかった……。

敗戦国の一億虚脱時代に早くも宇野千代は珍しくスラックス姿で私の前に現われてスタイル復刊を告げ、同誌への長篇執筆を依頼した。復刊後のスタイルはもの凄いまで売れてスタイルブームを引き起した。スタイル社副社長の彼女は鼻紙のようにぐるぐると巻いた札束でふくれ上ったハンドバッグを持って、私をあちこちの高級キャバレーに伴って戦後の半狂乱の享楽面を見学させた。

銀座にスタイル社を建築、新橋演舞場近くに住宅建築、熱海に別荘を買い、書画、陶器の骨董品は家に満ちた……はては宮田文子女史を案内役に羽田から巴里へきらびやかなキモノ姿でおしゃれ見学に飛んで行って帰った。

林芙美子が急逝した時は私は旅行中だった。その帰りに京都の旅宿で社用で滞在中の宇野千代と落ち合った。顔を合せると亡き林芙美子をしのぶ話題になって語りつつ、浴室にいっしょに入った。

「やっぱり生きていなくちゃだめよ！　わたしは八十までも九十までも生きたいなァ」

彼女は小さく叫ぶように言うなり、その念願への水垢離《みずごり》代りにか湯槽の湯を肩からザアーと浴びた。

彼女はこの「生きていなくちゃだめよ」の信念をつねに貫いて来た。いまスタイル社が繁栄しておもしろいから生きたいのではなく、過去に幾たびも苦しい逆境、たとえば二度の破婚の苦汁も嘗めている。そのなかを彼女はくぐりぬけ浮きつ沈みつ、ちゃんと新しい境地に達してゆくのを私は見て感じて知っている。

　彼女が新聞の身上相談の担当者だった時、良人に棄てられ、貧困に追われて（何もかも忘れて死にたくなります。お導き下さい）との投書に対して（私もあなたと同じように人生の道しるべを見失い、夜他人の家にともっている灯を見て幾度泣いたことでしょう。あなたはけっして死んではならない。思いがけないことであなたの生きる道が突然見えてくることを私は信じて疑いません）と答えていた。それを読んだ永井龍男氏は（酸《す》いも甘いも知り尽した担当者がわが身に引きくらべて短慮なことのないようにかばっているところが人を打つ）と評されている。

　宇野千代の人生体験は女としての苦しみを突きぬけて生きるところに生の充実を悟ったと思える。

　そして、まもなく彼女に大きな苦境が訪れた。それはスタイル社の破産状態だった。戦後も遠くなった年月の流れが雑誌事業に変動を与えてしまったのだ。社屋も住宅も別荘も次から次へ抵当とかに取られた。

「あの時はとても生きていられないと思ったこともあったのよ」

　と現在の彼女は述懐する。だがそこを処理した彼女は私にさらりと言った。

「もともと無一文から始めてトントン拍子で儲かったんだもの、いますっかりそれをなくしてもともとよ」

——失っただけでなく、莫大の債務を負わされたというのに、そのなかで長篇（おはん）を書きつづけてついに野間賞を受けた。その授与式の壇上に立ち受賞の感想を彼女は述べた。

「わたくしがこのたび野間賞の賞金をたくさん頂戴することが伝わると、たちまち借金取りが幾人も押しかけて参りまして、とうていこの賞金だけでは間に合わなくなりました……」

との軽妙洒脱おみごとな受賞謝辞に私は呆気にとられてただ感嘆あるのみだった。

いささか自己意識過剰のかたむきあるこのひとは今までテーブルスピーチなど指名されてもろくすっぽ口を開いた例はなかった。いつも「あのぅあのぅ、わたくし、あのぉあのぉ……」と口ごもって、あとは「オッホッホッ」とごまかしてうやむやにしてしまうのが手だった。それがまあなんと——艱難《かんなん》汝を玉にすの格言通り、借金汝を玉とせるがごとき話術をさえ彼女は獲得したのである。

スタイルを手離してから彼女は（宇野千代のきものの店）をやったりしたが、今も宇野千代のきもの研究で和服染色のデザインを続けている。

「ちゃんと毎日原稿紙に向かってもいるのよ」

とつい先日私に明言した。いつか彼女の創作ノートに細かいきれいな字が丹念に書き込まれてあったのを私は思い出した。だが（おはん）に十年の歳月を要したように、彼女の原稿は一カ月一枚程度の進行状態で一日僅かに一字か二字だけ書くわけになる。だからなおさら八十媼《おうな》まで九十媼まで生きる覚悟も、もっともである。

そのため彼女はじつに摂生に対して忠実無比である。数年前「わたしどうも胃ガンらしいの、おなかにかたまりがあるのよ」と言った。はたして精密検査をしたのか、彼女の自己診断なのか、ともかくそう言い張って三度の食事は鶯《うぐいす》の擂餌《すりえ》のようなのを小茶碗に一杯ずつときめて紅い唇に啜っていた。客の私には御馳走を出してじぶんはその擂餌だけで堪えるその克己心のたくましさに私は頭がさがった。その擂餌式療法でガンも退却したのか、その後は彼女なんにも言わない。してみるともともとナンでもなかったにちがいない。

またある時こういう美容新説をしきりと説いたことがある。

「クリームを顔に塗るのは皮膚の毛穴をふさいで有害なのよ。だからわたしは毎朝起きるとじぶんの顔に浮いた脂《あぶら》を指先で丁寧に顔中にひろげてそれをクリーム代用にするのよ。とても効能があってよ。あなたもぜひそうしてごらんなさい」

このひとはじぶんのよしと信じた事を必ず友だちにも布教して実行させたい教祖的性格がある。けれども私はついにいちどもこの（天然クリーム）を使用しなかった。この頃その効用をさっぱり宣伝しないから、おそらく彼女も買うクリームに転向したのであろう。

またさる時――「女は中年になるとどうしてもおなかがでっぱるのが美容の大敵よ。それをふせぐには、一日のうち幾度も、歩いている時でも、三秒でも四秒でも呼吸をふっと止めておなかを引くのよ。それがとても効能があるの。あなたもやるといいわ」

その〈呼吸中断美容術〉によって彼女のウエストはほんとうにふとりも細りもせずにいるらしいが、私はついに実行しなかった。

――ある時の女流文学者会で彼女はしきりと玄米食の効験《こうけん》あらたかなことを説いてやまなかった。ついに私はその熱烈な伝道に引き込まれて玄米宗の信者になり、彼女から玄米を炊く圧力釜を貰って玄米食をしばらく続けたが、私以外の家人は玄米を拒否し、ことにいまは貴重品の（お手伝さん）が玄米食に怖れをなして退職しそうなので慌てて取り止めることにした。

玄米宗教祖の彼女は今に至るまで玄米食を人類最良の健康法として厳守している。ところが近年彼女は残雪凍《こお》る街路を歩行中にあやまって転倒して足首の骨に異状を来して以来、家のなかでも松葉杖を突く状態で引籠り中だった。

私はひそかに憂《うれ》いた。その凍れる街路を歩く途中に彼女は例の〈呼吸中断美容〉を行なったとたん足もとのバランスがくずれてスッテンコロリンと……したのではなかろうかと……。

最近はその受難の足のようすもどうなったかと、電話をかけたら――「ええ、もうだいぶ楽になってそのうちには外出も出来そうなの、あなたの家へもゆくわ」とさわやかに答えたのち、「あなたは元気？」と問うから「ううん、気候不順で少し風邪気《かぜっけ》よ」と言うと、たちまち彼女の声はいとおごそかに威容を示してひびいた。

「あなた玄米たべていますか？　もし食べていればけっして風邪などひくはずはありませんよ。だめですねえ！」

その声が受話器の底から湧き出て奏でるように私の耳に沁みた刹那、このひととの廿代からのながいながい歳月の幾曲折の人生の山河を女友だちとして経て来た間のさまざまの出来事がフィルムのように頭に展開されて……わたくしはじいんと眼のうちが一瞬しめる神妙な気持になってしまった。

馬と私

わが買ひし馬が勝ちたり馬券これ

これは多分朝日俳壇に虚子選で出た名句である。選者が競馬場へ行かれたとは、うかがったことはないが、さすがにと感服した。

これは自分の買った持馬が勝ったというわけではなく、自分がめあてをつけて買った馬券の馬が、一着に見事ゴールインしたという刹那の喜びで、手に握りしめた一枚の或は数枚の馬券を、今更に宝石のように見入る刹那の感情で、誰でも一度競馬場に行って馬券を買った人ならわかる気持である。

ところがその反対に、わが買いし馬は負けたり馬券これ――となる時は、手に汗ともに握りしめた馬券をまるで悪魔の申し子のように、いまいましげにぱっと投げる。と、落葉のようにはかなく散り舞う……念入りのは、恨《うら》み骨髄に徹するごとく、指先で細く力をこめて引きちぎる。

これがまたいろいろの馬券を数枚買いまぜていたとなると、勝馬のきまった時、あわてふためいて(多分あれも買っていたはずだが)と探し出す。悲苦交々《こもごも》の馬券風景である。

それが単勝、複勝で、一頭ずつの馬に賭けた時は、馬の名を連呼するけれども、一レースの一、二着を組合せてあてる連勝となると、複雑で、番号だけを記憶してしまって、馬の名が遊離してしまうことがある。例えば4―1とか、5―3とか、これが頭に入っているので、応援する時も、馬の名を叫ばず、4―1!　とか、5―3!　とかなどと応援するからおかしい。

私も連勝を買うと、なかなか馬の名を覚えなかったので、馬に馴染み、馬の名を覚えるために、しばらく単、複ばかり買ったりした。

――などと書き出すと、随分私は長く、競馬に行っているようだけれど、実は競馬随筆などと銘うって書くのが、おこがましいほどなのである。

生れてはじめて競馬場へ行ったのは、なにしろ二十何年前の巴里のロンシャンとかオートイユとかが始りである。

その時、競馬場の美しさ、今の巴里は知らないが、その当時は流行は、競馬からという言葉通り、今日を晴れと着飾った御婦人連がアラモードの姿で、競馬場を、しゃなりしゃなりと歩いていたので、馬を見たり流行をみたりなかなか楽しい場所だった。

何もわからないから、競馬新聞を買って本命の馬を買って、当らなかったり、当ったりだった。ある時繋駕《けいが》の特別レースがあった。五月のある日、若い小意気なフランスの騎兵将校達のレースだった。

その時、その勝負がすんだ直後、今までどこにいたのか、馬場の方へ駆けつけて来た美しい服装の中年のフランス婦人が、私に突き当りそうになった。彼女はある馬の名を言って、これが勝ったかと私にきいた、勝たなかったと答えたら、瞬間悲しい表情で、白手袋の掌を開くと、さっと沢山の馬券が散り落ちた。それはその馬券が当らなかったのを悲しんだのではなく、どうやら乗り手の粋な将校の勝たなかったのを悲しんだらしい女の情念が浮んでいたのを、私は今でも忘れない。先日、アンナ・カレニナの映画を見てアンナが競馬場で愛人ウロンスキーの馬の出走をあやぶむ場面を見て、あの二十数年前の巴里のボアでの光景をはからずも思い浮べてなつかしかった。

その巴里から帰って、横浜の根岸へ行った。特にそこを選んだのは多分異国情緒の見果てぬ夢を追ってだったかも知れない。

しかし私が競馬というものを、もっとも自分の趣味と、しはじめたのは戦後だった。

その当時は、今のように競輪はまだなく、地方競馬も、今ほど多くなかったので、府中も中山も超満員の押すな押すなで、現在こそ、随分来る人々の服装も整い、清潔にきれいになったが、その、戦後間もないこととてもんぺの婦人や、戦時記念の雑嚢《ざつのう》を肩からかけた闇屋さんのような人も多かった。だから穴場などもたいへんな雑沓《ざっとう》で、馬券を買うのも一苦労だった。

その後に競輪が始り、船橋や川崎のような競馬場もふえたので、それほどでもなくなり、一時は、入りのすくない寂しい時さえあった。だが、それにもかかわらず私はせっせと競馬場へ通った。

なぜ、通いつめたか――それは単に馬券に夢中になったというわけではなかった。実は私はあの当時、戦争中たいていの人がそうであったように小説が書けなかったので、戦後すぐ、ものを書き出す時、思うようにならぬことがあった。どうかして自分の活路を、生き生きとして新しく、新鮮に見出したいと思ったが、なかなか意の如くならず憂鬱だったのである。その吹き切れない自分の気持を、競馬場のひとときに、自分の買った馬券の運命が、刹那できまる奇妙なスリルのようなもののなかに、自分の憂愁をまぎらす術を求めたわけだったのである。

私はその頃の競馬場での自分がいまから思えば、なつかしいような、あわれだったような気がする……。

いまでもあの秋の日の小雨の降りしきるある朝を思い出す。その日競馬場へ行った時、雨のせいもあって人はごく少かった。府中競馬場の落葉があちこちに雨に打たれていて、なかには木の幹にへばりついているものもあった。傘をさして買った馬券を戦争前からの古びた外套のポケットに入れ、スタンドの方へ歩いて行く時、赤や青や黄のさまざまの色の模様の服飾をつけた騎手が馬もろとも雨に打たれながら馬場へ入って行く光景をじっと見ていた……。

それは、競馬場の華やかな空気とは似ても似つかぬ、何か人生の一こまのやる方ない悲しみともいうべきものが、しみじみと一種の哀愁となって私の胸に湧いた。

私がそうして競馬に行きそめていた頃は、たいへんなセンチメンタリストだったのだ。それは決してリクリエーションでもプレーでもなく、自分自身の感傷の棄てどころを競馬場に求めて行ったようなものである。私の競馬場通いはちょっと普通の人々にない心的風景だった。

その頃、私は朝早く競馬場へ行って、府中でも中山でも手入れのいい花壇に花の咲いている公園のような風景を味わいながら木蔭のベンチで一人淋しく手にした競馬新聞の幾種かを、どんなに熱愛して読んだことだろう。

各々の競馬新聞にはなかなかの名文句がのっていた。その日のレースに関して、或は勝馬の予想について――なかなか才能のある筆致だった。私はそれを隅から隅まで読みあさるばかりでなく、馬に関してのいろいろの本を売店で買っては愛読した。(曳馬の見方)

（競走馬の基礎知識）等の小冊子を、買っては読み耽った。

　その当時は馬券専門に、私は随分熱心に考えて買った。予想通りの本命は、やはり気が進まず中穴くらいのところをねらっては自分の考えを試みた。もっとも競馬新聞の予想記事を参考に、そして愛読した（曳馬の見方）等の参考書の知識をおぼつかなく働かせて、買う馬券をきめた。時々単複連も一枚も無駄にせずにあたって、会心の笑《えみ》をもらすことも何度かあったが、一番大穴をとったのは、冒険でたった一枚（百円）買ったのが八千何百円になった時である。

　そして雨の日も風の日もといっていいほどやむを得ないことのない限りは競馬場に通っているうちに（それは土、日曜の府中と中山だけだったが）やがていつしか私の心の曇りが晴れて行った。……私は自分の仕事に勇気を得た、行き詰りが打破された気がした。戦後自分の新しい仕事に立ち向かう力が湧いて来た。その上、終戦後、ちょっと風邪をひいても一月あまりも寝込むような不健康な状態から抜け出して来た。心も身体も調和がとれて来たのである。

　しかしそうなると不思議なことに、馬券があまり当らなくなった。それはかつてのように心の憂悶をまぎらすために、馬券に心を托して打突《ぶつ》かって行けないからに違いない。

　そのうち、私の競馬場通いをお認めにあずかったのか、農林省から競馬場へ招待状を戴くようになって、招待席の椅子に腰かけられた。

それから、私はあの有名な名馬トキノミノルの馬主の永田氏にすすめられていつしか一頭の馬主となった。それは牝馬《ひんば》のサラブレッドの三歳の中堅馬、私の経済に相当の馬だった。私の誕生石のガーネットと名づけた。なかなか脚の早い馬という評判だったが、残念なことに心臓に先天的の痼疾《こしつ》があることが発見されてがっかりしてしまった。それでもともかくレースには出してみたが、心臓のせいで息がつづかず、二、三着まではゆくが、どうしても馬主が手綱を取って優勝の記念撮影をするところまでは行かなかった。それで諦めて手放すことになった。――思えばこのガーネット嬢も束の間、持主の許に来て、やがて離れて行った悲しい幻の馬である。

馬券時代をすぎて、一度馬主となった私は、やはり馬を持たないで馬主席にいるのは淋しかった。馬主席にはすでに（ミカヅキ）の持主吉川氏、（モモタロウ）の持主舟橋氏、（スガタ）の持主富田氏がいられた。

文士の競馬といえば元祖、菊池寛――その伝統がそこには伝わっていた。いつか三越にあった物故の文人の遺品展覧会場に、菊池氏の遺品の中に愛用のステッキと競馬用の望遠鏡の置いてあったのが、競馬場を知り初めた私の心を惹いた……。

菊池氏ほどの人が、自分の持馬の発馬の刹那を見る時は、その望遠鏡を持つ指先がガタガタ震えたと今も語り草である。しかし、それは時として、誰でもガタガタ震えるにちがいない。

私は自分の心の行き詰りの時代に明るい道へ連れ出すまでの憂悶のすて場所となった競馬への謝恩のためにも、せめて一頭の馬を養いたかった。

幸いその後、一頭のこれもまた牝馬を獲た。馬ぐらいせめて牡を授かってもいいと思うのにどういうわけか私は牝馬に縁が多い。これには(クロカミ)黒髪と名づけた。私は外国語の名前をつけるのはガーネットで懲りてしまった。現在の趣味としては日本の言葉の名の方が、なつかしいし親愛感を持つ。ミカヅキ、然り。モモタロウ然りである。テルギク、カツギクなどという名妓のような名前の馬の名を見出すとほほえましい。ついその馬券も買ったりする。


さて、私の愛馬(黒髪)には、名騎手中村広さんが乗ってくれる事になっているし、この秋のシーズンに機会を得て初出走する。

願わくばたてがみを黒髪の如くなびかせてともかくもよい成績をあげることを、厩舎へ行くたびに、黒髪の頬を撫でながら思っている。ところが、この黒髪女史、時々扁桃腺を腫らして熱を出したりするので、その度に馬主の胆は冷えるのである……。

馬主といえば、昭和二十四年の調べでは国営競馬だけで全国八百四十三名の馬主がいるそうである。うち女性が五十名だそうである。なるほどそう言えば、府中や中山で一着馬の手綱をとりに出る馬主の中に若く美しいひとを見受ける。美女の勝馬の手綱をとる姿はなかなかいい風景である。思うに馬主に美人が多いらしい。ただし、断じて私のことではない。

この馬主の年齢の表を競馬雑誌でみたら四十代がもっとも多く二百九十五名、五十代が二百七十一名、三十代は、百八名である。馬を買うのには、やはり四十代五十代にならねば買えないというわけであろうか。しかしその馬がこの夏以来、非常に高値になって、血統のすぐれたサラブレッドの二歳馬が、三百六十一万という値段でも買主があったということはさすがに評判となった。

こう馬が高くなっては到底、普通の人には買い切れないと思う。何故こう高い馬でも人が争って買いたがるのか。それはみなダービーの栄冠をねらってであることはいうまでもない。

一国の宰相になって野党にいじめられるより、ダービーの優勝馬の持主となりたいのかも知れない。どうしても高い馬はよい馬、そして勝機を摑むものとみるより仕方がない。今に競馬新聞の予想、出馬表に馬の名の下に父系母系の血統やタイムのほかに、馬の値段も書き込んでおかねばならなくなるかも知れない。

ともかくどうやら私は一頭の馬主となって、その虎の子のように大事な馬の調教を見に、夜明けに起きて、この夏あたり府中の競馬場へ出かけた。朝露に濡れている馬場の芝生の上を自分の馬が走って行く姿は、言い知れぬ爽快な感じである。

そして私の例の寂しさ侘しさ趣味を満足させるのは、競馬関係の土日の昂奮した人をもって埋めるスタンドも馬主席も、馬券の穴場も売店もみな閉ざされて、しんとして、ダービーのあの熱狂した人の群の過ぎ去った光景などを思い浮べると、観衆の一人もいない競馬場の風景こそは、はかない――全くものの哀れを覚えさせる静けさである。私は何故かそれが好きで、時々夜明けの調教を見に行きたくなる。

だが一度、競馬が開催されるや、ふだんは静かに古城の如く空虚にそびえていた競馬場の建物という建物が、人でみちみちて、あの廃屋のように閉ざされてあった穴場のまわりを群集で埋めてしまう。

はずれた馬券は惨澹と散りまぶれ、札束を摑んだ人が現われ、失った人が吐息をつくのである。馬主席には自分の馬が勝ったといい、負けたといい、どんな大人の男も子供のように昂奮して騒ぐのである、そして御婦人達の嬌声も聞えるのである……。

私もその馬主席の一人だが、そこから馬場の柵の前の広場を埋めるたくさんの観衆を眺める時――ふとその中に私がかつて二、三年前、この同じ競馬場で、その人達の間にまじって、熱心に考え考えて買った馬券をポケットに入れ、望遠鏡をぶら下げて――行き詰った心を抱きながら立っていた姿が浮ぶ……。

そのもう一人のかつての私は、広場に立って寂しい眸《ひとみ》で、馬主席にいる現在の私を見やって静かにほろ苦い微笑を浮べているのだ……。

私は時折、そのもう一人の私の幻影に見詰められている気がして、椅子を立ち上って、馬場の前の群集の中に溶け込んで行って、もう一人のかつての私を探し求めたい発作にかられる……。

廿一年前

＊この随筆集の刊行を求められて、随筆の切ぬき原稿をさがして整理していたら、次のひとひらがひょっと出て来た。

昭和十年十二月号の中央公論に「女とひとり」という課題で、ひとりものの女性が書かされたものである。

その二十一年前の切ぬき原稿が出て来たのだから（へえ）と吐息して読んでみたらまったく歯ぎれの悪いもたついた随想の筆つきでいやになった。おしまいに辞書の字など持ち出したり無学のしるしみたいでおかしいし……。

そのまますてちまおと思ったが、その切ぬき原稿がこの年月を箱のなかにじっと息をこらしていたかと思ったら、なんとも哀れでつい入れてしまった。むかし摘んだ押花が出て来てついすてられないようなものらしい。おゆるしを乞う。

＊「この随筆集」＝『白いハンケチ』のこと。（編集部注）

小さい田舎街を横切って流れる、その河沿いに家々がならんで居た。その間に白壁の土蔵がある、その土蔵の日蔭にはお茶室みたいな、小さい家があった。

その家の裏はすぐ河の水ぎわで、水苔のついた河岸の石垣の上に、初夏には紫陽花《あじさい》が薄むらさきの手毬のような花を、たくさん咲かせるのだった。

その花の咲く頃の黄昏には、蝙蝠《こうもり》が河岸の上を妖しげに飛んでいた。そんな時、まるで夕顔の花めいて、仄白い顔の女の人が紫陽花の家の庭にぼんやり立っていた。

河岸で遊んで居た子供たちは、その白い顔を見つけると、

「そら、おめかけさんよ」

と囁き合う——その子供の群に幼い童女の私もまじっていた。そして、みんなと一緒に、そのおめかけさんの顔や姿を、珍しい人種のように眺めていた。

その子供たちを、おめかけさんも寂しげに、じっと見詰めて、ぼんやり立っていた。幼い私は、そのおめかけさんの顔や姿をこの街でも一番美しいと、子供心に思った。

その日の夕御飯の時、河岸の遊びから帰った私は母に（おめかけさんって、どんなひとのこと?）とたずねた。

「女のくせに、奥さんにならないで、一人で暮している、悪い人なのだよ」

母が、困った顔で、こう教えた。

（女が奥さんにならないで、一人で暮すって、そんなに悪いのかなあ……）——私は考え

込んだ。

その翌日、昼間そっと、その一人住いの悪い女のひとの、家を河岸から、覗《のぞ》くと、紫陽花の花は美しく、綺麗に片付いている家の中に、きちんとお化粧した、あのおめかけさんが坐っていた。それは、まるで美人画のように、すがすがしい、いい気持に思えた。(どうして、あれが悪いのかしら)童女の私は、その美しい女の一人住みの静かさを讃えこそすれ、それが悪いというのが不思議だった。

賢母の母は、おめかけさんの定義を、(奥さんにならない、一人住み)と、あっさり片付けて、子に教えたのであろう。

その時の童女も、少しものごころついたら、(おめかけさん)の何故悪いかが、はっきりわかった。

その悪いひとには、なりたくとも、なかなか、なれない事もわかった。何故なら、それになるひとは、世にも稀なる美女に限るらしいから。

でも、あの紫陽花の咲く小さき家に、静かにひとりで長閑《のどか》そうに、きちんと身じまいして暮していた女のひとが、私の母なぞより、楽しげに思えた。

女学校に入学した春から、私は生れて初めて、自分一人の勉強部屋を与えられた。それまでは中学生の小さい兄だちと雑居のお部屋の片隅に、小さい机をはさみ、いつも、いじめられ泣かされていた。おやつに貰ったビスケットの六枚を、三枚食べて残りの三つを、あとの楽しみに、引出しにしまって置くと、すぐに小さい兄に盗み出されて、折角の女の子の貯蓄心は水の泡だった。机の上に大事に飾ったお人形の首は、すぐにとれてしまった。「ちょっと台所から水持って来いッ」「このハガキを出して来いッ」兄だちは、勉強中の妹をいい気になって、こき使った。言う事をきかないと、小さい兄は腕力を振った。

それでも、賢母の母は、（女の従順）を教えてばかりいた。男兄弟の中の、ただ一人の女の子の私は、この男尊女卑主義の母を怨《うら》んだ——子供心にしみじみ歎いた男性横暴の悲憤の影響は、今にいたるまで、少し残っているようでもある。

そのせいであろう、私はやっと兄だちの部屋から独立して、畳三畳程の自分の勉強部屋を貰った時、とてもとても嬉しくて、天国のように、その三畳ひとまが思えた。

壁には少女雑誌の口絵（蕉園えがく）をピンでとめ、机の上の一輪ざしに、庭の草花を入れ、小波《さざなみ》世界お伽噺の本を、小さき本棚にならべ、机の前のお座蒲団をいつも正方形にきちんと置き、おやつのビスケット、おせんべいの類をいつも半分は夜の勉強の慰みに、完全に保有し得て、私はやっと自分という女の子の生活を、そこに築き得たのだった。

三つ児の魂百まで！　げにも——私は今、昔よりは少し立派な机と本箱を置き、壁には口絵でない絵の額をかけ、花を挿し、その前の椅子に猫背でペンを持って、自分一人の書斎のある家に——奥さんにならずに暮している。

だが、（おめかけさん）にしてくれる人がないから、意気に哀れな紫陽花の花は植えず、黄色い薔薇の花を庭に植えている。そのうち、竹を植えるつもりでいる。

こうして、しずかに、さびしく、おんなひとりが、机と本箱を中心に、そこに小さい天地をつくって、暮していることが、世の中を益さずとも、世の中に害はしないのゆえ、一生どうぞ、神様がそうっと、このまま置いて下さるようにと願っている。

私のかくものを少しでも愛して読んで下さる人びと、そして善き友達、そして机と本棚、三度のお食事とおやつのお菓子代に事欠かぬ原稿料——その上、これ以上を私が自分の生活に求めるとしたら、まして、いわんや、（三国一のお婿様）を望んだりすることはあまりにあまりに身の程知らずの慾張り女では、なかろうか！

そんな思いあがった慾張りは必ず、我身《わがみ》をほろぼすに相違ないのである。神様はそう人を甘やかしては下さるはずがないもの。

しょせん私は（小説をかく女）でこそあれ、けっしてけっして（よき人妻）になれるほど恵まれた女ではなかったのだから。

しかも、この妻と母との体験なき私の中に、不思議な妖女が棲んでいて、この妖女は私の頭と心臓を駈けめぐり、私に美しく哀しき人妻の心を与え、子を失った母の歎きを知らしめ、私を生命をかけて男を恋す娘にしてしまったりする。お蔭で私は自分の描く小説の中で幾度か結婚し、母になり、姑になり、熱烈な恋に身を焼き、涙とインキで、ペンの先をくしゃくしゃにしているのだった。

というわけで——こんな妖女を体内に持つ女の一人ぐらいいても、世の中は許して下さるだろう。

だが思えば、私みたいな女の生活は、たしかに、女性の人生の例外の一つなのであろう。私はこの一つの例外の宿命に、おとなしく従い生きて行くだけでけっして自ら求め、自ら無理算段をして、この生活を発明したのではない。

どのような事柄にも、例外というものは必ずあるのだそうで、或る医学博士のおっしゃるには、顕微鏡で覗く医学上の法則にも、千に一つ、万に一つ、きっと例外の現象が存在するとか——どうやら私もその例外現象の一つらしい。

さっきから(例外)という文字を、度々使うので、念の為、辞典を引くと、文学博士金沢庄三郎編の広辞林には、

れいがい(例外)一般通則の適用を受けざること。きそくはずれ。とりのけ。

「わたしは、とりのけか」

と、次に、大槻文彦翁の大言海を開いて、(れ)の部をきょろきょろ探すと、広辞林にほぼ同じ、ナミハズレ、トリノケとやはり厳然とあった。

解説（森茉莉）

島内裕子（放送大学教授・国文学）

森茉莉の文学世界は、自由奔放ともいえる変幻自在な感性が、豪奢な語彙と縒《よ》り合わされて、独特の魅力を放っている。その茉莉の文学形成と生涯を辿ってみたい。

今回の森茉莉セレクションの巻頭に置かれた「幼い日々」は、幼年時代を過ごした千駄木の家での日々を描く長編エッセイである。十七編中、発表時期は最も早い昭和二十九年だが、この一作によって、文学者・森茉莉が誕生したと言える見事さである。陰翳《いんえい》に富む精妙な文章を、流れるように綴って間断がない。これ程に完成度の高い作品が可能だった秘密は、茉莉の人生そのものの中にある。

森茉莉は、明治三十六年（一九〇三）一月七日、東京市本郷区駒込千駄木町に、森林太郎（鷗外）と志け（しげ）の長女として生まれた。母は大審院判事荒木博臣の長女。茉莉に続いて、不律《ふりつ》（夭折）・杏奴《あんぬ》・類《るい》が生まれたのも千駄木の家だった。最初の妻・赤松登志子との間に儲けた長男・於菟《おと》を含めて、子供たちは皆、ヨーロッパの響きを纏《まと》う名前である。長生した四人の子供たちは、於莵の『父親としての森鷗外』（昭和三十年刊）、茉莉の『父の帽子』（昭和三十二年刊）、杏奴の『晩年の父』（昭和十一年刊）、類の『鷗外の子供たち』（昭和三十一年刊）というように、全員が父のことを書いた。汲めども尽きぬ人間鷗外の魅力がなさしめた四冊である。

茉莉が生まれ、十六歳で嫁ぐ日までを過ごした東京・千駄木の家で、鷗外はこの時期に、陸軍軍医総監や帝室博物館総長などを歴任し、『青年』『雁《がん》』『澀江抽斎《しぶえちゆうさい》』などの代表作を書き、『ファウスト』『マクベス』を翻訳刊行した。鷗外はまた、観潮楼歌会《かんちようろう》を主宰して、上田敏や斎藤茂吉や石川啄木たちを招き、幼い茉莉も賑やかな文学サロンの談笑の輪の中にいた。茉莉が生まれ育ったのは、鷗外が公私ともに最も充実した時期だった。

茉莉の幼年時代は、明るく楽しさに満ち、遠いヨーロッパから、美しい洋服や帽子が届き、時にふと不安の影がよぎることがあっても、その不安は父が追い払ってくれる。鷗外の美学も文学も、すべてが茉莉の周囲にあった。世界は父と地続きで、父のいる千駄木の家は、居ながらにして世界と繋がっていた。

永遠に続くかとさえ思える、静謐で満ち足りた千駄木時代を経て、フランス文学者・山田珠樹《たまき》との結婚、そしてパリ滞在、滞欧中の鷗外の死という、大きな変化の時代がやって来る。「蛇と卵」「巴里の想い出」には、大家族の中での新婚生活や、パリ滞在中に体験したヨーロッパの文化と人々の暮らしが描かれ、無垢で柔らかな茉莉の心に、外部の世界との接触が、次第に深く刻印されていったことを垣間見《かいまみ》せる。

帰国後数年して珠樹と離婚し、短期間に終わった仙台での再婚時代を経て、母の死と、妹・杏奴の文壇デビュー、千駄木の家の焼失……。人生の荒波が次々と押し寄せ、茉莉が現実に曝される。取り残されたような寂寥《せきりよう》感が、茉莉の身辺を包み込むその中にあって、珠樹との離婚後、二十代半ば頃から翻訳や劇評を雑誌に発表し始めたことは、茉莉の自立を促し支える、大きな拠り所となったろう。対象を正確に自分の言葉に置き換えてゆくこれらの執筆を助走期として、茉莉は、三十代から四十代には、『鷗外全集』（岩波書店）の月報などに、父の思い出を書く機会も増えていった。

弟・類の結婚が契機となって、三十八歳で一人暮らしを始めた茉莉は、八十四歳で亡くなるまで、疎開中を除いて、一貫して一人暮らしだった。茉莉は何よりも、文学に生きることを選び取った。誰にも気兼ねせず、自由に自分の感性を解き放つことができる文学の世界こそ、茉莉の生きる場所であり、アパート一間《ひとま》の空間を、茉莉はみずからの審美眼によって荘厳《しようごん》し、そこでの生活スタイルは、世間の人々の型に嵌《はま》った価値観への辛辣な批判となった。

「好きなもの」「三つの嗜好品」「エロティシズムと魔と薔薇」「最後の晩餐」のように、美しいと思うもの、美味しいと感じる食べ物や飲み物など、茉莉が自分のお気に入りを書いたエッセイ。そして、「道徳の栄え」「ほんものの贅沢」のように、世俗の価値観を激しく撃つエッセイ。これらは、茉莉の優雅と辛辣を体現している。
森茉莉は見る人であり、眼で考えるタイプの批評家であるから、独自の用字法こそが、茉莉の美学を支える基盤となっている。歌語・詩語とも言える独特の重力を持つ表現は、明確で力感に満ちた言語感覚と相俟《あいま》って、強靱な散文の構築を可能とした。現代屈指の散文家としての茉莉の達成である。

文学者にとっては、言葉こそがすべてであるが、言葉というものは、発声されるやいなや飛び去り、消え去る。時刻《とき》が飛び去るように……。それなら言葉を封じ込め、一瞬で心に刻み込むにはどうしたらよいか。茉莉の独特の用字法は、その問いかけに対する一つの回答である。難解な漢字は、しかしよく見れば限りなく美しく、オリーヴは橄欖と書いてこそ、緑なす樹木の立ち姿が顕れ、葉もそよぐ。パンは麵麭と書いてこそ、焼きたてのよい匂いが漂い、ビロードは天鵞絨と書いてこそ、その質感が目に浮かぶ。

平安時代の希代のアンソロジスト・藤原公任《きんとう》が『和漢朗詠集』を編纂し、殿上人も女房たちも、漢詩文の教養を身につけたのは、それが単なる知識ではなく、彼らの社交や恋愛に欠かせぬものだったからだ。江戸時代には漢詩の読み仮名（ルビ）を、洒脱な江戸言葉で振るまでに、外来文化が浸透した。近代になって、欧米体験を有する鷗外も漱石も荷風も、漢字・漢語の美学を摂取して、和・漢・洋の言葉を活《い》かし切った。茉莉もまさしく、その文学伝統を受け継ぐ文学者である。

茉莉が翳《かげ》り、茉莉が微笑《わら》う。またある時は、猛烈に怒る。「椿」はごく短いエッセイで、執筆時期は未詳ながら初期の作品とされる。停電の夜、洋燈《ランプ》と蠟燭の光が瞬《またた》くほの暗い室内で、内裏雛を描いた古い水彩画やガラス壺に挿した乙女椿の枝が、幼年時代の記憶を呼び覚ます。このような、ふとした思いがけない体験が、長編エッセイ「幼い日々」を執筆する契機となったのではないか、とさえ思わせる佳品である。「怒りの蟲」「続・怒りの蟲」も、「蟲」という字を見ただけで、「虫」の三倍も強烈な印象だが、自分の姿を戯画化するユーモアがある。

室生犀星・三島由紀夫・川端康成について書かれた三編のエッセイは、三者三様に文学の深淵を茉莉に指し示した彼らへの、献辞（オマージュ）である。茉莉は恐ろしい文学の魔界に、たじろぐことなく向き合った。余談になるが、犀星と三島にはすぐれた森茉莉論があり、『文藝別冊・森茉莉』（河出書房新社）で読むことができる。

茉莉はアパート一間での生活を、繰り返しさまざまなエッセイで軽妙に描くので、「森の中の木葉梟」も、猛スピードで繰り出される言葉の氾濫が、そのまま混乱を極める自室の描写となり、饒舌体の極致と思って読み進めるうちに、三島由紀夫への稀に見る痛切な鎮魂歌であったことに気づく。三島の死によって、茉莉の世界が崩壊の危機に瀕している。その悲痛な思いを振り払おうとして、言葉を撒き散らしているのだ。悲しみの淵にあってなお、生涯の大長編小説『甘い蜜の部屋』を書き続ける茉莉に、胸を衝《つ》かれる。

今回の森茉莉セレクションの最後に置かれた、「恋愛」。もし漢字に漢字でルビを振ることが可能なら、この二文字へのルビは「鷗外」以外にありえない。茉莉の人生を貫く主題である。「森の中の木葉梟」の修羅を静かに謡い納めて、夢幻の彼方に茉莉は静かに退場する。けれども読者が再びこの本を開く時、茉莉は何時如何《いつい か》なる時も、わたしたちの傍らに立ち戻って、微笑《わら》い、翳《かげ》り、黄金色《きんいろ》の言葉を降り注ぐ。

解説（吉屋信子）

武藤康史（文芸評論家）

遅しき童女〈岡本かの子と私〉
純徳院芙蓉清美大姉〈林芙美子と私〉

この二篇は『自伝的女流文壇史』（中央公論社、昭和三十七年刊）より。「小説中央公論」（季刊）に昭和三十六年から連載されていたもので、前者は昭和三十六年夏季号（七月）、後者は同じ年の秋季号（十月）に載った（連載ではほかに田村俊子・三宅やす子・山田順子などが取り上げられ、さらに宮本百合子や矢田津世子《つせこ》などの思い出が書き下ろされて単行本となった）。

吉屋信子は明治二十九年（一八九六）一月十二日生れ。昭和四十八年（一九七三）七月十一日に死去。両親とも山口県出身だが、地方官吏の父親は転勤が多かった。吉屋信子が生れるころは新潟県庁勤務だったが、小学校に上がるころは栃木県の役人である。「遅しき童女」では岡本かの子との出会いを綴る前にみずからの投書家時代を回顧していた。すでに小学生のころから少女雑誌に投書が採用されており、栃木高等女学校の四年生のころからは「新潮」や「文章世界」に投書するようになっていた（女学校四年生は現在の高校一年生にあたる）。やがて投書をやめる決心をした……というのは大正三年、満十八歳のときのこと。上京し、中村武羅夫に会いに行った……というのは大正四年。このとき岡本かの子と会ったわけだ。そして大正九年、「地の果まで」を「大阪朝日新聞」創刊四十年記念の懸賞募集に応募した結果、幸いにも一等当選したのをきっかけに……と回想が続いていたけれども（厳密には応募したのは大正八年、新聞に連載されたのが大正九年）、その前に「花物語」があることは書いていない。大正五年から八年ほど「少女画報」に連載した「花物語」は女学生の千姿万態を描く連作短篇である。「鈴蘭」「月見草」「フリージア」……など題はすべて花の名前だった。新しい少女小説として好評を博したようだが、吉屋信子はそのような地位に甘んぜず、さらなる飛躍を求めて懸賞に挑んだのであろう。応募原稿は筆者の名を伏せて審査されたという。実力で勝ち取った勝利だった。

「逞しき童女」の末尾近くに、岡本かの子の遺影の前での《一平氏とわたくしの言葉など》が和木氏の追悼文にちょっと挿入してあった……と書いてある。これは「三田文学」昭和十四年四月号の和木清三郎「岡本かの子の死を悼む」のことで、吉屋信子は「花が、白木蓮とか、牡丹のような、大らかな花がお好きだったわねエ」などと言い、岡本一平は「君なんかいいね。一人死んじまやア、それで終りなんだ！」と言ったという。

與謝野晶子

昭和三十八年の二月から七月にかけて「朝日新聞」朝刊に連載された「私の見た人」の一篇（「與謝野晶子」は三月三十日・三十一日に掲載）。『私の見た人』（朝日新聞社、昭和三十八年刊）にまとめられた。

與謝野晶子に初めて会ったのは徳富蘇峰の学士院恩賜賞の祝賀会場だった……というが、この賞は蘇峰の『近世日本国民史』の既刊分（十冊）に対して授けられたもの（その三十九年後、全百巻で完結する）。授賞式は大正十二年五月二十七日にあり、祝賀会は六月十二日にあった。場所は帝国ホテル、出席者は千余名。

『私の見た人』では蘇峰の思い出も綴られている。大正十一年、大森駅でたまたま声をかけられたのが出会った初めだという。

底のぬけた柄杓〈尾崎放哉〉

昭和三十八年から翌年にかけて吉屋信子は俳人の伝記をあちこちに書いたが、これは「文藝春秋」昭和三十八年十月号に載ったもの。『底のぬけた柄杓——憂愁の俳人たち——』としてまとめられた（新潮社、昭和三十九年刊）。ほかに杉田久女・富田木歩《もっぽ》・村上鬼城・岡崎えん女などを扱う。

本郷森川町

エッセイ集『白いハンケチ』（ダヴィッド社、昭和三十二年刊）に収められている。

「大阪朝日新聞」に応募した「地の果まで」の一等当選の知らせは大正八年十二月にもたらされた。翌年の紙面には三人の選者（幸田露伴・徳田秋聲・内田魯庵）の選評も載り、「地の果まで」の連載も始まった。

選評のうち、「地の果まで」に最も好意的なのは徳田秋聲だった。吉屋信子は三人の選者に礼状を書き送ったが、返事を寄越したのは秋聲だけだった。だからこそ秋聲の家に行こうと思ったのであろう。初めて訪れたのは大正九年四月のことである。この年、秋聲は数えで五十歳。同い年の田山花袋とともに「生誕五十年祝賀会」が催されたのは（吉屋信子の記憶とはすこし違って）同じ大正九年の十一月のことだった。

この文章は「東京だより」昭和二十八年九月号に「先生」の題で載っていた。本に入れるときかなり書き足し、書き直し、題も改めている。もとは《よくなにかの時に（どなたに師事なさいましたか）と、いわれることがあるけれど、私は文学の師というものをはっきり持ったことはなかった》……で始まっていたが、書き直されて、いささか唐突な書き出しとなった。

宇野千代言行録

「別冊文藝春秋」第八十八号（昭和三十九年六月）に載ったもの（目次では「特集　文壇人物読本」の一篇）。朝日新聞社版『吉屋信子全集』では第十二巻のうち「随筆（未刊）」の部にはいっていたが、《だからなおさら八十嫗《おうな》まで九十嫗まで生きる覚悟も、もっともである。》というところで断ち切られていた。初出誌ではこの一文が誌面左側ページの最後に来ている。もう一ページ分続くことを見逃したまま『吉屋信子全集』が作られたのであろう。今回は完全な形で収録した。

吉屋信子が宇野千代と初めて出会ったのは大正十三年ごろと推定され、とすると（満年齢では）信子二十八歳、千代二十七歳のころか（宇野千代は吉屋信子より一歳下）。

吉屋信子がフランスに行ったのは昭和三年のことで、宇野千代が浴衣で出席した送別会（壮行会）が開かれたのは、八月二十日のこと。

ヨーロッパ各地を回り、アメリカにも寄って日本に戻って来たのは昭和四年九月だが、その年、宇野千代は尾崎士郎と別れ、やがて昭和五年から十年まで東郷青児と暮している。昭和十四年には北原武夫と結婚することになる。宇野千代にとって尾崎士郎は一歳下、東郷青児は同い年だが、北原武夫は十歳下であった。北原武夫が前妻を結核で亡くしてすぐのころから親しくなり、昭和十四年四月に（ここに書いてあるように吉屋信子と藤田嗣《つぐ》治《はる》が媒酌人となって）結婚式を挙げた。宇野四十一歳（誕生日の前なので）・北原三十二歳であった。かくて北原宇野夫妻は今に至るまで添いとげて……と書いてあるが、「宇野千代言行録」が発表されたすぐあと、二人は離婚している。

「スタイル」は昭和十一年の創刊。昭和十九年に休刊したが、昭和二十一年に復刊し、一時好調だったがやがて経営不振に陥った。『おはん』は昭和三十二年刊で、女流文学者賞と野間文芸賞を受賞している。スタイル社が倒産したのは昭和三十四年。

わたしは八十までも九十までも生きたいなァ……と語ったという宇野千代は、吉屋信子より二十年以上長く、満九十八歳まで生きぬいた。

馬と私

「文藝春秋」秋の増刊「秋燈読本」（昭和二十六年十月）に「私は女馬主」の題で載ったもの。『白いハンケチ』に収める際、改題したのであろう。

先日、アンナ・カレニナの映画を見て……とあったが、『アンナ・カレニナ』（一九四八年のイギリス映画）が日本で封切られたのはちょうど昭和二十六年九月のことである。ジュリアン・デュヴィヴィエ監督、ヴィヴィアン・リー主演。

廿一年前

もともと「中央公論」昭和十年十二月号に書いた文章を昭和三十二年五月刊の『白いハンケチ』に収めるにあたり、短い前書きを付し、題も変えたもの。「中央公論」のこの号では「女とひとり」という通し題のもと、宇野千代「私の独身生活」、細川ちか子「あへてノロケる」、吉屋信子「一つの例外」の三篇が並ぶ（宇野千代はこのとき短い独身期間にあたっていた）。

最後に『広辞林』と『大言海』を引いたところがあるが、じつは「中央公論《〔ママ〕》」では《次に、大槻文彦翁の大言海を開いて、（れ）の部をきよろ〳〵探せど、ついに（例外）の文字は無かつた》と書いてあった。これは間違いで、『大言海』にも「例外」は載っている。しかし「れいぐヮい」という表記だったので（しかも「れいか……」の次のページなので）、気づかなかったのだろう。そこを書き直して単行本に入れたわけである。

―略年譜　森茉莉―

一九〇三年（明治三十六年）
一月七日、森鷗外の長女として東京市本郷区駒込千駄木町に生まれる。

一九一九年（大正八年）　十六歳
三月、仏英和高等女学校（現白百合学園）を卒業。
十一月、山田珠樹と結婚。

一九二〇年（大正九年）　十七歳
十一月、長男・𣝣（じゃく）誕生。

一九二二年（大正十一年）　十九歳
仏文学研究のため渡欧していた夫のもとへ行く。パリで観劇などして過ごす。
七月、ロンドンで鷗外の死を知る。

一九二三年（大正十二年）　二十歳
八月に帰国。九月一日、関東大震災。

一九二五年（大正十四年）　二十二歳
六月、次男・亨（とおる）誕生。

一九二七年（昭和二年）　二十四歳
二月、山田珠樹と離婚。

一九三〇年（昭和五年）　二十七歳
東北帝国大学医学部教授の佐藤彰と七月に再婚し、仙台へ行く。

一九三一年（昭和六年）　二十八歳
三月、離婚。

一九三三年（昭和八年）　三十歳
一月、翻訳『マドゥモァゼル・ルウルウ』を崇文堂出版部より刊行。序文・與謝野晶子。

一九三六年（昭和十一年）　三十三歳
四月、母・志けが死去。

一九四七年（昭和二十二年）　四十四歳
疎開先より帰京し、間借り暮らしを始める。
一九五四年（昭和二十九年）　五十一歳
十月、「芸林閒歩」に「幼い日々」を発表。
一九五七年（昭和三十二年）　五十四歳
二月、『父の帽子』を筑摩書房より出版。
六月、同書により第五回日本エッセイスト・クラブ賞受賞。
一九六二年（昭和三十七年）　五十九歳
室生犀星が三月に死去。五月、「群像」に「老書生犀星の『あはれ』」を発表。
一九六三年（昭和三十八年）　六十歳
五月、『贅沢貧乏』を新潮社より刊行。
一九七一年（昭和四十六年）　六十八歳
二月、「群像」に「三島由紀夫の死と私」を発表し、前年に自決した三島を悼む。
一九七二年（昭和四十七年）　六十九歳
四月、川端康成自殺。六月「文芸」に「川端康成の死」を発表。
一九七五年（昭和五十年）　七十二歳
八月に十年かけて仕上げた長篇『甘い蜜の部屋』を新潮社より刊行。
同書により十月に第三回泉鏡花文学賞を受賞。
一九七六年（昭和五十一年）　七十三歳
十二月、「別冊文藝春秋」に「最後の晩餐」を発表。
一九八五年（昭和六十年）　八十二歳
二月、「週刊新潮」の「ドッキリチャンネル」連載終了。
一九八七年（昭和六十二年）　八十四歳
六月六日、世田谷区の自室にて心不全のために死去。

＊大屋幸世氏、小島千加子氏作成の年譜を参考にさせていただきました。

―略年譜　吉屋信子―

一八九六年（明治二十九年）
一月十二日、新潟市に生まれる。
一九〇八年（明治四十一年）　十二歳
栃木高等女学校に入学。この頃から「少女世界」などに投稿を始める。
一九一二年（明治四十五年・大正元年）　十六歳
栃木高等女学校を卒業。進学を望むが親に反対される。
一九一三年（大正二年）　十七歳
小学校の代用教員になるが、すぐに辞める。
一九一五年（大正四年）　十九歳
上京し、毛利藩邸内・林氏方に住む。野上彌生子などを訪問する。
一九一六年（大正五年）　二十歳
「少女画報」七月号に「花物語」第一話が掲載される。
一九一七年（大正六年）　二十一歳
十二月、『少女物語　赤い夢』を洛陽堂より出版する。
一九一九年（大正八年）　二十三歳
七月、父・吉屋雄一死去。
十二月、「大阪朝日新聞」に応募した長篇小説「地の果まで」が一等当選となる。
一九二一年（大正十年）　二十五歳
この頃から断髪にする。
一九二三年（大正十二年）　二十七歳
一月、後に秘書、養女となる門馬千代と出会う。
一九二八年（昭和三年）　三十二歳
九月、渡欧する。前月に上野「精養軒」で「女人芸術」主催の壮行会が開かれる。パリからローマ、イギリス、アメリカなどを経て翌年の九月に帰国。

一九三七年（昭和十二年）　四十一歳
四月、前年から新聞連載され大評判になった『良人の貞操』が新潮社より刊行される。
一九三八年（昭和十三年）　四十二歳
八月、「主婦之友」特派員としてソ連と中国の国境に赴く。九月、内閣情報部派遣従軍文士海軍班のメンバーとして漢口に赴く。
一九四〇年（昭和十五年）　四十四歳
女流文学者会発足。初代会長となる。
一九五〇年（昭和二十五年）　五十四歳
一月、母・マサ死去。
一九五一年（昭和二十六年）　五十五歳
「婦人公論」一月号に「鬼火」を発表。八月から「毎日新聞」に「安宅家の人々」を連載。
一九五二年（昭和二十七年）　五十六歳
五月、「鬼火」で第四回女流文学者賞受賞。
一九六二年（昭和三十七年）　六十六歳
鎌倉に転居。十月、『自伝的女流文壇史』を中央公論社より刊行。
一九六四年（昭和三十九年）　六十八歳
七月、『底のぬけた柄杓——憂愁の俳人たち——』を新潮社より刊行。
一九六七年（昭和四十二年）　七十一歳
十一月、第十五回菊池寛賞を受賞。
一九七〇年（昭和四十五年）　七十四歳
七月から「週刊朝日」に「女人平家」を連載。十一月、紫綬褒章受章。
一九七三年（昭和四十八年）　七十七歳
七月十一日、結腸癌にて死去。

＊武藤康史氏、「ＫＡＷＡＤＥ道の手帖　吉屋信子」の年譜を参考にさせていただきました。

本書の底本として左記の全集、単行本を使用しました。ただし旧かな遣いを新かな遣いに変更し、適宜ルビをふりました。また明らかな誤記では、訂正した箇所もあります。なお、本書には今日の社会的規範に照らせば差別的表現ととられかねない箇所がありますが、作品の書かれた時代また著者が故人であることに鑑み、原文のままとしました。

全集のほか、収録されている単行本・文庫、または初出を記します。

（全集が初出のものを除く）

森茉莉

幼い日々（筑摩書房『森茉莉全集　1』／講談社文芸文庫『父の帽子』）

好きなもの（筑摩書房『森茉莉全集　3』／新潮文庫『私の美の世界』）

三つの嗜好品（筑摩書房『森茉莉全集　3』／講談社文芸文庫『贅沢貧乏』）

エロティシズムと魔と薔薇（筑摩書房『森茉莉全集　3』／日本図書センター『人生のエッセイ　森　茉莉　私の中のアリスの世界』）

最後の晩餐（筑摩書房『森茉莉全集　7』／日本図書センター『人生のエッセイ　森　茉莉　私の中のアリスの世界』）

椿（筑摩書房『森茉莉全集　8』）

道徳の栄え（筑摩書房『森茉莉全集　1』／講談社文芸文庫『贅沢貧乏』）

ほんものの贅沢（筑摩書房『森茉莉全集　3』／講談社文芸文庫『贅沢貧乏』）

「蛇と卵」――私の結婚前後（日本図書センター『人生のエッセイ　森　茉莉　私の中のアリスの世界』）

巴里の想い出（筑摩書房『森茉莉全集　7』／一九八七年五月発行「小説ＷＯＯ」）
怒りの蟲（筑摩書房『森茉莉全集　3』／ちくま文庫『記憶の絵』）
続・怒りの蟲（筑摩書房『森茉莉全集　3』／ちくま文庫『記憶の絵』）
老書生犀星の「あはれ」（筑摩書房『森茉莉全集　1』／講談社文芸文庫『贅沢貧乏』）
三島由紀夫の死と私（筑摩書房『森茉莉全集　5』／一九七一年二月発行「群像」）
川端康成の死（筑摩書房『森茉莉全集　5』／一九七二年六月発行「文藝」）
森の中の木葉梟（筑摩書房『森茉莉全集　7』／一九七一年一月発行「ちくま」）
恋愛（筑摩書房『森茉莉全集　3』／ちくま文庫『記憶の絵』）

吉屋信子
逞しき童女〈岡本かの子と私〉（朝日新聞社『吉屋信子全集　11』／講談社文芸文庫『自伝的女流文壇史』）
純徳院芙蓉清美大姉〈林芙美子と私〉（朝日新聞社『吉屋信子全集　11』／講談社文芸文庫『自伝的女流文壇史』）
與謝野晶子（朝日新聞社『吉屋信子全集　12』／みすず書房『私の見た人』）
底のぬけた柄杓〈尾崎放哉〉（朝日新聞社『吉屋信子全集　11』／一九六三年十月発行「文藝春秋」）
本郷森川町（朝日新聞社『吉屋信子全集　11』／ダヴィッド社『白いハンケチ』）
宇野千代言行録（朝日新聞社『吉屋信子全集　12』／一九六四年六月発行「別冊文藝春秋」）
馬と私（朝日新聞社『吉屋信子全集　11』／ダヴィッド社『白いハンケチ』）
廿一年前（朝日新聞社『吉屋信子全集　11』／ダヴィッド社『白いハンケチ』）

単行本『精選女性随筆集　第二巻　森茉莉　吉屋信子』
二〇一二年二月　文藝春秋刊（文庫化にあたり改題）

装画・本文カット
神坂雪佳・古谷紅麟 編『新美術海』、
神坂雪佳『蝶千種・海路』（芸艸堂）より
本文デザイン　大久保明子
DTP制作　ローヤル企画

文春文庫

精選女性随筆集《せいせんじょせいずいひつしゅう》　森茉莉《もりまり》　吉屋信子《よしやのぶこ》

定価はカバーに表示してあります

2023年10月10日　第1刷

著　者　森《もり》 茉《ま》莉《り》 吉《よし》屋《や》信《のぶ》子《こ》
編　者　小《こ》池《いけ》真《ま》理《り》子《こ》
発行者　大沼貴之
発行所　株式会社 文藝春秋

東京都千代田区紀尾井町 3-23　〒102-8008
TEL　03・3265・1211㈹
文藝春秋ホームページ　http://www.bunshun.co.jp

落丁、乱丁本は、お手数ですが小社製作部宛お送り下さい。送料小社負担でお取替致します。

印刷製本・TOPPAN株式会社

Printed in Japan
ISBN978-4-16-792120-0

（　）内は解説者。品切の節はご容赦下さい。

安野光雅
絵のある自伝
昭和を生きた著者が出会い、別れていった人々との思い出をユーモア溢れる文章と柔らかな水彩画で綴る初の自伝。心温まる追憶は時代の空気を浮かび上がらせ、読む者の胸に迫る。
あ-9-7

阿川佐和子
いつもひとりで
ジャズ、エステ、旅行に食事。相変わらずパワフルに日々を送るアガワの大人気エッセイ集。幼い頃の予定を大幅に変更して今後は「いつもひとり」の覚悟をしつつ……？　（三宮麻由子）
あ-23-12

阿川佐和子
バイバイバブリー
根がケチなアガワ、バブル時代の思い出といえば…。あのフワフワと落ち着きのなかった時を経て沢山の失敗もしたから分かる、今のシアワセ。共感あるあるの、痛快エッセイ！
あ-23-27

浅田次郎
君は嘘つきだから、小説家にでもなればいい
裕福だった子供時代、一家離散の日々で身につけた習慣、二人の母のこと、競馬、小説。作家・浅田次郎を作った人生の諸事が綴られた文章に酔いしれる、珠玉のエッセイ集。
あ-39-14

浅田次郎
かわいい自分には旅をさせよ
京都、北京、パリ……誰のためでもなく自分のために旅をし、日本を危うくする「男の不在」を憂う。旅の極意と人生指南がつまった、笑いと涙の極上エッセイ集。幻の短篇、特別収録。
あ-39-15

安野モヨコ
食べ物連載
くいいじ
激しく〆切中でもやっぱり美味しいものが食べたい！　昼ごはんを食べながら夕食の献立を考える食いしん坊な漫画家・安野モヨコが、どうにも止まらないくいいじを描いたエッセイ集。
あ-57-2

朝井リョウ
時をかけるゆとり
カットモデルを務めれば顔の長さに難癖つけられ、マックで休憩すれば黒タイツおじさんに英語の発音を直され。『学生時代にやらなくてもいい20のこと』改題の完全版。　（光原百合）
あ-68-1

（　）内は解説者。品切の節はご容赦下さい。

朝井リョウ
風と共にゆとりぬ
レンタル彼氏との対決、会社員時代のポンコツぶり、ハワイへの家族旅行、困難な私服選び、税理士の結婚式での本気の余興、壮絶な痔瘻手術体験など、ゆとり世代の日常を描くエッセイ。
あ-68-4

安西水丸
ちいさな城下町
有名無名を問わず、水丸さんが惹かれてやまなかった村上市・行田市・中津市・高梁市など二十一の城下町。歴史的事件や人物の逸話、四コマ漫画も読んで楽しい旅エッセイ。（松平定知）
あ-73-1

赤塚隆二
清張鉄道1万3500キロ
『点と線』『ゼロの焦点』などの松本清張作品を「乗り鉄」の視点で徹底研究。作中の誰が、どの路線に最初に乗ったのかという「初乗り」から昭和の日本が見えてくる。（酒井順子）
あ-89-1

五木寛之
杖ことば
心に残る、支えになっている諺や格言をもとにした、著者初の語り下ろしエッセイ。心が折れそうなとき、災難がふりかかってきたとき、老後の不安におしつぶされそうなときに読みたい一冊。
い-1-36

井上ひさし
ボローニャ紀行
文化による都市再生のモデルとして名高いイタリアの小都市ボローニャ。街を訪れた著者は、人々が力を合わせ理想を追う姿を見つめ、思索を深める。豊かな文明論的エセー。（小森陽一）
い-3-29

池波正太郎
夜明けのブランデー
映画や演劇、万年筆に帽子、食べもの日記や酒のこと。週刊文春に連載されたショート・エッセイを著者直筆の絵とともに楽しめる穏やかな老熟の日々が綴られた池波版絵日記。（池内　紀）
い-4-90

池波正太郎
ル・パスタン
人生の味わいは「暇」にある。可愛がってくれた曾祖母、「万惣」のホットケーキ、フランスの村へジャン・ルノアールの墓参り。「心の杖」を画と文で描く晩年の名エッセイ。（彭　理恵）
い-4-136

中島義道
孤独について
生きるのが困難な人々へ
戦う哲学者による凄絶なる半生記。誰からも理解されない偏った少年時代、混迷極まる青年時代、そして、孤独を磨き上げ、能動的孤独を選び取るまでの体験と思索。（南木佳士）
な-54-1

中野京子
運命の絵
命懸けの恋や英雄の葛藤を描いた絵画、画家の人生を変えた一枚……。「運命」をキーワードに名画の奥に潜む画家の息吹と人間ドラマに迫る。絵画は全てカラーで掲載。（竹下美佐）
な-58-8

中野京子
そして、すべては迷宮へ
『怖い絵』や『名画の謎』で絵画鑑賞に新たな視点を提示した著者は、芸術を、人を、どのように洞察するのか？　美しい絵画31点とともに綴る、ユーモアと刺激にあふれるエッセー集。
な-58-9

中村　元
水族館哲学
人生が変わる30館
廃館寸前の水族館を斬新な手法で蘇らせてきた水族館プロデューサーの著者。水族館について全てを知り尽くす著者が30館を紹介。オールカラー写真満載のユニークな水族館ガイド。
な-76-1

中川李枝子　絵・山脇百合子
本・子ども・絵本
「本は子どもに人生への希望と自信を与える」と信じる著者が絵本や児童書を紹介し、子どもへの向き合い方等アドヴァイスを綴る。『ぐりとぐら』の作者が贈る名エッセイ。（小川洋子）
な-80-1

七崎良輔
僕が夫に出会うまで
幼い頃から「普通じゃない」と言われ、苦しみ続けた良輔。片思いと嫉妬と失恋に傷つきながら、巡り会えたパートナーと幸せを摑むまでを描く愛と青春の自伝エッセイ。（ホラン千秋）
な-83-1

西　加奈子
ごはんぐるり
カイロの卵かけごはんの記憶、「アメちゃん選び」は大阪の遺伝子、ひとり寿司へ挑戦、夢は男子校寮母…幸せな食オンチの美味しオカしい食エッセイ。竹花いち子氏との対談収録。
に-22-4

（　）内は解説者。品切の節はご容赦下さい。

蜷川実花

蜷川実花になるまで

好きな言葉は「信号無視」！　自由に生きるためには何が必要なのか。様々な分野を横断的に活躍する稀代のカリスマ写真家が語る、人生と仕事について。初の自叙伝的エッセイ。

に-24-1

能町みね子

オカマだけどOLやってます。完全版

実はまだ、チン子がついてる私の「どきどきスローOLライフ」。オトコ時代のこと、恋愛のお話、OLはじめて物語など、大人気イラストエッセイシリーズの完全版。（宮沢章夫）

の-16-1

能町みね子

トロピカル性転換ツアー

『オカマだけどOLやってます。完全版』の後日談。旅行気分で気軽にタイで性転換手術♪の予定が思いもかけない展開に!?　トロピカル感満載の脱力系イラストエッセイ。（内澤旬子）

の-16-3

林　真理子

マリコ、カンレキ！

ドルガバの赤い革ジャンに身を包み、ド派手でゴージャスな還暦パーティーを開いた。これからも思いきりちゃらいおばちゃんを目指すことを決意する。痛快パワフルエッセイ第28弾。

は-3-50

林　真理子

運命はこうして変えなさい

賢女の極意１２０

恋愛、結婚、男、家族、老後……作家生活30年の中から生まれた金言格言たち。人生との上手なつき合い方がわかる、ときめく言葉の数々は、まさに「運命を変える言葉」なのです！

は-3-52

半藤一利

漱石先生ぞな、もし

『坊っちゃん』『三四郎』『吾輩は猫である』……誰しも読んだことのある名作から、数多の知られざるエピソードを発掘。斬新かつユーモラスな発想で、文豪の素顔に迫ったエッセイ集。

は-8-4

林　望

イギリスはおいしい

まずいハズのイギリスは美味であった!?　嘘だと思うならご覧あれ——イギリス料理を語りつつ、イギリス文化の香りも味わえる日本エッセイスト・クラブ賞受賞作。文庫版新レセピ付き。

は-14-2

（　）内は解説者。品切の節はご容赦下さい。

畠山重篤
森は海の恋人
ダム開発と森林破壊で沿岸の海の荒廃が急速に進んだ一九八〇年代、おいしい牡蠣を育てるために一人の漁民が山に木を植え始めた。森と海の真のつながりを知る感動の書。　（川勝平太）
は-24-2

葉室　麟
随筆集　柚子は九年で
西日本新聞掲載の文章を中心とした著者初の随筆集。墓場鬼太郎、如水、るしへる、身余堂、散椿、龍馬伝、三島事件、志在千里など、とりどりのテーマに加え、短編「夏芝居」を収録。
は-36-5

葉室　麟
河のほとりで
小説のみならず、エッセイにも定評のある著者の文庫オリジナルエッセイ集。西日本新聞の「河のほとりで」を中心に、文庫解説やその時々の小説の書評も含まれた掌編集です。
は-36-9

平松洋子
下着の捨てどき
夜中につまみ食いする牛すじ煮込みの背徳感。眉の毛一本の塩梅。すごく着たいのに似合わない服……誰の身にもおとずれる人生後半、ゆらぎがちな心身にあたたかく寄り添うエッセイ集。
ひ-20-12

東山彰良
ありきたりの痛み
幼いころ過ごした台湾の原風景、直木賞受賞作のモデルになった祖父の思い出、サラリーマン時代の愚かな喧嘩、そして愛する本と音楽と映画のこと——作家の魂に触れるエッセイ集。
ひ-27-1

藤沢周平
帰省
創作秘話、故郷への想い、日々の暮らし、「作家」という人種について——没後十一年を経て編まれた書に、新たに発見された八篇を追加。藤沢周平の真髄に迫りうる最後のエッセイ集。
ふ-1-50

遠藤展子
藤沢周平　父の周辺
「オバQ音頭」に誘われていった夏の盆踊り、公園でブランコを押してもらった思い出……「この父の娘に生まれてよかった」という愛娘が、作家・藤沢周平と暮した日々を綴る。　（杉本章子）
ふ-1-91

（　）内は解説者。品切の節はご容赦下さい。

遠藤展子
藤沢周平 遺された手帳
娘の誕生、先妻の死、鬱屈を抱えながら小説に向き合う日々――「藤沢周平」になる迄の足跡を、遺された手帳から愛娘が読み解く。文庫化に際し貴重な写真を数枚追加。（後藤正治）
ふ-1-97

福岡伸一
ルリボシカミキリの青
福岡ハカセができるまで
花粉症は「非寛容」、コラーゲンは「気のせい食品」？　生物学者・福岡ハカセが最先端の生命科学から教育論まで明晰、軽妙に語る。意外な気づきが満載のエッセイ集。（阿川佐和子）
ふ-33-1

福岡伸一
生命と記憶のパラドクス
福岡ハカセ、66の小さな発見
〝記憶〟とは一体、何なのか。働きバチは不幸か。進化に目的はないのか。福岡ハカセが明かす生命の神秘に、好奇心を心地よく刺激される「週刊文春」人気連載第二弾。（劇団ひとり）
ふ-33-2

福岡伸一
やわらかな生命
福岡ハカセの芸術と科学をつなぐ旅
可変性と柔軟性が生命の本質。福岡ハカセの話題も生命と同様、八方へ柔軟に拡がる。貴方も一緒に、森羅万象を巡る旅に出かけよう。「週刊文春」連載エッセイ文庫版第三弾。（住吉美紀）
ふ-33-3

福岡伸一
変わらないために変わり続ける
福岡ハカセのマンハッタン紀行
福岡ハカセが若き日を過ごしたニューヨークの大学に、再び留学する。そこで出会う最先端の科学を紹介、文化と芸術を語る。科学も世界もつねに変化していく。（隈　研吾）
ふ-33-4

福岡伸一
ツチハンミョウのギャンブル
NYから東京に戻った福岡ハカセ。二都市を往来しつつ、変わり続ける世の営みを観察する。身近なサイエンスからカズオ・イシグロと食べたお寿司まで、大胆なる仮説・珍説ここにあり！
ふ-33-5

藤原美子
藤原家のたからもの
義父・新田次郎愛用のリュックサック、結婚後イギリスでもらったラブレターと夫・藤原正彦氏の想定外の反応……。捨てられないものたちが語りかけてくる人生の妙味、家族の記憶。
ふ-34-2

（　）内は解説者。品切の節はご容赦下さい。

藤崎彩織
読書間奏文
作家として、SEKAI NO OWARIのメンバーとして活躍する著者が、これまで出会った大切な本を通して、自身の人生のターニングポイントとなった瞬間を瑞々しい筆致で綴った初エッセイ。
ふ-46-2

穂村　弘
にょっ記
俗世間をイノセントに旅する歌人・穂村弘が形而下から形而上まで言葉を往還させつつ綴った『現実日記』。フジモトマサルのひとこまマンガ、長嶋有・名久井直子の「偽ょっ記」収録。
ほ-13-1

穂村　弘
君がいない夜のごはん
料理ができず味音痴……という穂村さんが日常の中に見出した「かっこいいおにぎり」や「逆ソムリエ」。独特の感性で綴る「食べ物」に関する58編は噴き出し注意！　（本上まなみ）
ほ-13-4

星野　源
そして生活はつづく
どんな人でも、死なないかぎり、生活はつづくのだ。ならば、つまらない日常をおもしろがろう！　音楽家で俳優の星野源、初めてのエッセイ集。俳優・きたろうとの特別対談を収録。
ほ-17-1

星野　源
働く男
働きすぎのあなたへ。働かなさすぎのあなたへ。音楽家、俳優、文筆家の星野源が、過剰に働いていた時期の自らの仕事を解説した一冊。ピース又吉直樹との「働く男」同士対談を特別収録。
ほ-17-2

星野　源
よみがえる変態
やりたかったことが仕事になる中、突然の病に襲われた。まだ死ねない。これから飛び上がるほど嬉しいことが起こるはずなんだ。死の淵から蘇った3年間をエロも哲学も垣根なしに綴る。
ほ-17-3

堀江貴文
刑務所なう。　完全版
長野刑務所に収監されたホリエモン。鬱々とした独房生活の中でも仕事を忘れず、刑務所メシ（意外とウマい）でスリムな体をゲット！　単行本二冊分の日記を一冊に。実録マンガ付き。
ほ-20-1

（　）内は解説者。品切の節はご容赦下さい。

三島由紀夫
若きサムライのために
青春について、信義について、肉体について……わかりやすく、そして挑発的に語る三島の肉声。死後三十余年を経ていよいよ新鮮！　若者よ、さあ奮い立て！　（福田和也）
み-4-2

みうらじゅん
されど人生エロエロ
ある時はイメクラで社長プレイに挑戦し、ある時は「ゆるキャラの中の人」とハッピを着た付添人の不倫関係を妄想し……。「週刊文春」の人気連載、文庫化第2弾！　（対談・酒井順子）
み-23-5

みうらじゅん
ラブノーマル白書
愛があれば世間が眉をひそめるアブノーマルな行為でも全てノーマルなのだ。少年時代の思い出から最近の「老いるショック」事情まで実体験を元に描く「週刊文春」人気連載を文庫化。

み-23-7

みうらじゅん
ひみつのダイアリー
昭和の甘酸っぱい思い出から自らの老いやVRに驚く令和の最新エロ事情まで。「週刊文春」人気連載を文庫オリジナルで一気に百本大放出。有働由美子さんとの対談も収録。

み-23-8

向田邦子
女の人差し指
脚本家デビューのきっかけを綴った話、妹と営んだ「ままや」の開店模様、世界各地の旅の想い出、急逝により絶筆となった「週刊文春」最後の連載などをまとめた傑作エッセイ集。（北川　信）
む-1-23

向田邦子
霊長類ヒト科動物図鑑
「到らぬ人間の到らぬドラマが好きだった」という著者が、電話口で突如様変わりする女の声変わりなど、すぐれた人間観察で人々の素顔を捉えた、傑作揃いのエッセイ集。　（吉田篤弘）
む-1-26